什么都没发生
SHENME DOU MEI
FASHENG

王哲珠，中国作协会员，在各文学杂志发表小说一百多万字，有小说被各期刊转载。出版长篇小说《老寨》《长河》《琉璃夏》《尘埃闪烁》，中篇小说集《琴声落地》。长篇小说《长河》获得广东省有为奖——第二届"大沥杯"小说奖。

新生代作家小说 精选大系

什么都没发生

王哲珠 ◎ 著

SHENME DOU MEI FASHENG

时代出版传媒股份有限公司
安徽文艺出版社

图书在版编目（ＣＩＰ）数据

什么都没发生/王哲珠著.—合肥：安徽文艺出版社，2020.2
（新生代作家小说精选大系）
ISBN 978-7-5396-6775-1

Ⅰ．①什… Ⅱ．①王… Ⅲ．①中篇小说－小说集－中国－当代 Ⅳ．①I247.5

中国版本图书馆 CIP 数据核字(2019)第 201390 号

出 版 人：段晓静		策 划：朱寒冬 张 堃	
责任编辑：宋晓津		装帧设计：徐 睿	

出版发行：时代出版传媒股份有限公司　www.press-mart.com
　　　　　安徽文艺出版社　　www.awpub.com
地　　址：合肥市翡翠路 1118 号　邮政编码：230071
营 销 部：(0551)63533889
印　　制：安徽联众印刷股份有限公司 (0551)65661327

开本：880×1230　1/32　印张：11.625　字数：260 千字
版次：2020 年 2 月第 1 版　2020 年 2 月第 1 次印刷
定价：34.00 元

（如发现印装质量问题，影响阅读，请与出版社联系调换）

版权所有，侵权必究

目录

什么都没发生 ■ 001

重置 ■ 053

飞翔的飞 ■ 098

秘乡 ■ 151

月光光 ■ 203

被囚禁的老兵 ■ 259

翠绿的火焰 ■ 313

后记 ■ 367

什么都没发生

整个早上,何斌顺着林荫道来来回回,脚步一会儿粘连不定,一会儿变得急促,像他起伏不定的情绪。他想起四年前在这里待的半天。那时,何斌刚报过名,把东西提到宿舍,立即往这里跑。来学校的路上,他就在想象这一刻,想在这林荫道上走一走——他的大学生活将以此为起点,不,这是他人生中的一个转折点。这林荫道有他所需要的诗意与希望,适合他平复一下进入全新环境的激动,也适合憧憬有着无数种可能性的未来。一晃四年过去了,他不明白自己怎么就有了沧桑感,抬起头,树叶密织下,阴影浓重,林荫道又长又空,显得遥远而虚幻。

刚才,何斌又接了个电话。不是他一直在等的电话,而是母亲在电话里重复说了无数次的话,他将手机扣在耳边,脑袋呈放空状态,母亲的话他都快会背了。母亲仍是诉说家里的糖铺,近期订单又多了,她和父亲每天干到三更半夜,他们不再年轻,撑得很辛苦。工人只能打下手,大姐家近来新开了一家饭馆,二姐即将临产,而何斌临近毕业,该想着正事了,好好学下家里的手艺……母亲的意思,是让他端午节回去一趟,多请几天假,在糖铺里先学点东西。

"斌,这个才是最重要的。学校那边,拿到毕业证就是了,家里的手艺学到手,以后的日子就有了底……"

何斌恍惚了,糖的味道仿佛从话筒里氤氲出来,湿甜中带着微微的油炸的焦味,他整个人被裹在一阵黏腻里,有种透不过气的烦躁。

"你和爸累了就歇歇吧。"何斌打断母亲的话。

"胡说,我们倒想歇,那也得等你学上手。——你什么时候回?"

"我不想回。你跟爸说明白,我不想做糖,没兴趣,糖铺让大姐或二姐去接,要不,干脆关了。"

"斌,以后你会明白的。你知道吗?糖铺从……"

"妈,我有点事,以后再说吧。"何斌关了手机,因为母亲将接着讲述家里老糖铺的历史:爷爷当年怎么到远方当学徒学手艺,回来后怎样苦心琢磨,制出属于自己的糖,开了这家何氏糖铺,怎样走过风风雨雨,慢慢做出名气,把何氏糖铺打磨成一块老牌子,成了全镇最有名的糖铺。每每谈到这儿,母亲的话会顿住,脸上现出沉思状态,好像被糖铺的过往胶住了。她真像爷爷的女儿,而不是媳妇,爷爷讲起糖铺的过往时,表情和母亲一模一样。

何斌想,糖铺确实是够老的。爷爷经营几十年,父亲母亲经营几十年，除了中间扩建过一次，没有任何改动；制糖的工作间里永远光线不够明亮，所有的制糖工具和墙壁都现出岁月积攒的茶色，散着焦糖、炒花生、炒芝麻、爆米花、热油、各种配料混合在一起的气味。一进那个工作间，何斌就觉得世界远了，有种日子被切断的恐慌，他相信在里面待久了，自己会被黏腻成一块花生糖，方方正正，混在大包的糖块里，失去与何斌相关的一切。

何斌一次次对父亲母亲强调，糖铺是他们的事业，不是他何斌的事业；他甚至说，一想到他的事业可能是这间老糖铺，以后的日子将充满各种各样的糖块，人生瞬间灰暗，令人沮丧。

父亲焦褐色的脸绷成暗黑色，盯了何斌半晌，说："你不懂。"

何斌被父亲的目光镇住，心里却嘀咕："是你们不懂。"

匆匆掐断与母亲的通话后，何斌立即细查了通话记录，通话时有电话打进来会有提示，但他仍不放心，他不敢错过任何一个电话。这几天，他手机不离身，随时检查电池和网络。然而，手机极安静。何斌没想到自己会失望，以为自己早失望到底了。

当年，到这座城市上大学时，除了行李，何斌还带了满满的希望，将之当成另一件行囊，这件行囊里，装着无数绚丽的可能性。他以各种方式想象的可能性在城市里飞扬，为他铺长长的、闪烁着光芒的路。上车前，他隔空朝家的方向挥了挥，对何氏老糖铺表示彻底告别，从此,自出生起一直尾随他的甜腻和老旧将离他远去,他像抖搂了满身尘埃,竟有改头换面的畅快。

对于考上的大学,何斌不算满意,虽然是一本,但不是心中的名牌大学。以他原本的规划,名牌大学是人生开始极要紧的环节之一,设计人生规划时,他认为自己完全有资格这样规划。何斌的成绩一向很好,在班里是名列前茅的,而且他就读的是镇重点学校,他有理由相信,自己是佼佼者。落选于名牌大学,他失落了一段时间,但现在这所大学毕竟也是不错的,老师对此很满意,语气间,何斌是得意门生,在这样的无名小镇,能考上这所大学已属不易。

何斌开始变得满意,这确实算不错的大学了,更不错的是,大学在大城市里,一线城市。那个城市将是他的海,那些天的梦里,全是他在那片海里翻出的浪。

父亲母亲则无所谓,只要何斌喜欢,便供着,他们有足够的经济实力,至于考上哪所大学都差不多,跟糖铺没有一点关系。他们希望何斌四年大学快点结束,回家专心学下制糖手艺,接过何氏糖铺。糖铺前几年有些难处,终究挺过来了,这些年越来越好了。这些好,母亲一次又一次展现给何斌。

当年,提着行李,背着那个希望的行囊踏入大学时,何斌的脚步充满了弹性,佼佼者的感觉从小镇尾随而来。然而,接下来的日子,这种良好的感觉一天天稀薄下去,他行囊里的希望与想象被一点点抽掉。

就是在这所算不上名牌的大学里,何斌也只能排在尾巴上,无论是成绩、见识,还是各种特长,本城的同学、其他城市来的同学,大都比何斌高出一截。何斌想象毕业后,他将怎样与这些同学在城市争得一席之地,这样的想象一层层消磨了他的意志。四年之间,他那个希望的行囊已经干瘪。

何斌没想到,当他在电脑前蹲守了几天,做出一份还算漂亮的简历时,希望又变得丰盈。人的希望远远比自己想象的强大。

何斌靠住一棵树,强迫自己整理思路,一个月来投了几十份简历,其中有五六个单位是他比较期待的,也认为是比较靠谱的。前段日子,他曾接过几个电话,都不在那五六个单位之内,但毕竟有了消息,他去面试了,然后,电话又安静了。这段日子,干脆完全安静下来。何斌对这种安静产生了恐慌,但手机每每响起,又引起另一种恐慌,害怕希望落空那一瞬间近于绝望的沮丧。

或许该主动打电话问问。何斌想着,慢慢走出林荫道。今天林荫道显得太暗,给人一种压抑感,或许,四年来林荫道两边的树长密了。"这个城市到处是机会,可也到处是人才,机会有什么理由等着你?捂着胸口想想,你有什么资格让机会主动找你?"何斌默念着这句话,这是一个舍友努力进军跨国公司时,鼓励自己也鼓动别人的话,舍友本身很优秀,在城里还有不错的背景,但仍然很拼。

"我有什么理由不主动?"何斌这时需要点鸡汤补充接近虚脱的精神,他边默念边翻着通讯录,盘算着先给哪家公司打电话,脑子里飞速地组织着语言。

"何斌!"沈铭朝他走来。

何斌把手机收好,想起现在已近正午,公司差不多下班了,等下午再好好问一问。他朝沈铭走过去,胸口和脸上溢出欣喜,那片刻,施小米的脸在脑子里闪过,他很快晃了晃头,将那张脸抹开。

沈铭笑着,微笑的眼睛里带着光。大学四年,坐在何斌前桌的沈铭经常转过脸,跟他说一两句什么,或借点什么东西,或请他帮点小忙,总是这样微笑的眼睛,总是带着这样的光。何斌是看见这光的,但他装傻充愣,对她又客气又礼貌,使他们之间的关系止于朋友,或许比朋友多那么一点点吧。何斌知道问题所在,沈铭眼里有微笑的光,可是不美,除了还算斯文顺眼,她没有任何特点,走进人群里,转眼就被淹没了。而他有个美丽的施小米,在小镇等着他。

大学四年,他除了想方设法寻找进入城市——他要的是真正进入,有专属于自己的路,可以被称为"成功"——的途径,就是守住他和施小米的一份感情。有时,他甚至被自己感动了。大一大二时,他进入城市的计划里是有施小米的,慢慢地,计划越来越小,"成功"像个氢气球,越飘越远,他试着蹦起来抓,施小米暂时放开了。大三大四两年中,他的计划里施小米是缺席的,何斌感觉累了,带不了施小米。当然,他没忘了她,他只是改变了方式,等他闯出一条道,再将她拉过来,并肩而行。

　　这是沈铭和何斌第三次一起吃饭。点菜时,沈铭说:"这次我请了吧,再欠下去我要还不清了。"她说完看着何斌。何斌本不该接她的目光的,但他接住了,并让自己的眼神透出那么一丝暧昧。他被自己恶心到了,但他微笑着说:"那就多欠一点吧。"

　　三次吃饭都是无意凑到的,何斌独自在林荫道上走,沈铭刚好经过,碰到了,又刚好离吃饭时间不久,沈铭随口问:"吃饭了吗?没有?一块儿吧。"水到渠成。何斌突然意识到,多么精心的水到渠成。

　　第一次一起吃饭那天,何斌刚把简历做好,精心挑了几个公司,送出第一批。他在林荫道上疾走,希望把胸口那团杂乱的情绪走散。沈铭与他偶遇后,说他脸色不好。他脱口说出投简历的事,说完懊恼不已。这件事他打算保密的,若不成,不会有其他任何人知道。沈铭笑了:"是这样啊,投了就算完成一件事了,这时候该放松的。前几天我也投了一批出去。"

　　"你也在找工作?"何斌豁然开朗,感谢沈铭的态度,这事确实是自己看得太重了。

　　当然,别说现在临近毕业,就是前两年,也有同学开始找工作了,这可是大事,谁不拼了命准备?

没错,何斌点头不迭,他不明白自己的患得患失何来,把平平常常的事弄得神神道道。

沈铭让他自在,这种放松是很久没有过的。那天出去吃饭前,他和沈铭在林荫道上走了两个来回。两个来回里,何斌发现了完全不同的沈铭,她不再那么普通,有说不清的气度。这种气度是与生俱来的,在这气度面前,何斌显得小气,很多时候缩手缩脚,这是因为沈铭是本地人,是这大城市的一分子,这个城市赋予她这种气度。何斌转过脸,暗暗打量沈铭的侧脸,比四年来看到的都顺眼,大方,很有主意的样子。

第一次吃饭,是沈铭挑的地方,学校附近一家西餐馆,不算大,但装饰挺有品位,文艺范儿,安静,适合长谈。沈铭说是她提出吃饭的该她请,何斌耸耸肩,沈铭便也耸耸肩:"好吧,男士来。"何斌喜欢她这种态度,大气而自然。当然何斌请,在这种地方请客,钱于他不是问题,父母每月汇钱很及时,大姐二姐也时不时汇一点,告诉他,该花就花,不要受委屈。从小就这样,作为家里最小的孩子,最重要的是别受委屈,怎样让他不受委屈?他们的办法很简单:多给点钱。结账时,何斌获得了某种难以言说的自信。

沈铭笑眯眯地看着何斌:"下次我请,算还你人情。"

"笑话,请美女吃饭是荣幸。"何斌很满意自己调侃的口气,这于他是极少见的。

沈铭和何斌第二次偶遇时,还是何斌请的。沈铭笑:"越欠越多啦。"饭后,两人回学校又去林荫道走了很久,缓缓走,并着肩。两人谈起这个城市,沈铭对这城市的历史了如指掌,滔滔不绝,何斌听得激情翻涌,好像他随着这城市一起经历着成长的风雨和豪情。最后,他说了句显得矫情的话:"我喜欢这个城市,愿意把它当我的故乡。"

"那就留下来。"沈铭极快地说,说完盯着何斌,眼光极亮。

"当然想。"何斌说。他被莫名的激情弄得精神恍惚,像这个城市一样奋斗,有属于自己的未来。

"你挺励志的。"沈铭说。

何斌一直将这话当成表扬,几年之后的某一天,他鬼使神差地想起这句话,却发现沈铭话里充满讽刺和怜悯。

第三次沈铭还是挑那家西餐馆,何斌说:"怎么不换换?"

"一个是这家餐馆东西确实不错,应该把好菜吃一遍再换下家;另一个是同一个地方多待几次,印象更深,再来两次,以后这家餐馆说不定会成为我们的记忆。"沈铭说第二个原因时,何斌感觉到意味深长,他微微一笑,默认了这种意味深长。

沈铭捡起关于工作的话头,问何斌投出去的简历有没有回音。何斌无奈地摇摇头:"没有,有几家倒是来了电话,在面试之后毫无消息。"他惊讶于自己对沈铭和盘托出。

"正常。"沈铭说。沈铭吃着意大利面,接着说:"谁不是一沓简历撒出去,结果石沉大海？我也投了一堆,到现在没有一个靠谱的回音。"

"你也自己找?"何斌脱口而出,然后脸红了。沈铭是本城人,他印象里,本城很多同学不管成绩好坏,家里都早早安排了出路,毕竟根基在这儿,怎么也有一条道,就算想自己找,也很少会像他这样无头苍蝇般乱投简历。

"当然想自己找。"沈铭倒大方,她说,"我已是成人,自己能找到合意的工作是最完美的。当然,家里爸妈还是操心的,指手画脚,安排这安排那。随他们去吧,谁家爸妈不是这样？我要是能找到更好的,他们就无话可说,只能顺着我了。"

沈铭的条件那么优越,父母早安排了,而她想要更好的,他们生来已经进入城市,有更多的选择。何斌以为自己会心理不平衡的,但没有,沈铭说得那么自然,没表现出半丝优越感。她真诚地祝何斌能找到满意的工作,留在这个城市,如果他喜欢这城市的话,当然,她希望他喜欢这个城市。

如果喜欢这个城市！——天啊,难道沈铭认为还有比留在城市更好的选择？何斌努力压抑着渴望,不在沈铭面前表现得过于明显。

何斌找到工作后给施小米打电话,施小米先是兴奋地祝贺他,接着语调沉下去说:"这么说,一毕业你就进公司工作了?"

"当然。"何斌说。何斌声音洪亮。自确定得到这份工作起,他便开始注意自己的言行、外表、说话方式、走路姿势,以及为人处世。他床头摆的一摞成功学的书是不会白看的,细节决定成败,形象是基础。

"不先回家一趟?"施小米小心翼翼地问。

"这段时间我得多学点东西,熟悉各种业务,为进入公司做准备。你知道,前几个月是试用期,特别重要,我可不想给公司留下普普通通的印象。"

说出"普普通通"时,何斌胸口深处搅起沉而钝的疼痛感,他将进入城市,但这城市有太多的普普通通。他经常做噩梦,梦见城市里那些普普通通的人变成漫溢的洪流,他无处可逃,被淹没其中。

"我们一年没见了。"施小米的声音里带了哽咽。

何斌沉默了一会儿,是的,一年了,他是想施小米的,但得克制,他有更重要的事。而且,想施小米太多,会牵扯到太多与镇子相关的东西,这是他不喜欢的。

施小米说:"我穿过很多漂亮衣服,别人都说好看,可你从来没看过。我只想给你看的,斌。"施小米语调黏腻了。

何斌闭上眼,脑子里浮现出施小米的样子。是的,施小米很美,清丽、苗条,他晚上经常抱着枕头,想象抱着施小米,想象施小米的笑容和味道。

"小米,现在确实没办法。"何斌语气温柔了。

"你要确实走不开,我去城里找你。"施小米兴奋地说,"店我可以让一个姐妹帮我看两天。"

"不,你别来。"何斌拒绝之干脆,吓了施小米一跳,也吓了自己一跳。何斌忙又缓着说:"我现在正是最要紧的时候,你来了没时间陪你,你一人待着多闷。再说,我这边是男生宿舍,你怎么办?要我这时离校犯校规?小米,等我忙过这一段再说。"

何斌匆匆结束了与施小米的通话,好像怕再说下去,施小米会被顺着信号从小镇传送到这里来,成为他进入城市的沉重负担。施小米说她想进城的那一刻,沈铭的脸闪了一下,他晃晃头,想清空脑袋,沈铭的样子却越来越清晰。

手机又响,显示的是母亲的手机号,何斌无法抑制地失望,他以为是沈铭。听母亲又想谈糖铺,何斌忙说:"妈,我正要告诉你,我找到工作了,很快就要去上班了。"

母亲顿了一下,接着响起喳喳的说话声,何斌想象得到母亲半捂住话筒和父亲说着什么。何斌对着话筒喊:"妈,要没什么事,我先挂了。"

显然这时父亲拿过去听电话了。父亲问:"那个工作有那么好?"

"慢慢干着,会越干越好的。"何斌说。

"好好想想吧。"

"我想好了,爸。"

"你先干一段时间试试看,家里的糖铺我们会守好,随时回来。"

父亲的口气让何斌不舒服,好像一切都在他们的控制中,好像他们对他一清二楚。母亲接过手机时,他气冲冲地说:"你们就看准我没出息?"

"斌,出息一定要留在城里吗?我们何氏糖铺是……"

"妈,我先去忙了。"何斌掐断通话,把手机往被子上一扔,好像这样能扔掉与小镇相关的一切。

何斌和沈铭靠着游轮的栏杆,两人半仰起脸,感受风滑过五官,拂过耳朵发丝。虽然是人造的诗意,意味仍是很浓,也许隔开距离,隔着水面,江两边的灯光变得迷离,建筑显出柔和的浪漫特质,在夜色里黑而发亮的江水显得静谧。在这样片刻的安宁里,人心会变得柔软,何斌和沈铭转过脸,在适当的晚灯、适当的心境中对视。

这是何斌对沈铭的第一次邀约,之前吃饭、散步不是沈铭"偶遇"他,就是他刚好碰上她。何斌提前两天约了她,显得真诚而正式。

学校里,毕业前的离别气息被鼓噪得很浓烈,到处是准备扑入社会的匆忙,到处是寻找出路的迷茫,到处是恋人分离的忧伤。虽说何斌已经找到工作,胸口仍一蹿一蹿的,难以安定,他时而怀疑公司会毁约,机会将无缘无故消失,时而感觉那份工作太一般,或许能找到更好的。他越来越多地待在林荫道,也越来越多地"偶遇"沈铭。这段时间,沈铭毫无保留地跟他分享了找工作的过程。

那天,沈铭兴奋地告诉他自己找到工作了,公司不算很大,但离家不远。也就是说,工作后她仍可以住在家里,吃在家里,少了这样的开销,工作起来将多么轻松。何斌真心为她高兴,就在前一天,他也再次和公司联系了,谈好上班的时间。两人在林荫道想象了未来的工作后,一起去吃饭,饭后,何斌正式约了沈铭。

何斌订的是游轮一等票,至今为止,父母和两个姐姐汇的钱很充足。一等票有吃着东西赏风景的特权,两人坐在餐厅里,看着窗外的风景,何斌心中涌起说不清的微醉感。他无法抑制地和那些买二等票三等票的游客相比,腰脖不知不觉地挺直。那一瞬间,他错觉自己成了城市人,身体内充盈着优越感。

何斌又谈起工作。在这种地方谈工作,似乎对城市更有代入感,若工作上也获得一张一等票,将成为城市的骄子。——从几年前他进入城市那一刻起,他就不再稀罕那个镇之骄子。他也问起沈铭的工作,问她找的与家里安排的有什么不一样,他很想知道沈铭家里为她安排了什么工作,她竟然如此轻易地放弃。

沈铭吸了一口饮料,摆摆手,轻描淡写地说:"也没什么。"

何斌很想听。

"好与不好要看用什么标准衡量。"沈铭拿吸管搅着饮料,"就我来说吧,从小住在家里,连读大学也没离开这个城市,没有真正自由过。

踏出社会了,如果还是由家里安排,那我永远没有机会尝试了,永远不知道自己有什么潜力,这就有点可怕了。家里介绍的工作虽然稳定些,待遇也不错,可不是我喜欢的,说不好听点,还有些死板,会把我弄坏的。我现在这份工作可能一般,我将是个普通的白领,可机会完全属于我自己,只要我努力,只要我有能力,就有很大的发展空间。"

何斌觉得沈铭没有明确地回答他的问题,可他又听到了比原先想打听的更多的东西,他对沈铭有些刮目相看了,通过这段时间的相处,他认识了一个与之前四年完全不同的沈铭。她是本城人,有城市人的气度,但不傲不骄,很努力。自己有什么资格松懈?

"你呢?对你的工作,你爸妈有什么看法?"沈铭专注地看着何斌。

"根本没看法。"何斌说着,摊开双手,"大概我刚出生他们就安排好了,完全不顾及我的意思。"

"出生就安排好了?"沈铭笑道,"了不得,家族产业呀,敢情你还是隐形的富二代。"

何斌咻地笑了,说:"只是一家制糖的老店,在小镇上有那么点名气,家里看成了不得的事,总想着一代一代做下去。"

沈铭挪开饮料,欣喜地说:"老字号,最难得的,可是宝贝呀!是你小看了,现在老字号都是文化品牌,只要做得好,价值难以估量。"

"一个小镇上,一家黄乎乎的旧店,弄不出什么名堂的。"何斌完全不当回事,"何氏糖铺,人们只记得是姓何的。"

"你是不是不想留下老字号?"沈铭探究地盯着何斌说,"而且想留在城市?"

何斌假装用心吃东西,假装没注意这话,心里却再次感叹,沈铭不简单,不愧是在大城市长起来的。

两人走到餐厅外,靠着船栏吹风,很久没有说话。何斌搭在栏杆上的手慢慢靠近沈铭,触碰她的手背,她的手翻过来,两只手握住了。

每天下班,何斌都处于迷糊状态,回出租房的公交车上,何斌试图理清这一天的工作,想从中找出哪怕是一点火花,找出一点进展的迹象。每天的整理结果都含糊不清,工作成了零散的碎片,在四周纷飞缭乱,他得抓住每一块碎片,但所有的碎片都平淡无奇,这些碎片拼接成潦潦草草的一天。

何斌的工作是收发邮件,打印分发各种文件,收集分类客户资料,整理数据,兼给主管和经理打杂。工作一个星期后,他感觉被杂而碎的工作淹没了,没有想象中的施展、进步,他像一个浑身积蓄着力气而无法发泄的拳王,眼睁睁让身体内那股气一点点漏空。

当然,何斌的工作很忙,每天进入公司后就没怎么停过,但脑子不再是他的,动的不是何斌的念头。有时,在工作中他发现了某些东西,有了自己的想法,欣喜地将这想法亮在主管面前,相信这些想法会让工作更有成效,然而主管不耐烦,甚至认为他不安心工作。

"何斌,路要一脚一脚踩出来,你把手头的事做好再说,不要想那么多花样,这样会乱了工作计划。"

花样?何斌想辩驳,这些怎么是花样?还有,他哪项工作没做好?手头哪一项工作不及时?主管已经侧转身对着电脑了。何斌抬头看了一下,同事们安静地守着各自的格子,对着自己的电脑,他只看到一片黑乎乎的、沉默的脑袋。

让何斌活泛起来的是下班后与沈铭的相处。幸运的是,他的公司和沈铭公司相隔不算太远,每天下班后两人有几个小时的相处,有时,沈铭会在何斌的出租房过夜。因为家里的支持,何斌物质上没有压力,出租房的环境很不错。

何斌没有正式表白什么,但他和沈铭已经像恋人那样相处了,一起吃晚饭,或在外面吃,或买点菜到何斌出租房做,一起看电影,一起到江边散步,一起逛街。何斌经常听沈铭谈这个城市,他对这个城市了解的热望永远不会变弱。沈铭则听何斌谈他的工作。

谈起工作,何斌的语气里就满是牢骚。他脖子软了,眼皮垂下去,说:"这工作再干几十年也是这样,零零碎碎,一点发展也没有,半死不活的工资,在公司里对谁都得点头,我都能一眼看到几十年后了。——不,做梦呢,这么混,哪有几十年?城市哪有这样的仁慈?当被淘汰的那天到来,一切将重新归零。"

沈铭按住他的手:"何斌,你太心急了。"

"不行,我得想办法。"何斌放下筷子说。

"怎么想办法?工作就是工作。"沈铭给他倒了饮料说,"你先跟同事搞好关系,工作才好上手。"

"没什么同事关系,我在公司是最底层,只有点头赔小心的份,这不是真正的人际关系。"

"你有什么想法?"

"看情况,等机会。"

不久之后,何斌就等到了他认为的机会。公司要搞一个营销活动,由他所在的小组负责,主管交代他收集客户信息,整理数据作为方案的依据。收集过程中,何斌感觉灵感电光石火般闪烁不停,他边收集边狂喜地记下这些想法,等数据信息整理完成,一个方案已在他头脑里成形。下班后,他埋头写方案。沈铭提醒他,这样不太好,该先跟主管说一声,若能争取和主管一起做方案更好。

"先报告主管这计划就泡汤了,先做出来,直接给主管,他直接报上去不是更省事?"

隔天,何斌把数据信息整理结果交给主管时,顺便把方案也递给他。主管看看方案,又看看何斌,好一会儿没出声。

"主管,整理信息时,我有些想法,就把方案先做出来了,你看看。"何斌冲主管笑着,边翻开方案的封面。

"你什么意思?"主管看着何斌,不看方案。

"这是我做的方案,你看看能不能用。"何斌有些底气不足了。

"你认为我做不来?"

"不是这意思,刚好有点想法。"

"这里每个人都有想法,问题是什么样的想法!"主管手在半空挥过。

他们的争执引起了近旁同事的注意,何斌不自在了,但仍不愿放弃,仍翻着方案说:"刚好想到,写出来了,看看能不能用上。"

"有心了,先把你的工作做好再说吧。"主管说着,拿了资料走人,方案留在何斌手上,若不是何斌接得快,方案就掉到地上了。

何斌把事情想得太简单了。他回到办公桌前,盯着那个方案,越想越不甘心,这是他进公司以来最像工作的工作,有他何斌的水平和想法,他得努力让它实现。

何斌费了一个上午,在去洗手间的走廊上堵住了经理,将方案打开,塞到他面前,对着满脸茫然的经理,急切又简单地述说事情的来龙去脉。

"先拿给你的主管看。"经理把方案推回来。何斌怀疑刚才的述说他根本无心听。

"他不看。"何斌扬高声调说,"我想请经理看看,熬夜写的。"

两人你来我往推了一会儿,经理终于翻开方案,在何斌想就方案细述一番时,经理合上方案书,说:"这种精神很好,但方案不太实际,拿给你主管,看他做方案时能不能用得着。"

经理盯着手表离开时,何斌极力控制住自己,才没把方案书卷起扔向经理的后背。

离开之前,经理对何斌说了一句话:"静下心,多学点东西,像你这样的大学生,公司人事部每年收到的简历都数不过来。"

施小米来电话时,何斌正在吃晚饭,他左手握着手机,右手夹着菜,他以为和以前一样,跟施小米聊几句就结束的,但施小米今天似乎打算长谈,不停地问何斌有没有空。何斌含含糊糊说有些资料要看。施小米说:"不是下班了吗?你在哪儿?"她的语调有些警觉了。不知是事实还是何斌的错觉,最近施小米对他的行踪很敏感。

"当然在家。"何斌说,"城市的外面有可能这么静吗?"

"那就不是在公司加班了?"

何斌有些不耐烦了:"我带了资料回家……"

"连跟我说说话的时间也没有,"施小米声音含了哭意,"我有话说。"

"小米,你别这样,这是工作。"何斌说。他想起施小米的样子,这种时候的她格外惹人怜爱,他心头一软,说:"在大城市工作没办法的。"

"工作这么累,也是你自己想挑的。"

"不谈这个,有话你说吧,我听着。"

"我想谈的其实也是你工作的事。"施小米语调突然严肃了,说,"斌,你真打算这样一直干下去,就待在城市?"

"不待在这儿,我能待在哪儿?"谈起工作,何斌又有些沮丧,说,"目前只能先这样工作,公司竞争太大,不可能一下子怎么样,你知道吗?城里人都跑步生活的,现在想要做点别的也没什么好出路。"

"你可以回来的,斌!"施小米急切地说。

"回?回小镇?"何斌觉得施小米在讲笑话。

但施小米开始描述他回去后的路,想象他回小镇后的日子。

"何斌你可以放弃城里的工作。如果不是特别厉害的人,在城里的大公司什么时候才能出头?城里厉害的人太多了。"当然,说这些时施小米是小心翼翼的、委婉的。而回到小镇,接手父母的何氏糖铺,凭何斌的能力,肯定可以经营得更好,说不定能研制出更多的新糖品种,糖铺的老名气,加上何斌的新糖,到时糖铺完全不一样了。现在,电视上老谈什么文化,这种老店就是一种文化,家乡人很喜欢的,说不定何斌可以做成品牌,噢,那就是何斌常常说的事业了。"——为什么要在大城市里跟那么多人挤?没有人看得到你的,我在电视里看了,到处是人,谁知道哪个跟哪个?有人证件丢了,别人连他的真人都不认了。"

何斌极想插嘴打断施小米的话,却不知怎么就悲伤起来,一句话也说不出口,任施小米继续想象下去。

施小米说,她的服装店可以让别人做,她负责拿货,腾出时间帮忙打理糖店。她甚至可以放弃服装店,全心全意帮何斌经营糖店,他可以一门心思研究新式糖,争取把品牌打出去,而她则专心做糖,卖糖……

"不要提糖了,我不喜欢糖。"何斌猛地打断施小米,心里涌起一股无名的恐慌。

施小米猛地顿住,顿出一段空白,两人在空白里安静许久。何斌忽然对施小米惊讶不已。她变了,这四年,她跟以前完全不一样了。他那么深刻地记得施小米的样子,精致的脸,简单的表情和眼神,听他说话的时候微微仰起脸,又入迷又崇拜的样子,何斌的话她每句都相信,在她的眼里,何斌是比她高出一个层次的。而在何斌眼里,施小米美丽单纯,但有点傻。

现在的施小米能计划出那样一种生活,虽然不是何斌喜欢的,但是实在而又有点远见,又具体又成熟。这几年,她想了些什么?碰见些什么?学了些什么?何斌突然茫然一片,施小米陌生了。

这几年,何斌对施小米的了解,止于她的日常生活和服装店。何斌上大学第一年,施小米在镇上一家服装店帮人卖衣服。施小米长得好,身材也好,店里进了新款,只要施小米穿在身上,总是卖得很快。施小米在打扮、服装搭配方面有着极好的天赋,从农村到镇上没多久,就能根据客人的气质、身材,介绍合适的衣服。服装店有很多回头客,专门找施小米的,很多女人和施小米成了好友,说施小米是她们的顾问。施小米慢慢觉得店老板不会拿货,拿的款总不合她的意,加上她的老顾客越来越多,便动了心思,自己租了个门面,开了家小小的服装店。

施小米按自己的眼光拿货,得到热烈的欢迎,她看电视,看电影,看明星八卦,时时注意服装潮流,拿最新最大胆的款式,加上她用心研究顾客,看人搭配,很快聚了一批固定的女顾客。在服装实体店受淘宝等网站打击的这几年,施小米的服装店仍经营得不错。近期,她又计划着开网店了。

这几年,服装店的情况,每天的行踪,施小米几乎都报与何斌,但何斌了解她吗?他们到底离得远了。何斌突然莫名地失落,不管他愿不愿意承认,施小米不再像以前那样需要他,他一直以为施小米安然地在他把握的范围之内,就是与沈铭在一起时,他仍为拥有这份"特权"而骄傲。

不知不觉间,何斌和沈铭走得那么近了,周末只要没加班,两人总是待在一起。但两人间似乎从未确定什么,直到某一天,两人在街上碰到何斌一个女同事。同事看看沈铭,笑问:"女朋友呀?"何斌张了张嘴,一时不知怎么出声,他还没准备好的样子。沈铭冲何斌的同事微笑,何斌附和着笑,女同事扬了扬手:"你们玩吧,我朋友在前面等我。"转身而去。

何斌转身看看沈铭,她半垂着头,微笑仍留在脸上。是的,他们如果不是男女朋友还是什么呢?他们关系这么明朗了,何斌再怎么自欺欺人也避不过去。那施小米呢,她当然也是他的女友,好几年前就是了,他们正正经经规划过两人的未来,何斌承诺,先在城市打开一条路,然后把施小米拉进城,两人一起闯。这个承诺随着何斌在城市里的自信一点点消失,变得稀薄、遥远。

何斌尽量不让自己同时想起沈铭和施小米,下意识地拖着什么。和沈铭在一起时,手机一响他就莫名紧张,害怕是施小米打来的。每次和沈铭相约之前,何斌都先给施小米打电话,说几句软话,哄施小米开心,这招总是很有效,通过电话后,一整夜,施小米一般不会再来电话。但何斌闷闷不乐,他对自己的狡猾感到不适,甚至抑制不住地轻视自己,那个曾是镇上骄子的何斌变得偷偷摸摸。但每每念头转到这儿,他就尽力转开,他不愿意深想下去。

这个周末,何斌约沈铭去郊外一个度假区,当然,事先跟施小米通了气,说他这个周末工作特别多,没办法总联系,他只要有空,就会联系她的。

这样的活动,沈铭喜欢,轻松又浪漫。何斌也喜欢,在那种地方可以碰见有品位的城市人,自己也变得有了品位,付钱消费的时候,他有说不清的快感。除了工资以外,何斌还有张卡,像他上大学时一样,家里人仍习惯性地给他汇钱,在他们看来,大城市的吃穿住用是惊人的,家里除了他,没有别的负担。对家里人这种热心,何斌不声不响,他看到的是银行卡里的数字,感觉不到那些钱沾满他不喜欢的糖味。有时,似乎意识到不太好,他便安慰自己,先存着,这是在城市打拼的资本,说不定哪天就用上了。

两人散步,聊着,沈铭喜欢问何斌家的糖铺,做什么糖,经营成老字号说明有生命力,家传技术吧,在镇上有名气,顾客肯定多。

何斌闷声地回答,糖铺就请了几个人帮忙,爸妈每天得忙到很晚,过年过节就得多请几个人。他不明白沈铭一个城市女孩,怎么对老式糖铺那样感兴趣。如果是好奇吧,这好奇心也太强了。

何斌喜欢谈城市,抓住一切机会探问沈铭,她小时候城市什么样的,怎样一步步变成今天这样,有什么特别深刻的事,在城市发展中,亲朋好友有没有特别出色的,讲讲他们的成功故事吧。或者,"你家是这个城市的原住民,城市发展中肯定抓住了好机遇吧"。午饭后,两人吃水果时,何斌试探着问:"你爸妈还忙着自己的事业?"

沈铭看了何斌一眼,何斌急着等她的答案,没发现她眼里那一丝警觉和疑惑。

"我爸我妈规矩得很,哪懂得什么发展?"沈铭笑笑,耸耸肩说,"还不是几十年守一个工作?又单调又死板。"

"原来是公家人。"何斌叹。

后来某一天,何斌突然暧昧地冒出一句:"这城市发展的几十年中,公家人也可以发展得很好的。"

沈铭没搭话,何斌也没再说下去。

沈铭却无法安静了,弟弟上个星期又回家拿钱了,开口要几万块,是时,一家人正在吃晚饭,沈铭差点摔碗而去,但最终默默忍住。这次弟弟理由充兄,新店要拿货,能不支持吗?像母亲说的,他好不容易走上正路,对于这个,母亲感激涕零。沈铭很想知道,母亲是否意识到,她从小到大都在正路上规矩着,不敢有半步差错。

记忆里,弟弟从未让人省心,从小学起就因种种原因经常转学,转学当然要找人,要费用,不菲的费用,中专毕业后,找工作要费用,当然,没有一件工作干得长。前年惹了事,伤了人,家里人开始跑医院赔礼赔钱。今年,他想开一家手机店,信誓旦旦要创业,要用心了,家里能不支持吗?费尽心思帮忙找了店面,接下去的投资让沈铭感觉无尽无穷。她毕业后几个月的工资已被掏光了。

在何斌掏出手机准备给沈铭打电话时,他的肩膀被人拍了一下,回头看见郑立琛的脸,虽然笑着,但在正午的阳光下没有半点灿烂的样子。

"是你?"何斌喊,是很有些欢欣的样子。上大学时,他和郑立琛关系算不错,郑立琛虽是从农村来的,但有些天才,班里谁的电脑有了疑难杂症都找他,有时,连老师也得找他帮忙,他在班里是让人高看一眼的。

"你也留城里?"何斌把手机放起,扯着郑立琛边走边问。

"不留在城里去哪儿?回老家?"郑立琛摇摇头,说,"待在寨子里捣鼓我的计算机?"

午饭当然一块儿吃,两人谈起各自的工作。因为有特长,郑立琛算比较快找到工作的,但因为没有工作经验,学历也不算出色,他没法进理想的公司。

"工作经验!还没工作哪来经验?学历就是天,都是扯淡的,说城里人思想前卫开放,我看老土得很。"郑立琛吃着菜,抱怨声滔滔不绝,说现在的工作就是混口饭吃,沦落到什么地步了?

"想混口饭吃何必在这儿打这份工?"何斌有极大的共鸣。

"只能干这些乱七八糟的,想干的事没法干,就是干了也干不成,七只手八只脚地指着你,让我怎么动?"

"没错!"何斌拍了下桌子,他没有喝酒,但脸上显出醉意,说,"做不成事的,想干出点名堂是做梦。"

吃饱了,两人的抱怨似乎也到了一定程度,忽地沉默下来,在沉默里感受身体某处难以言说的痛感。

"你的专长可是很吃香,当下正流行什么软件开发、游戏开发,你这个亮出来,至少能亮瞎一片人的眼。"何斌似乎忍受不了沉默,先重新开口。他讲起郑立琛在大学时曾设计的一款游戏,在学校的男生中风行一时,后来还被一家公司买了,那笔钱,郑立琛给自己配了高端电脑,往家里寄了一些,还能为女朋友买条项链。谈起这些,何斌掩饰不住地羡慕和嫉妒,郑立琛确实拥有非同凡人的才干,他不得不承认,这是他无法企及的,也使得郑立琛在城市比他更有资本,他忘掉了郑立琛来自农村,比小镇落后得多的农村。

"我当然想过要自己干。"郑立琛睁大双眼说,"毕业前就有想法了。"

何斌坐直身子:"为什么不干?"

"还用问吗?"郑立琛耸耸肩,"我拿什么干?这双手和那台破电脑?我家的情况你是知道的,妹妹还指望着我寄钱交学费,没有资金,都是白日梦。"

"就是说,你得找人合作?"何斌小心地问。

"当然,说实在点,找人给我投资。最好的是找到投资,也能找个合作的人,一个人的工作量太大,找个人帮忙,效率会高得多。"

"你找过人了吗?"

"都不知道找的方向。"郑立琛将一杯茶倾进嘴,说,"谁愿意投资我这样的?看不见摸不着,钱也长眼睛,只看到现成能长大的东西。"

"最少得投资多少?"何斌静了一会儿,小心地问。

"先开发简单的,台式电脑、笔记本、传真机、扫描机、路由器……前期几万块应该可以运作了。"

"说句实话,立琛,技术方面你是天才,但人际交往、经营管理方面可一般。"

"所以,我想找投资者也是想找合作者。什么人际交往什么打开局面,我不会这些,也烦得理这些,我只想好好把东西做到极致,不要分心的。这么说吧,像一个家,我主内,找个人主外。"

"是的,你需要这么一个人。"何斌喃喃说,"这是成功的关键。"

何斌陷入沉思。

沈铭一进门就觉得何斌脸色不好,心事重重的样子。她做饭、炒菜,等饭菜上桌才问起,其实不问她也清楚,肯定是关于工作的。近段时间,何斌对工作越来越不满,以致谈起工作就像怨妇谈起丈夫,他付出多少总是没意义的,能力从未被重视,这样下去不可能有什么前途。

果然,何斌一开口就放下筷子,说主管对他的不满越来越深,今天,因为他工作中一个小疏忽,训了他很久,且说得很过分,这工作很难再接着干下去。

"被批评在公司里是常事。"沈铭示意何斌重新拿筷子,尽量说得轻描淡写,"我几乎每周都要被说一次,公司里其他人也一样,说不定你的主管被更高层的领导训得更过分。"

"也不单是被主管教训的事,我要的是工作,有前景的,不是混饭吃的打工。"何斌一口菜含在嘴里,说到激动处哽住了。

"很多人都是这样。"沈铭小声说,察看着何斌的脸色。

"这不是我留在城里的目的。"何斌声调扬高。

两人不出声地吃东西,好一会儿,沈铭问:"你到底想说什么?"

何斌愣了一下,莫名其妙地想,城里人是厉害些。

"我想辞职。"何斌突然说。

沈铭放下筷子:"你找到了更好的公司?"

何斌开始讲述郑立琛,越讲越激动。看着他眼里的光芒,沈铭知道他看到了绚丽的前景,对那种前景的想象盖过了一切事实。

何斌的打算是这样:和郑立琛合作,他投入资金,加上经营管理,打开局面,郑立琛负责开发软件,等软件开发出来,他们就开一个工作室。这个工作室慢慢扩展,成为软件开发公司,再……

"为什么就得辞职?"沈铭的话像一盆凉水,把何斌从想象之焰中拉出来,她说,"可以不辞职的。"

沈铭的意思是,何斌想做自己的事业可以,但没必要破釜沉舟,一边工作一边做自己的事,等自己的事有了起色,再辞了工作也不晚。

"不是还在设想嘛,先试试再说。"沈铭劝道,"而且这事别那么急,先好好了解一下这方面的动向、市场等情况,慢慢计划,稳一点。"

何斌听了沈铭的劝,没有辞掉工作,在下班后干自己的事。

一个星期后,何斌就和郑立琛行动了。

事情刚要起步,单独租个工作室费用太高,而且只有何斌和郑立琛两个人,没必要,但两人又得在一起工作,制订项目计划、需求开发、设计都得一起商量的,郑立琛的房子是跟别人合租的,离市中心很远;而何斌单人住着宽敞的一房一厅,又在市中心。总之,何斌的出租房是最合适的。

郑立琛很快搬过来,一台电脑,一个行李袋,半箱子书。

从这天起,何斌的客厅分成两半,一半放郑立琛的电脑,一半放沙发,当郑立琛的床。沈铭很少再来何斌的出租房,偶尔来一次,做了饭,或买了便当,桌子边三个人吃着,显出了尴尬;郑立琛吃饭也想着程序,整个人好像陷在另一个世界里,僵硬又沉默,弄得沈铭和何斌也不知说什么,偶尔说几句,还得小心翼翼。

何斌和沈铭只能在外面聚,而何斌又得经常回去给郑立琛帮忙,两人见面机会变得极少。何斌安慰沈铭,等事情走上正轨,很快有正式的工作室,一切将好起来。说这话时,何斌又真诚又乐观,沈铭只是笑笑,这种笑让何斌没底。

每天下班,何斌开门就看见郑立琛,猫在电脑前,朝电脑半伸着脖子,头发凌乱,发红的眼睛盯着屏幕,何斌进门他动都不动,也不打招呼。他这带点神经质的半疯狂状态给何斌以莫名的激情和希望,他嗅到某种叫创业的气息,拉了张椅子坐近郑立琛,和他一块儿陷入狂乱里。

这个周末,何斌主动约沈铭到市郊走走,一见面,沈铭便忍不住惊奇:"怎么今天有时间了?还是事情有了重大进展?"

因为何斌和郑立琛合作创业,沈铭和何斌很长时间没有正式约会过了,偶尔见个面,匆匆吃个饭就分开,何斌总是一副又着急又抱歉的样子。沈铭万分理解的样子,她把情绪隐藏得很好,一次次向何斌展示都市女性的定力。他下意识地将之与施小米的耍小性子相比,一次比一次理智,沈铭是更适合的,他前行的路上需要的是沈铭这样的助力,而不是无形无状的爱情。

谈到创业的事,何斌脸色一下子差了,很久不出声,去市郊的一路上,几乎都望着窗外出神。沈铭不多问,只是靠他很近地坐着,偶尔给他递水。

近来,何斌和郑立琛闹了几次不愉快,前两天甚至吵起来。事情的进展比想象的困难得多,何斌下班回家,看见更多的不是猫在电脑前的郑立琛,而是抓着头发绕着沙发转的他。

郑立琛纠结不已,这样做是小打小闹,做出来的东西也是普通的,很难有什么大作为,这不是他要的。他指着厅里胡乱摆放着的台式电脑、笔记本、传真机、扫描机、路由器,说全是低端产品,做不出精品。他失去信心的样子让何斌抓狂。

何斌想说,高端的人自然能做出高端的东西。忍了忍,话没出口,郑立琛性格有点怪,他是领教过的。

何斌对沈铭抱怨郑立琛不实际,好高骛远,抱怨完却抿紧嘴唇,许久不出声。沈铭赶快把话题引向别处。

何斌极委婉极小心地探问过郑立琛,是不是要放弃。郑立琛断然否认,他有了新的打算,不想再这样做,格局太小,做出来的东西有山寨味道,在这个大城市怎么做得开?现在,城市里的工作室满街都是,有几个能冒头?最好是开间公司,拉个团队——他在学校参加了一个协会——能人多的是,有很多留在城里,若能拉到几个,团队能力是不用说的。弄些好设备,正正经经干点事业,一炮打响,以后的路就好走了。

说完这些,郑立琛合了嘴,直直盯着何斌。

何斌心里骂:"鬼话,比我还会扯。"他突然发现,在城市待久了,都可以去上精彩的励志梦想课,连木讷的郑立琛也到了这水平,如果有机会,他们可以去当梦想师,到处巡回演讲了。

何斌被盯得受不住,直接问到底要怎么做。

"投资。"郑立琛说,"需要真正的投资,建起真正的团体,有更好的硬件,足够开真正的公司。所有的事业起步都需要投资,没有的话,再好的事情也是空谈。"

再次沉默,这次持续的时间更长了。

最终，仍是何斌先开口，郑立琛好像沉进思绪的黑洞里，眼神空空，何斌怀疑他可以这样永远待下去。

何斌说："大概是什么数？"

郑立琛惊讶地看了他一眼，犹豫了一会儿，含糊地说："在网上大概了解了一下，租地办公司、设备费、人工费、测试费……"

何斌想："郑立琛骨子里精明得很。"

郑立琛终于说了个大概数字，何斌听完没说什么，郑立琛也没再提，似乎这段对话在两人间根本不存在。

现在，何斌把那个数字说给沈铭听，沈铭咬着一块饼干，咬得极专心，好像没工夫理睬何斌。

"你觉得可以搏一搏吗？"何斌说，"说实话，开糖铺这些年，父母是积下一点钱的，我大姐家开饭店，二姐夫是镇上一个银行行长，他们俩也可以拿一些，郑立琛要的数目应该可以凑到的，可这是全部了。"

"没错，这是全部。"沈铭放下饼干说，"还不是你自己的全部，是你家人的全部，这种事不能头脑发热的。"

"郑立琛说前期先投入，只要做出好东西，就很快会有回收。"何斌说，"如果真的成了。"

"你渴望奇迹，所以相信奇迹。"沈铭说，"另外一种如果，你好像不去想。"

何斌不作声。

"郑立琛漏了一个条件,好东西要有人看上,肯出好价钱。"沈铭说。她的目光少见地锋利起来,继续说道,"这个城市'好东西'太多,缺的是好出路。"

何斌脑门一凉。

"你们现在有客户需求了吗?"沈铭紧逼着问。

何斌有些慌了。

沈铭说:"最好先有客户需要再做,那样才靠谱。先找到需求,再动手。"

何斌恍然道:"没错,我们忘了城市里立足最重要的东西,我们没有半点关系。"

"不要轻易出手。"沈铭极冷静地说,"就算真的要做什么事,想投资什么,找到真正靠谱的客户再说。"

何斌似乎心有所悟,但又不明白悟到些什么。

郑立琛搬走了,他走出门时肩膀往下压,后脑的头发缠成一团,衬衫后背揉皱了。这个背影刺痛了何斌,他一时忘掉自己损失几万元的懊恼,觉得郑立琛比自己惨得多,他辞掉了原来的工作,现在仍回去和朋友合租,还要重新找工作。何斌给他补了几个月的工资,沈铭说这个理讲不过去,何斌投了钱,还包他吃包他住,郑立琛没出半分钱。何斌也觉得讲不过去,但他愿意付这个钱,他对沈铭说:"郑立琛家在乡下,我毕竟不一样些。"付钱时,他对郑立琛的语气极好,有种难以言说的满足感。

何斌的日子重归正常,正常上班,下班和沈铭约会休闲,沈铭感到轻松,但何斌变得闷闷的,一副疲倦的样子,像被透明的笼子囚住,找不到出口,甚至看不到笼子的样子,失去了动力,希望薄弱。他不停地和沈铭提起那件事,分析他和郑立琛失败在哪里,是郑立琛技术不成?是他没有胆量继续投资?"不,我又忘了最重要的,我不是城里人,对这个城市一无所知,当然找不到出路的方向,没法打开局面。如果我是城里人,但凡有那么点人脉,我们就有突破口了。我们在起跑线上已经输了。"

这种话何斌不停地说,每说一次怨气就深一层,他几乎要变成一个愤青了。

沈铭一针见血地说:"何斌,你太希望奇迹了。其实,你已经过得很不错了,如果换作别人,你会被很多人羡慕。"

"沈铭,你知道我要的是什么。"何斌激动起来,"我不想当'很多人',要当早就当了。"

"可你明明就是很多人中的一个。"沈铭嘀咕着。

"嗯?"何斌没听清。

沈铭晃晃头:"你得现实点,奇迹毕竟是奇迹,它的发生是超出常人想象范围的。"

"你是见过城市奇迹的,对吗?"何斌追问,"不,城市就是奇迹,想想几十年前,这城市没半点城市的样子。沈铭,你讲点身边的例子,从小到大,你肯定见过不少成功例子,就算不大,也是拔尖了。"

"奇迹在某些人印象中是偶然的,其实包含了很多必然性。"沈铭说完这句,盯着何斌看。

"所以奇迹是可以争取的。"何斌说。

沈铭无奈地说:"我不是这意思,你必须具备这些必然性,不要把眼睛盯在外因上。"那瞬间,沈铭感觉自己有当教授的潜力,她觉得已经委婉地把话说得很明显了。

但何斌没听,他愣了一会儿神,抬起头,满眼不甘心地说:"不成,我还得想想办法,这样下去,我在这城市里就是混日子。"

沈铭叹口气:"何斌,人……"

何斌的手机响了,他看一眼屏幕,下意识地瞥了一眼沈铭,对手机含糊应着什么,边往阳台走去。是施小米打来的。

何斌以极平淡的口气问:"怎么了?"

"斌……"施小米口气不太对。

"我现在……"

施小米哭起来:"何斌你怎么了?"

何斌反问施小米怎么了,她什么也不说,只是哭,越哭越伤心,哭得何斌无措起来,又烦躁又心痛,他以为自己对施小米已经不再心痛了。

施小米的哭丝毫没有停的意思,她意识到和何斌之间有问题了,何斌或许该解释一下的,但他没半句解释。她真正想要的是何斌带着暖意的话,哪怕一两句也好,何斌没有,难堪又铁石心肠地沉默着。

施小米仍是哭,哭得何斌双手发软,感觉她的哭声漫出手机,淹没了他,并继续漫向客厅。他掐断了手机,施小米的哭声突兀地断了。何斌看着手机发了一会儿呆,紧张起来,按施小米的性格,她会不停来电话,不把情绪发泄完是不罢休的。

奇怪的是,施小米再没来电,何斌被这出奇的安静弄得惴惴不安。他想给施小米打电话,又怕她再次纠缠不休。

矛盾间,沈铭走出来,问:"你女朋友吧?"

"嗯?"何斌吓了一跳,把手揣进衣袋。

"你在小镇有个女朋友吧?"沈铭望着阳台外面,不看何斌。

沈铭和高琳琳搅着咖啡,沈铭手袋里的手机响起,她掏出来看了一眼,脸色一变,手机放回去,拉上手袋拉链。

"还是那个何斌?"高琳琳问。

"我们不谈那个,喝咖啡。"沈铭说。

"你确定?"高琳琳探究地盯住沈铭。

沈铭极慢地搅着咖啡,目光垂在杯子里,入定般安静,但高琳琳察觉到她胸口的起伏,轻轻摇头,说:"已经十多天了,够了吧!据我所知,他每天都来电话,而且不止一个,算有诚意了。"

"诚意?"沈铭猛地抬起脸,几乎要呜咽了,"我们两个人一起这么长时间,我都不知他还有个女朋友,还是那种要谈婚论嫁的关系。夸张的是,他们一直通着电话,他这样不动声色,太可怕了。"

"你想太多了。沈铭,你长期生活在城市,对这种事奇怪吗?"高琳琳微微笑了,"像这种进城念大学的,谁在老家没有一个痴心的女孩?重要的不是以前,而是以后,以后的路他选择谁。"

两人静静地喝着咖啡,半晌,沈铭的手从桌子上伸过去,抓住高琳琳的手。大热的天,高琳琳感觉到沈铭的手发凉。

"看他的照片,这个何斌长得很不错。"高琳琳轻拍沈铭的手背说,"照你以前说的来看,家境也是不差的。虽然在镇上,但有那样一家生意红火的老店,难得了,那是源头活水,别看是小镇,比很多城里人好多了。"

又是长时间沉默,直到沈铭的手机再次响起。

仍是何斌打来的,沈铭握着手机发愣,高琳琳冲她点头,眨眼皮。沈铭起身,听着电话走到咖啡馆一个角落去。

这次通话时间很长,沈铭回来时,高琳琳已经在喝第二杯咖啡。沈铭坐下说:"我下午去见他。"沉默了一会儿,又说,"我没资本,挑不起。"泪顺着脸颊流下,她没擦,任泪水缓缓滑着。

和何斌在一间茶吧坐定后,何斌刚想开口,沈铭举起手拦住。"上大学之前,你一直住在小镇,怎么可能没有女孩?特别是像你这样的,如果没有倒是有点奇怪了,只是你不该瞒我。"

"沈铭,我……"

"我不想再追究过去,我看中的是以后,你的选择是什么,我要一个明确态度。"

何斌拉住沈铭的手,沈铭想挣开,但何斌握紧了。何斌说:"我想留在城市。"

沈铭胸口一阵绞痛,又一阵轻松:"这可是一辈子的事。""一辈子"这几个字像带了火气,把她的喉咙灼得干燥发哑。

"一起在这城市开始吧。"何斌说。这句话激动了他自己,也激动了沈铭。后来,何斌常会想起这情景这话,只是那个时候,这话已经成了一根刺。

今天来之前,何斌脑子里的话是整理了很久的。昨晚,他和施小米通了电话,两人谈了半夜。何斌掏心掏肺地诉说了他在城市里的艰难和困惑,他现在的生活和想象中的差距太远,也根本无力将她拉进城,更别说一起前进了。

施小米想提那个回镇的设想,那将是多合适的生活,她的服装店仍开得很好。何斌截断她的话:"我一定要留在城市。"

施小米说,就算这样她也不会成为他的负担,她会照顾好自己,她可以打工,可以拿出这几年积下的钱帮助他,可以……

何斌再次打断她,她想得太简单了,他考虑的不单是负担,他要的还是并肩作战,当然,不是她想的那种并肩。他的意思很明显了,他们之间以后将是农村与城市的距离,中间还隔着一个镇子,他们之间是不现实的。

施小米说何斌变了。何斌叹口气,说他原本就是这样,只是施小米以前不知道,甚至连以前的他都不了解自己。

后来,他们不再说话,只是施小米在哭,何斌静静地听她哭,两人几年的时光在哭声里慢慢消散。

最后,是施小米主动说了再见。结束通话前,她说:"何斌,你从来没看上我这个农村来的,可能城市也会看不上你这个镇子去的,以后有些事要想开些。"何斌想最后抱抱施小米,但他伸出一只手揽住自己的肩。

沈铭换了手机,是高档的新款货,她看起来很喜欢,老拿在手里摆弄。何斌随口玩笑道:"最近这么大方,公司发奖金了?"

"想得美。"沈铭笑着说,"拿到这手机是我运气好。"

沈铭一个堂哥的表哥在电信部门工作,总是用最新款的手机。前段时间,他换了这部手机,一个月后就不满意了,换掉了,想把这手机送给沈铭的堂哥,刚好堂哥用的是同款,没兴趣。那天,堂哥到沈铭家里,玩着手机说起这事,沈铭接口说:"转手给我正好啊,我那手机太老了,近来老闹情绪呢。"堂哥当下打电话给表哥。两天后,手机就到了沈铭手里,一点钱也不肯收的。

就这样,沈铭顺便聊起堂哥的这个表哥,让人羡慕得很,家里在区里有关系,又有钱,大学毕业后,也不用自己找工作,为了不太无聊、有件事情干干,家里人托关系把他弄进电信部门。

"工作就是为了解闷。"沈铭说,"开着豪车发电信宣传单,也算一景了。"

"这样看来,你堂哥和那个表哥家应该很有关系的。"

沈铭点点头:"在我认识的亲朋好友中,算最有关系的吧。家里的亲朋聚在一起时喜欢谈他们家,我多多少少听了一些。"

"你家和他们家熟吗?"何斌脱口而出,"以前怎么没听你提过?"

沈铭深深看了何斌一眼,何斌没意识到,急着等她说。

"那是我堂哥的亲戚,我们家不熟。"沈铭说,"我堂哥家跟他们家亲近些,可也不是经常走动,想跟他们家走动的人太多。不过,我堂哥跟他表哥来往倒挺密的,常出去凑,有时会拉上我弟弟。"

"是这样啊。"何斌若有所思,腔调拉得很长。

后来的日子,何斌时不时问起沈铭的堂哥的表哥,零零碎碎地打听,有意或无意。沈铭对他的上心有些困惑,也曾说出她的困惑,何斌却应得很含糊,事后竟想不起他答了什么话。

某天,何斌突然提出想见沈铭的父母,说:"沈铭,我们这种关系,你跟爸妈谈过吗?"

"我妈是知道的。"沈铭说着,一边考量何斌话里的意思。

"你别笑话我是小镇来的,某些方面还比较传统,既然知道,我想该去拜访一下,问候一声,这是礼节问题。"

"你是认真的?"沈铭直直地盯着何斌。

"我们的关系,你不是认真的?"何斌反问。

沈铭握住何斌的手,对何斌的提议却不置可否。

"你家不远吧,你看哪个时间合适,我准备点东西就过去。"

沈铭只是沉吟,不语。

事后,何斌又提了几次,沈铭都是态度含糊,何斌几乎要怀疑沈铭对两人关系的定位了。

沈铭终于点了头,说爸妈也早想见他,只是她还没完全准备好,她清楚见父母意味着什么。她严肃的态度倒弄得何斌惴惴的。

何斌没想到,沈铭把见面的地点安排在酒店,她在顾忌什么,还是在试探什么,何斌想了很久。虽有些郁闷,终想不出反对的理由,只能按沈铭的安排。关于带什么礼物,何斌又费了好些神。有那么一瞬间,他突然觉得,和沈铭交往比跟施小米累得多,多了些说不清的东西。和施小米在一起,他从未费过神。这念头一起,他立即晃晃脑袋甩掉,这种思绪是危险的。

见过面,沈铭的父母对何斌印象还不错,鼓励他们办婚事。对何斌的家境,沈铭的父母探了个七七八八,他们告诉沈铭,虽说何斌在城市没根基,但有点家底,可以拿到城市来发展。沈铭不接她父母的话。

何斌对沈铭的父母感觉不是很好,不是他想象中的城市人,似乎缺少格局,却又比小镇人精明。他的某种隐秘的希望烟消云散,一连几天,他沉浸在失望之中。

其实,何斌最想见的是沈铭堂哥的表哥,想通过和沈铭一家接近,慢慢和沈铭那个有人脉的亲戚搭上线,但事情没有向他期望的方向发展。

何斌安慰自己不要太着急,沈铭还没让他到家里去,这应该是关键的。

何斌一直争取去沈铭家的机会,沈铭一直含糊其词。何斌不理解她在顾忌什么。沈铭说:"如果我们真的确定,你肯定得去我家的。"她说完这句,就安静地看何斌。

后来,沈铭不止一次提到这一节,说何斌当时听到这话就把目光垂下了,不敢看她。何斌否认,他不记得有这样的细节,沈铭只是笑笑,笑得何斌心底发虚。

夜深人静时,何斌想起沈铭的要求,她想和他父母通通话。不知怎么的,何斌竟有些慌,他问自己,为什么不想让沈铭和父母通话,想了很久,找出的理由是:时候未到;怕沈铭和父母沟通不畅;怕沈铭对自己的家失望……最后承认,所有的理由都勉强至极。

两人僵持了一段时间,那段时间,两人的关系有些怪异,仍每天约会,一起做饭一起吃饭,沈铭仍在何斌宿舍过夜,但两人莫名地客气了,有些话出口前会想一想,甚至带了试探性。两人都感觉闷闷的,但谁也不知怎样打破这僵局。直到沈铭提到她堂哥的表哥。

何斌想不到沈铭会主动提起堂哥的表哥,那个有人脉的富二代。沈铭的说法是,堂哥在表哥面前提到何斌,堂哥的表哥说想见见他,当然,沈铭的堂哥也想见见他。沈铭当下就说了见面时间。

见面前一天晚上,何斌熬了半夜,设计了对话,怎么利用这次机会,尽可能多地问出一些东西,怎样巧妙地搭上这根线,顺着这根线,走进城市深处,一步步爬上城市高层。他的计划很具体,搭上那个富二代,通过他,先织出一张人脉的网,边寻找机会,等找准了机会,看中了有发展前景的路,到家里凑钱,开个正经公司,那才是真正的创业。他和郑立琛之前的合作是最好的教训,他已深深懂得,没有先铺好路,最好别上路。

后半夜,何斌仍辗转不定,确信找到进入城市的路径,或大或小的掌权者,各种老板、企业家,纷纷伸手,让他搭着一路走下去……想象缤纷得很。

见面的情形完全在何斌想象之外,仍是在一家酒店,当然,最后是何斌抢着付费了。来的只有沈铭的堂哥一人,说他的表哥刚好有事,有个很重要的聚会,实在脱不开身。何斌努力克制住失望,安慰自己,重量级的人物难见一点正常,先搭上沈铭的堂哥这条线,以后再慢慢认识要紧的人。

"堂哥,这是何斌。"沈铭相互介绍道,"何斌,我堂哥沈定城。"

接下来,沈定城的话很快暴露他真正的目的。

沈定城讲了一个计划,靠着他表哥的帮忙,他可以在市郊拿到一些小块的地皮,建成独立的小楼房,每层两套套房,作为小产权房卖出,第一层作为店面,现在缺建设的资金。沈定城的意思是,他负责拿到地皮,何斌出大部分的资金,沈铭参加一点,算三人合股,赢利后三人分。

何斌转脸望着沈铭,他没想到自己露的底她这样放在心上,甚至把底透露给她的堂哥。

沈铭不跟何斌直视,说:"何斌,你和郑立琛合作时,差点去筹的那笔钱,那是完全未知的,投在这件事上就不一样,是看得见的。"

沈定城描述得极好,楼房建成,转手就可以卖出,甚至楼房未建好,房子就会被定走,到时客户就会付定金。第一批套房卖出后,资金开始回收,利用这些资金,可以启动第二块地皮——当然还得找表哥帮忙——现在房价一直在升,这是稳赚不赔的。

沈铭冲何斌点头,说:"这事可以认真考虑的。"

那天临走前,沈定城热情地和他交换了联系方式。何斌的心却降到冰点,他确定了一个事实,沈铭家和沈定城在这个城市里是极普通的,甚至是失败者。何斌甚至多了些疑惑,他真的认识沈铭吗?沈铭和他在一起,到底算计过什么?那个念头又起了,沈铭是城里长大的,和施小米真的很不一样。这念头让他心情压抑。

接下去几天,沈铭一直提沈定城说的那件事,说这事不能考虑太久,地皮很多人争着要的,若不是堂哥的表哥家在那个区极有威望,不可能拿到地皮。

何斌终于摇摇头:"我的愿望不单是挣钱,我想走更远的路。"

何斌想说,单要挣钱的话,回镇子好好经营糖铺更实在,镇郊现在也在卖地皮,地价也升得很快,大姐前年买的一间屋的地皮,今年转手挣了好几万,她现在手头上还有两间屋的地皮呢。终没有说,对沈铭,他再也没以前坦诚了。

沈铭说:"城市里的路没有你想象的那么多,大家都想碰上个机会,看谁碰上了、抓住了而已。"

何斌抱着箱子走出公司,瞬间被炽热的空气团住,头顶的烈日,水泥地面蒸腾出的热气,闷住了所有空间,何斌站了好一会儿才重新找回呼吸。他想,他在这个城市或许真的待不住了。

前两天晚上,沈铭再一次劝他:"想好了,真的又要辞职?"

"我没法这么干下去。"何斌说。

"这是第六家公司了,再找新的公司,大概也是这样,还是从头做。"沈铭说,"再这么辞下去,会陷入恶性循环。"

工作几年来,何斌就这么一家一家换公司,每一家都有一段满怀希望到失望再到麻木的过程,每从一家公司辞职时,何斌都说他要熬坏了。他叹自己的运气不好,总碰不上适合的。

沈铭说:"你已经很幸运了,能这么一家接一家地找到工作,你知道多少人毕业后就在游荡,落脚点都找不到?"有时,实在看不过去,她语气尖锐地说:"别抱怨了,真正有本事的,会适合任何一种工作,再一般的工作也会做得不一般。"对于这话,何斌从不做回应,沈铭弄不清他是不悦,还是不以为然。

何斌就这么一家公司一家公司换下去,变得浑浑噩噩,就像他和沈铭的感情,变得不咸不淡。有时,两人更像一对普通朋友,似乎只是循着惯性在走,仍然定时约着,一起生活,但好像没了任何情绪。对于两人关系的未来,何斌一直没有提,沈铭也没有问。

何斌认为,这种状态是从他没有答应沈定城提的事情后开始的。

两人间似乎变得小心翼翼了,隔着层看不见的膜一般。这样的状态持续着,双方都没有戳破,不知是没法戳破还是不愿意戳破。

而沈铭认为,这种状态是从何斌去过她家后开始的。

何斌不得不承认,踏入沈铭家,他无法抑制自己的失望,甚至表情也有些不自在了。沈铭家的落魄、局促暴露无遗,沈铭的父母比在酒店里看到的印象更一般,他也很快得知,他们是在区政府上班,但都是临时工,何斌终于理解以前沈铭的含糊。特别是沈铭的弟弟进门后,何斌的情绪几乎变得恶劣,他很快察觉到,这个家若不是被沈铭的弟弟拖垮,或许还有那么点城市家庭的痕迹。饭桌上,何斌默默听着沈铭一家人的对话,竟生出烦躁来。那一刻,沈铭作为城市人的聪明变成算计,城市女孩的大气变成心思深沉。

原本的打算是这样,何斌到沈铭的家后,何斌也把沈铭介绍给家里人。两人的关系确定下来,他们约会时,甚至已经开始留意婚纱店。但去了沈铭的家后,关于两人关系的话题,没有再提起,好像彼此都不了解对方了,又好像彼此都心知肚明了。

后来,在沈定城的牵线下,何斌见到了沈定城的表哥。那时,沈定城仍热心着建房计划,希望表哥能增强何斌的信心,让他放心地投资。而何斌仍未失去经营人脉的信心,对那次见面做了充足的准备。

事实上,那次见面对沈定城的表哥来说,完全是无意的偶遇。当然,是沈定城精心安排的,他打听到表哥有一个朋友聚会,主动报名参加,并提前告诉何斌,到了那天,直接把何斌带到饭店。何斌进门时,看到一桌子人,知道所有的话都不必开口了。沈定城向表哥介绍何斌时,对方随意地点点头,目光从何斌身上一扫而过。

中间,何斌抓到一个机会,稍有些结巴地说出自己的意思,沈定城的表哥看了何斌一眼，说："老板很多，但都很忙。"

何斌回到小镇，跟随父母学制糖手艺。家里人开始担心他静不下来，没想到他学得很用心，上手很快。学过一段时间后，还试着研究新式糖。没多久，一种更适合当下人口味的低糖芝麻块诞生了，受到顾客极大的欢迎，特别是年轻人和从城里回镇上来的顾客。过年过节，外出的人回乡，回城时常买何氏糖铺的糖，作为家乡特产送给亲朋好友，何斌的低糖芝麻块卖得最好。

何斌还重新设计了糖铺的名片，设计得古色古香，很有文化气息的样子，宣传口号是："百年老店，古法制糖。"一年后，糖的包装也改了，舍弃以前土气的包装，新包装韵味古雅，很有文化品位。何氏糖铺的名气不仅在镇上，县城人买糖也会点何氏糖铺的名了。

除了在糖上下功夫，何斌还很会经营顾客，城里来的顾客，他一律给名片，说明有邮寄服务，只要一个电话，何氏糖铺立即负责快递。何斌还请了一个女孩——是一个高中同学的妹妹，高中毕业后进城打工，没闯出什么名堂；某一天，高中同学来何氏糖铺买糖，何斌谈到缺人手，同学把妹妹从城里叫回来，让她边在糖铺打下手，边替何斌经营一个网店。

何斌的父母慢慢放手让他干。近期，何斌正规划着扩大何氏糖铺，全面重新设计、装修。

一切几乎都照着施小米以前替何斌规划的路在走,除了施小米自己——她完全缺席于这个规划,退出了何斌的生活。

施小米仍生活在镇上,应该说,也许以后会一直住在镇上了。她已经嫁人,丈夫叫刘文定,也是开店的,卖电脑和手机配件,听说是个电脑高手,修手机的技术也是一流的。施小米的丈夫何斌认识,高瘦斯文,有种刚冲过澡的洁净感。他的店和施小米的店隔街相对,从他店里能清楚地看见施小米。据说施小米和何斌分手后,刘文定就暗暗关注施小米,经常走过街来,走进她的店,不出声地给她沏茶,为她买午餐,晚上带她去公园散步。何斌怀疑,在他和施小米未分手的时候,这个刘文定就暗中关注着施小米了。这种猜测竟使他很懊恼。

那天,何斌不知不觉来到施小米的服装店,他自己的解释是,顺路经过。施小米仍和以前一样,虽然生过孩子,面貌、身材都还是少女的模样。施小米已完全变了,看见他,目光平静,挺高兴地笑着,说他难得过来,给他搬椅、沏茶,又热情又亲切,但何斌却感到难以忍受的冷意。

施小米提起糖铺,祝贺他发展得好。何斌想不到自己也顺着她的话说:"你确实适合这一行。"

施小米笑笑,她的服装经营得很不错,去年,她把隔壁的饰品店盘下,服装店改成两个门面。她丈夫刘文定的店也运营良好。他们已经在镇上买了房子,听说刚满两岁的儿子长得极好。

何斌看着现在的施小米安然而幸福,竟生出一种恍惚感。记得第一次见到施小米也是在服装店,那时,她为别人打工,那家店两个门面,一边卖男装,一边卖女装,何斌进了男装区。施小米本来负责女装区,刚好男装区的同事头疼出去买药,施小米替同事接待了何斌。何斌看见一个漂亮的农村女孩,稍有些胆怯地立在他面前,眼神里带了羞涩和欣喜。后来相处的时光里,施小米总以这样的眼神看他,何斌相信,那时他在施小米面前,身上定有光芒。

这时,何斌发现施小米面朝街对面的店,微微笑着。何斌看过去,何文定正看着这边。施小米说:"去那边坐坐?文定沏的茶比我沏的好喝多了。"

何斌忙不迭地起身:"我还有事,先走了。"

不久后,何斌也结婚了,新娘就是他请的那个女孩——他高中同学的妹妹。没有施小米那么美,可比沈铭好看一些,性格温和,是何斌的好助手,不管是制糖方面还是经营方面。何氏糖铺在何斌夫妻的经营下,越来越有起色。何斌还在镇上重建了小楼。

总之,何斌受到很多人的羡慕、尊重,何斌接受这种羡慕和尊重,承认自己过得不错,尘世里的好,他几乎都拥有了。但没有人发现,他一个人的时候,偶尔会发愣,眼神显得无比迷茫,甚至有说不出的忧伤。当然,只要有人,他立即敛回神,对世人现出满脸笑,幸福的笑。

重置

一

那天,陈果收到死神的约定。他走出那间充满暧昧灰色的深阔屋子时,脚步踉跄着,面前深窄的楼道几乎长不见头。不知什么时候起风了,风极猛,在楼道间扭摆,陈果眼前的世界被扭得摇晃起来,把日光的明亮筛掉了,剩下灰沉的底色。

陈果扶住墙,希望能缓解一下头重脚轻的悬浮感。他突然想起一部叫《时间规划局》的电影,电影里每个人手上都有一块表,记录着每个人的寿命,并且在倒计时。也就是说,每个人对自己人生尽头的时刻一清二楚,并且每时每刻看得见生命在流逝。但是——陈果感觉一阵剧烈的疼痛在身体某处窜过——电影里那些人的生命时间是可以变化的,可以通过工作挣得,可以向时间银行贷款,甚至可以偷可以抢,也就是说,时间如金钱,是有可能通过人力把握争取的。可现实中……陈果眼前的一切晃动得更加厉害,他不得不把整个人趴靠在墙边。再直起身时,他已经决定也要拥有一个生命之表,为死亡做个记号。他似乎暂时有了目标,摇晃得不那么厉害了,开始寻找文绣店。

走进文绣店时,陈果看到女店主脸上一闪而过的讶异,平日来刺青文绣的大概不是年轻男女,就是装束与众不同者。像他这样一个打扮中规中矩接近四十五岁的男子,走进这样的店,不单是店主,连他自己也觉得莫名的怪异。但今天,他没有心思不自在,径直走到店主面前,说:"我要刺青。"他推掉店主递过来的几大本文绣图案,念出一串数字。在那一瞬,他意识到,这串数字早就刻进皮肉、骨头,直至意识里,文身纯粹多此一举。但他扬高声调说:"文这个日期。"好像自己跟自己赌气。

女店主在陈果小臂内侧擦拭过酒精消毒后,他便感觉到微刺的痛一针一针地爬动。他突然错觉,生命正被什么东西一点一点啃咬,一点一点消化掉,最初的恍惚过去了,厚实的恐慌袭击了他,洪水一样猛烈,无法阻挡。女店主开始说话,他尽量用心地听,这个时候他希望她说,不停地说,说什么都行。

女店主很有经验地说:"在身上刻日期的,不是极高兴就是极伤心,不是要记住别人就是要记住自己。"

"记住别人和记住自己,怎么说?"陈果朝女店主侧过脸,尽量让自己感兴趣。

女店主笑了笑:"一个重要的人离开的日子,刻下来是为记住这个人;也可能一个重要的人离开了,伤心透顶,刻下这个日子是想忘掉这个人,做回自己,这就是为了记住自己了。"

陈果笑了笑,鼻头却酸痛起来。

女店主说,来这里把一个日子刻在身上的人不少,大多是这样的。她用心地盯住陈果。陈果想,她是在给自己归类,会把自己归入哪一类呢?他垂下目光,让表情变得平静些,好像要增加女店主归类的难度。

"其实失败不一定就是坏事。"女店主突然说,"说不准是个新的开始。"

陈果扯扯嘴角,做了个自己也无法归类的表情,他极想狂吼:"失败!这词语现在对我来说太浅薄,甚至太奢侈,我希望是失败。"女店主把他归在哪种失败里?感情的还是事业的?若不是拼命咬住牙关,他也许会哭,张大嘴,直着嗓子号啕。但女店主说也许是个新的开始,这点可能是对的——新的,完全不一样的开始。

自他在那位大师面前沉默那刻起,他就看见自己的生命像根棍子一折两段,前一段和后一段毫无关联了。他猛然间觉得后一段无法像前一段那样过了,至于怎么过,他毫无头绪。

陈果是和朋友闲谈时听到大师的名字的。那时,朋友庆幸地说,若不是大师,他可能无法再这么坐着闲谈了。说去年请一个大师算了命,让他去医院检查,将会大病得治,若不然,性命难保。他不信,但还是去了一趟医院。

"你们知道结果怎样?"那朋友自己先满脸惊讶地设问,接着说,"查出胆汁外泄,若再晚一段日子,就难说了。住了十多天医院,好好地出来了。之前一直以为是肠胃不好,到外面小诊所打点滴,也便混过了。"

"悬,太悬了。"朋友摇晃着头,表情斑驳,"晚一点命便没了。"那朋友接着讲了很多关于大师的事,都是如何神准,言之凿凿,有人物有事例。周围听着的人一面惊奇,一面摇头说定是骗人的把戏,一面又动心地要试试。理由充足:耳听为虚,自己亲身试过才知是真的。

陈果想,他和那帮朋友肯定是闲极无聊,或者对生命下意识地迷惘,才会无聊地约好一个日子,去见那个传说中的大师,幻想看清各自的生命走向。他们相互笑问着,有必要吗?没必要。但他们还是去了,由那位大病得治的朋友领着,带了类似探险的好奇和激情,向大师的住处寻去。要走长长的楼道,拐很多的弯,大师藏在城市的深处,离得越近,神秘感越浓。走进那间深阔的充满灰色光线的屋子时,陈果感到一层凉意。

看过陈果递上去的生辰八字,大师抬眼盯住了他,眼睛在灰色的背景中莫名地灼亮。陈果试着笑,但他发现自己的笑发凉,胸口莫名地急促了。

"一年。"大师说出这个时间时,屋里笑声一片,朋友们的,还有陈果自己的。

"剩下一年。"大师重复,不动声色。

笑着笑着,陈果沉默了。这时,他发现朋友们也都沉默了。这沉默和屋子一样,呈灰色,发凉。

陈果突然努力地想,为什么来这里,是因为朋友讲的那些人和事例吗?因为他的现身说法?因为说不清的好奇和迷茫?都搅成一团了。他只是莫名地记起其中一个事例,是朋友的朋友,大师交代他七月不可出门,那人熬到七月三十一号。那天黄昏,认为时刻该过了,想出门买点菜庆祝的,结果过马路的时候……朋友省略了带血的部分,只说看到那人的骨灰盒,他反复强调,好好一个人,变成那把骨灰。现在,陈果极清晰地记起关于骨灰的这一节,他看到骨灰扬起来,轻飘飘的白灰,蒙住了光线,就像这屋子。

陈果在大师面前沉默,满脸阴沉地看住大师,好像带了仇恨地要忘掉他的话。

大师抬脸对着他,目光无涟无漪无澜,似乎那些话一出嘴,便与他毫不相关,完成了他的使命,也许大师面对过太多这样的脸与目光。他们就那么对视着,一个目光灼热,一个安然如水。大师没有说他好好的生命——按他自己看来,一切好好的——会因什么而突然断掉。他也没有问,似乎问了便是默认,是相信。

后来,有个声音问:"该如何化解?"又无力又轻飘,像呵出的一缕气。

大师摇头,很缓慢却很清晰。

"大师……"是陈果一个朋友在说,"帮个忙。"

"这是命。难或许可以化,命没有人化得了的。"

陈果往后退,给后面想了解命运甚至想把握命运的朋友腾出地方。直至此时,他好像才对大师的话有了反应。这不是真的。这是反应后第一个念头,接着,他告诉自己,把戏,骗人的把戏。但假如是真的呢?他的思绪在假如之后卡壳了,绕着假如兜兜转转,再也无法往前走。一万个骗人也抵不上一个假如,那一瞬间,他看到生命无法假如的残酷。也就在那一瞬间,他其实已经相信了假如,或者说这个假如已经成了他生命的一部分。他不明白,其实大师告诉他的这个尽头原本就是他的尽头,是所有人必将到达的尽头,只是距离往前挪了,挪在一年之后,他的魂魄便像游离了身体,远远看着这个叫陈果的壳,陌生又恐惧。

陈果走出了大师深阔的灰色屋子,不让任何一个朋友跟着。他走向文绣店,把一年后的那个日子文在身上,变成一种疼痛,每时每刻都带着。

二

走出文绣店时,阳光红烈若火,陈果感觉从头顶到脚底都在发烫,尤其是左小臂内侧,像落了一片日光,烧烤着那片皮肉。陈果喜欢这片锐利的痛,给他一种莫名的踏实感。他在无遮无拦的路边站住了,希望发烫感和疼痛感再浓重一些。

手机响了,他仰起脸承接日光,不想被人打扰的样子。但手机不依不饶地响着,他烦躁地掏出手机,烦躁地瞄了一眼,有气无力地招呼:"小乔。"他和欧阳乔认识后开的第一个玩笑就是喊她小乔,说有幸呀,认识倾国倾城的美女。欧阳乔回敬了一句:"那你是周瑜?"说完咬住一角嘴唇笑,不知是失口之误,还是有意这么说的,弄得他倒垂了眼光,就听见她很脆的笑声。自约她出来的那天起,他就喊她小乔,她便喊他周瑜,又自然又暧昧。

"周瑜。"她的声音由手机中出来,又欢快又期待。她没听出来,他虽仍喊她小乔,但已不是平日的语调。她说:"我有空。"

陈果应该说"我也有空",然后她会说"我等你",或者说"你等我"。通常,除非要特别出去吃饭喝茶,才会另约地点。不另约的话,他们都知道在哪里等。现在,陈果沉默着,半天不发一语。

"周瑜,在吗?"她在那边问,重复一次,"我有空。"

若真的走不开,他应该说"我有点事"。当然,他很少有事,他在一个通常都有空的单位。但现在,他对她说:"我今天不过去了。"

那边静默了,对她来说,静默是极少见的,她一定是愣住了,一时无法把握他的意思。

陈果记不起怎么摁断通话的,是他摁断的还是她?只记得她最后一句话说:"我等你。"他下意识地迈着步子,下意识地往前走,也不知往哪个方向去。他不想见任何人,见了又怎样?他简直想不通以前怎么那样有兴致。但走着走着,他立住了:"我是不对的。"这个念头令他目瞪口呆,他记不起自己什么时候想过对不对的问题,到了这个年岁,他对太多东西已经太习惯,对不对的问题已经极少进入他的意识。

现在,他想:我是不对的。当初,是他先打电话给她,先约她出来的。也就是说,他们之间,是他迈出的第一步。那时,他想过该与不该吗?他忘了,只知道迈出去,要揪住一点什么。

陈果的脚步急促了,朝她的方向去,手臂内侧火辣辣的,像催促着什么。

陈果在楼下望见窗半开着,像一只等待的眼睛,她还在。

这个小套间已经租了五年,陈果突然很惊讶,现在看来,这是多么长的一段时光,他竟从未察觉,感觉他们商量租房的场景仍新鲜得像在昨天。

陈果和欧阳乔认识几个月后,租房的想法几乎是两人同时产生的。陈果的意思很明显,这样方便些。"方便什么?"当时欧阳乔带了暧昧的笑,扭住他的腮问。他便也带了暧昧的笑,说:"你觉得方便什么就方便什么。"欧阳乔哼了一声便放开他。现在回想起来,那时她眼神里是有一丝失望的,不知为什么在五年后的今天他才清晰地意识到。

欧阳乔的想法丰富得多,她不喜欢总那样匆匆忙忙地见,不喜欢找一个陌生的落脚处,待几个小时便走,又仓促又胆怯。她说要一个落脚处,完全属于他们的,有一份从容,有共同的记忆,有专属于两个人的感觉。他们找到一个小套间,一室一厅带一个极小的厨房,又干净又精致。只要两人都有空,就待在那里。说到底,和当下很多人一样,弄个密不告人的地方,藏一段密不告人的生活,这种密不告人又成了社会上一种公开的秘密。可他们觉得自己不一样,是特别的。

有空的时候,他们待在小套间里,欧阳乔会准备一些菜、一点葡萄酒。他们坐在小方桌边,吃着欧阳乔做的几样小菜,品着葡萄酒,吃得极慢。欧阳乔还会放一些钢琴曲,声音极轻,若有若无的。开始,陈果觉得女人花样就是多,总搞一些电视剧里的场面,但慢慢地,他不得不承认自己享受这样的时光。这样的时光里,他放松,他喜欢对欧阳乔说:"真是醉生梦死,让我们醉生梦死吧。"欧阳乔把小套间称作"我们的家"。开始,"家"这个字让陈果不舒服,欧阳乔说这家不是那家,这是有感觉有灵气的。他开始只是笑,后来发现欧阳乔说得有道理,在这个"家"里,他们不讲油盐酱醋,就是讲也与浪漫相关,不讲责任,不讲应该,也不讲不应该。小套间的房租一次付一年,有时陈果付,有时欧阳乔付。开始,陈果是决定由他付的,欧阳乔不肯,说随机,谁碰上了谁付,不要刻意,这才是平等自由,感觉才好。他便随她去,反正他们不管是谁,都付得起这点房租。

这样的日子,他们持续了五年。陈果觉得一切挺好,他能公之于众的家是稳定完整的,除了儿子有点叛逆,但这不也是正常的一部分吗?他还有密不告人的家,也是稳定美好的。他们都有清闲而待遇不赖的单位,他们都独立又保持了恰当的距离。作为一个近四十五岁的男人,他有满足的理由。除了那个一直随着他的噩梦,不过,在此之前,他觉得那梦也没关系,反正只是偶尔做做,说到底,还算不得真正的噩梦,只算是令人不太愉快的怪梦吧。他看过医生,医生说了,生活规律点,注意饮食便好。他偶尔会熬夜,东西会吃得多一点,杂一点,但大部分人不都是这样吗?总之,一切是令人满意的,甚至是令人羡慕的。

但是现在……爬着楼梯的他停下来,轻抟起衣袖,看那个刺青,他感觉到那行数字立体了,离了手臂,在面前一圈圈地放大,比他的身体还大的时候,就向他压下来,像巨大的广告牌,把他的生命死死压住。

走上四楼时,他觉得自己已经筋疲力尽,掏钥匙时手微微颤着。她坐在厅里,猛地转过脸,但又很快偏开脸。

"小乔。"他唤了一声,声调也是筋疲力尽的。他突然累极了,半瘫坐在沙发上,几乎想合上眼睡过去,长长地眠一次。"长长地眠"这念头刺激了他,他极快地坐直身体,好像慢一点就会被睡眠拉进黑暗。

"小乔,我想喝水。"良久,陈果哑着声音说。

她身体保持着扭结的姿势,不搭话也不动,她在等他解释。他不想解释,有很多东西整个换了面目,可他自己也不明白是什么,到底换了怎样的面目。他这才发现地上凌乱地扔着很多东西,沙发的靠枕、塑料摆件、拖鞋、茶叶罐、碎裂的茶杯……他知道,这时应该给她一个拥抱,然后蹲在她身边边用心收拾一地的凌乱,边耐心地给她一个解释,给她一个台阶。他没有,他实在累极了。

不知什么时候,陈果发现自己坐到她身边去。他的身体微微缩起,像逃避不知名的危险,半倚着欧阳乔,头几乎要靠到她的肩膀上。但他没有拥抱她,他双手抱紧胳膊肘,咬着牙,无法伸展开双手。那一刻,他怀疑自己失去了拥抱的能力。他希望她能转过身,展开双手,把他拥在怀里。但她仍那样扭结着,背对着他,姿势僵成一种固定。他感到一股莫名的绝望和孤独,他任绝望如烟雾一般笼罩全身。

小臂内侧的疼痛又燃烧起来,他听见秒针行走的声音,如雷鸣般响亮。他跳起来,又颓丧地坐下。转过脸,看见她洁白的耳垂和脖颈,微微动着,像怒气在四处爬窜。

"我对不起她。"他脑子里突然冒出这句话,可没有说出口。

"我也对不起我自己。"他又莫名其妙地想。

他站起身,往门外走去。

"站住。"她发出他进门以后第一个声音。

陈果站了站,转身走回她身边,弯腰抚了抚她的脸,手势充满忧伤。他的目光始终垂着,不让她的目光找到。他说:"是我的问题。"说完,他冲门而出。身后传来锐响,是什么东西碎裂了。

陈果没有回头,他奔跑着下楼梯,像追赶希望那么急切,像逃离绝望那么徒劳。手臂内侧的疼痛燃成一团火,紧咬不放。

三

陈果到家的时候,刚好是午饭时间。他进门后,对着饭厅摆了很多菜的饭桌,惊异地立住了。从大师对他展示那个时间到现在,居然才过去一个上午,他感到不可思议,虽然为了排上大师的号,他和朋友是天刚亮就出门的,这半天也许会比平日长些。可他相信自己在灰色的情绪里已经熬了极长的时间。

妻子刘闺仪端着一盘鱼从厨房出来,冲他浅淡地笑笑:"回来了?吃饭吧。"

陈果再次惊讶了,疑惑地看着妻子,他记不起早上给过她电话。一般情况下,周末,他早上出门后极少回家吃午饭,不是和那帮朋友混,就是和欧阳乔在一起,除非专门给妻子电话,交代回家吃。他突然回家,妻子一点也不奇怪,似乎心里早有底。更怪的是,饭桌上四菜一汤,极整齐,显然不是为他一个人做的,而上高中在学校住宿的儿子这个周末也没回家。

她知道他要回来?陈果在饭桌边坐下,疑惑地看着妻子。刘闰仪的表情无波无澜,只在嘴角带了抹若有若无的笑意。

也许,她每天都在准备我回来,只是我今天刚好碰上了。这个念头震动了陈果,他握着筷子,愣愣地发呆。他抬头看妻子,发现自己很久没有认真看过这个天天生活在一起的女人了。直视她让他莫名地升起一股羞耻感,他晃晃头,伸手去拿碗,为自己变得这样多愁琐碎而烦躁不安。

刘闰仪说:"等等。"她转身进厨房,再出来时端了一个大盖碗,放在疑疑惑惑的陈果面前,打开,一碗长寿面,卧了两个焦黄的荷包蛋。陈果一下子想起今天是什么日子,妻子总在这个日子为他准备这样一碗面,结婚十几年,从未变过,几乎形成一种条件反射。

很讽刺,今天是他的生日,这样的日子里他得到了文于手臂上那串数字,真是一份大礼。或许该和妻子说说这事。他极快地掐断这个念头,在某一个瞬间,他意识到,这完全是自己的事,无法分享,无法分担,无法倾诉,无法抱怨,他感觉到从未有过的无奈与深入骨髓的灰暗。他低下头,大口地吃面、吃鸡蛋,几乎把头埋进碗里。

吃着面,他猛地意识到不对头,自从有小套间,五年来这一天的中午他都是和欧阳乔一起过的。欧阳乔跟他约好,除非有天大的事,否则这个约定不能变。当时陈果听的时候只是笑,对她点头,像对一个孩子承诺一件玩具。不过,五年来,他们的约定确实没断过,因为他很少有走不开的时候。今天,他忘掉了这个约定,他碰到天大的事了。

往年这个日子的中午,他和欧阳乔会坐在小方桌边,桌上放着高窄的花瓶,花瓶里会有一枝玫瑰欧阳乔买给他的。当然,在欧阳乔生日那天,他们也约在这里,他也得为她买一枝玫瑰,插在这花瓶里。陈果说:"不必这样吧,有点肉麻。"欧阳乔仰起下巴,伸手拧住他的腮:"你嫌肉麻?肉麻一下有什么不好?这个年岁的人了,往后的生日只会一个比一个没光彩。"在陈果生日的这天,欧阳乔还会为他亲手做一个蛋糕。她同意在她生日那天,陈果可以从外面买蛋糕交差。

陈果突然理解刚刚那一地的凌乱了,欧阳乔买的那枝玫瑰一定已经插在花瓶里,等在某个角落里,还有那个她亲手做的蛋糕,一定也等在厨房的烤箱里,只差他坐到小方桌前,彼此举起酒杯。

"晚饭和她一起过,至少吃了她做的那个蛋糕,只要她有空。"陈果决定。

现在,先好好吃了这碗长寿面,吃得越干净越好,好像这么多年来他第一次吃出这碗面的味道。吃着吃着他又停了,嘴里塞满面和鸡蛋,抬脸看着妻子刘闺仪。刘闺仪一双筷子愣在半空,莫名其妙的。

五年来,每年的这天中午他都是和欧阳乔一块过的,也就是说,他在这天的晚餐才回来吃这碗长寿面,这一天的午餐刘闺仪总是自己吃的,有时儿子也在。这也几乎成了一个习惯。刘闺仪总在晚餐时准备好这碗长寿面。今天,他毫无征兆地回来,可她准备了长寿面。陈果停住筷子,目光多余地往刘闺仪面前探探,没错,她在吃饭。往年,晚餐他吃长寿面时,她也会吃一碗的,和他那碗一模一样,也是白的面,卧了两个焦黄的蛋。

也就是说,刘闺仪其实每年这一天的中午都为他准备了面,只是他总没有回家。等他晚餐回来,她又重做了一碗,自己则吃中午准备的那碗。那时,她总是笑笑解释,我也庆祝庆祝,沾点口福,多做了一碗。他从未怀疑。做这一碗长寿面刘闺仪很讲究,她从不买现成的面,必定要自己揉面发面,再拉成面条,顺便多揉一点面,多做一碗,才不枉费了那么多精力。

陈果突然模模糊糊意识到他可能错过了很多东西,手臂内侧又剧痛起来,一种莫名的急迫和羞愧让他胸口发堵。他侧了下身体,正面对妻子,问:"闺仪,今年你没吃面……"

手机响了,欧阳乔的电话。陈果习惯性地站起,习惯性地要转身离开。离开的一瞬,他立住脚,在妻子面前,接通了手机。按照惯例,欧阳乔来的电话,他会边敷衍着假装是同事,边极自然地走到阳台去,在阳台门关上的同时还细心地压低了声音。现在,他立在饭桌边,说:"是我。"后来"周瑜"两个字还是省略掉了,声调也不太自然。

"你在哪里?"她在手机里问,听得出声音失去往日的水润感。

"在家里。"他说,他不由自主地看看妻子。刘闺仪在他的目光里疑惑起来,这疑惑敏感地漫延到手机来电上。但她很快地垂下目光,用心地夹鱼肉。

"在哪一个家?"手机里,欧阳乔的声音扬高了。

陈果不答。沉默良久,他又看看妻子,对欧阳乔说:"下次见面说。"然后摁断了通话。他不是不想回答,不是对欧阳乔的问话有任何不耐烦,他是真的不知如何回答,她这么一问,他脑里嗡的一声,所有的意识乱成一团,好像他是第一次听见"家"这个字眼。

陈果坐下重新吃面,他希望妻子能问问刚才的电话,他表现得够奇怪了,再者,他突然意识到,五年了,妻子不可能没有一点感觉。他知道她一定有疑惑的,她该把疑惑问出来。不知怎么的,从今天早上开始,他失去了很多力气,无法再心安理得地撒谎、自然而然地演戏、游刃有余地敷衍,但同时,他又增添了莫名的勇气,比如在妻子面前接欧阳乔的电话、说让她疑惑的话、不再想躲闪妻子的质问。

妻子没问,安安静静地吃着菜。她总是这样,把日子过得四平八稳的,稳妥得他不再怎么费心掩饰,稳妥得他狂妄了,几乎把自己的越界当作理所应当。

像今天这样的日子,刘闺仪也有一个的,可陈果几乎从不记得,忘得又干净又习惯。倒是一年年长大的儿子,偶尔会记起妈妈的生日,提议得弄点好吃的,给妈妈庆祝。刘闺仪立即同意这个建议,陈果当然也没意见。于是,刘闺仪开始拟菜式、买菜、洗菜切菜、熬汤炒菜。饭菜上桌,陈果和儿子围上去,大吃一顿。然后父子一个看报纸一个看电视,刘闺仪开始收拾餐桌、洗碗。等她整理好一切坐下来,她的生日便算完满地庆祝过了。

陈果很奇怪自己突然想起这些琐碎,又奇怪为什么到现在才想起。他极想问问妻子,这么多年的日子,这样过着足够吗?表面上看起来,似乎于她是足够的。

对他的疑惑其实早就开始了,但刘闺仪不说。当然,疑惑还只是停留在疑惑的层面,她不知道若真的掀过来,底子会是什么。她不掀,他尽着丈夫最基本的责任,尽着父亲最基本的责任,看起来总是没有差错的。但她感觉得到,还缺点什么,缺的这一点让他们的日子失去汁液。她不追究。凡事不可能完满。她不停拿这句话劝她失意伤心的朋友,也拿这句话劝自己。她所有行动都在说,足够了。

"今晚我不回来吃饭。"陈果说,紧紧盯住妻子。

刘闺仪点点头,口里嚼着菜。

陈果突然觉得妻子不是他以为的那样单薄。

四

"小可的演唱会三天后开。"刘闺仪边说边夹着菜。

陈果猛地仰起脸,嘴角吊着面条:"嗯?"

"地点定在旧影院。"刘闺仪补充着。

嘴角几根面条掉下去,陈果看着妻子,好像想确定她话里的意思。其实,他回过神了,儿子陈可真的要办演唱会了。他知道儿子迷音乐,但不知道已经到了能开个人演唱会的程度,听起来像个玩笑。但确实安排了,妻子和儿子一起安排的,完全把他隔离在这件事的外围。

"演唱会?"陈果多余地问,完全不知该如何反应。

刘闺仪点点头:"小可准备大半年了,邀请函已经发出去,学校的同学也都知道了。"她的意思很明显了,一切都是水到渠成的,他是不能反对,也无法反对的。

儿子陈可从小爱音乐、玩音乐,无休无止。他是极反对的,玩什么不好,偏偏玩音乐,完全是不靠谱没用处的东西。当然,陈果是懂得教育理念的,孩子的天性不能抹杀,要培养孩子的兴趣爱好,注重素质教育,等等,他可以不打草稿,张口念出一篇有关教育的演讲稿,保证不停顿不打结。问题是现实,现实怎么办?儿子小的时候,他说现实,儿子就像听天外来语,睁大了双眼,又迷茫又无辜。他便冲刘闺仪说。刘闺仪当然是知道现实的,但她更爱儿子,怎么舍得拿沉重的现实压在儿子稚嫩的肩上?因此,她常和儿子联合,沉默地对陈果的现实背过身。陈果骂,女人就是头发长见识短,说到底还是不懂现实的。

现实是什么?现实就是得有用,顺着现实的潮流,至少可以有安稳日子,甚至可以玩转现实,若不然,被现实压得喘不了,死不掉活不痛快才叫折磨。然而没人听他的,儿子还是玩音乐。他主张音乐玩玩可以,至少能陶冶点什么情操,丰富丰富日子。但儿子太入迷,一头扎在音乐里,拔都拔不出来。他吓唬、责骂、讲道理摆事实,结果他所有的努力都颇具讽刺意味地变成儿子的动力,更有力地把儿子推向音乐。嘴巴长在儿子身上,他不能让儿子不在做作业时哼歌;脚长在儿子身上,他无法不让儿子在上课时偷打节拍;脑子是儿子自己的,他没有把音乐符从里面抹去的能力。那些时候,他便会有一种无力感,变成他挺好的生活里的一种缺憾。

初三的时候,儿子仍不顾残酷的现实,在音符里疯狂,在别人的题山题海面前哼着音调。结果可想而知,本来成绩不错的他和重点高中还相差十万八千里。陈果发脾气了,冲儿子,也冲妻子,说早知如此,何必当初。儿子竟昂着刚刚显出棱角的头,声音朗朗地说他不后悔当初。若不是妻子,当时他的巴掌就甩到儿子脸上去了。后来,他不止一次想象过,他那高高举起的一巴掌若真的甩下去,会不会把维系他和儿子间的最后一根线甩断,从此无法续接?当时,他的一只胳膊被妻子抱在怀里,手握成拳头状,另一只手指着儿子:"你有本事就唱进第一高中去。"当然,按他所在的单位,再舍下一层脸面,求求人情,交个高价,儿子是能进第一高中的。钱对他来说不是问题,主要是窝气,走后门进去的,说着便底气不足。

儿子竟直盯着他的指头,说:"我干吗非得进第一高中?那种没人性的地方我还不稀罕呢。"彻底把他的血全激到头面上,激得他的头脸像个烧透的煤球。

气归气,第一高中的门路还是得走,高价还是得赔着笑脸交上去。难不成真放儿子去那些末流高中?成绩没指望不说,那种环境,那种氛围,不知会将孩子熏到什么路上去。不是他对其他高中有什么偏见,现实放在那里,每年学生打架闹事的事件出在什么学校,高考状元又出在什么学校,他心里有一面明镜。陈可是他唯一的儿子,路不能偏。这条准则他是不会放弃的。他是不会让生活出现什么差错的。

儿子的顽固出乎陈果的意料,进了第一高中,他没受到那种头悬梁锥刺股的拼搏气氛的熏陶,仍在音符和歌声里流连忘返。用陈果的话说,魂被那些莫名其妙的音符摄走了,在现实里找不着北了。他不仅自己玩,竟还带了一帮同学跟着他疯。

那段时间,陈果在书房里看着报纸,经常听到嘈杂的闷响,伴随着微微的震动和偶尔几声低吼。他放下报纸,气势汹汹地冲到儿子房间,不看妻子半是恳求半是阻拦的目光。来到儿子房门前,嘈杂声和震动变得很明显了,他握住圆形的门锁,扭不动,反锁了,估计里面唱得很投入,他扭了好一会儿子都没发现。他转身找钥匙,打开门,以气势汹汹的形象出现在门口。他感觉到几个影子飞快而凌乱地窜了一阵,房间里就只剩下儿子陈可了。陈可光着上身,头上扎着图案骇人的头巾,海盗一样立在房间中央,怒视着他,胸口剧烈的起伏和有着重金属声音的音乐把他的怒气烘托得很高昂。陈果看了一下,那几个影子有两个藏在床底,一个躺在床后侧,他推开的这扇门后站着一个,都光着上身,扎着海盗巾,身体都在剧烈地起伏,好像有无数音符和声音在他们身体里欢跳着。

陈果想怒喝:"什么乱七八糟的,这也叫唱歌跳舞?!"终究没说出口。他看得出,自己让儿子在同学面前丢脸了。

父子间默默对视,碟机不知疲倦地释放着激情的音乐。后来,陈果先收了目光,他发现不穿上衣的儿子看起来比想象中要高要壮,连眼神也坚定许多。他关上门,把空间暂时还给他们。

陈果决定以后不再那样开儿子的房门了,无论怎样,他都会忍到儿子的同学离开以后。下次。他想,下次和儿子好好谈谈。

谈什么,他都想得好好的。玩音乐玩音乐,音乐就是一种玩意儿,随便玩玩,找点乐趣是成的,当不了正经事。当然也有唱出名堂的,但有多少玩出名堂了?还不就是金字塔尖那寥寥几个?世人只知盯着金字塔尖那发光的几个,不知道踩在金字塔底的有多少。他是不敢指望儿子成为金字塔尖那几个中的一个的。当然,这句话不能直接对儿子说。他只要说希望,希望儿子好好走路,到时过上顺利安好的日子。他会尽力,不敢说给儿子多灿烂的前途,至少给他不错的基础,他有这点自信。想象中,说到这里,他已经苦口婆心了,儿子也该有所感触了。儿子已经上高中,他相信他该懂事了。

但儿子再没带同学到家里唱歌跳舞,或者是趁他不在的时候来,或者是转移到别的地方了。这样使他找不到合适的时机对儿子苦口婆心。他很想知道儿子转移到什么时段或什么地点去了,问过妻子,妻子说得含含糊糊。当时,他以为妻子糊涂,现在才意识到妻子和儿子早站成坚固的统一战线了。

那些话,陈果始终找不到机会说,以前,他一贬低迷恋唱歌的行为,儿子就和他辩,各自举着自己的观点,像举着刀剑,比画得火星四溅,谁也无法降伏谁。近一两年,儿子再不和他辩了,陈果说什么,他只是沉默,让人无法确定他是否在听。陈果观察过,他说的时候,儿子大多数时间连眼皮都不抬,专心继续着手头上的事。有时,陈果还未开口,儿子似乎发现了,先巧妙地躲开了。这让陈果更生气,甚至到了愤怒的地步,却毫无办法。

这大半年来,儿子对音乐表现出一种奇怪的平静,陈果以为疯狂已经过去。没想到,儿子已经筹备出一场演唱会,平静只是某种掩饰,包括妻子也是这掩饰里的一部分。她心里最深处,应该是不赞同儿子将唱歌作为正业的,但她还是和儿子站在一起,为他安排,为他隐瞒。

现在,陈果应该很生气,甚至是震怒的。奇怪,他发现自己极平静,平静得让自己惊奇。这一刻,他突然觉得"现实"变得轻飘飘的。

妻子对他的平静的惊奇是很明显的,停了筷。陈果冲她笑笑,表示自己真是平静的。他破天荒地发觉,妻子很久未买新衣了,照妻子所在的单位,她完全有能力购置稍高档点的衣物。他知道她把钱拿去为儿子安排演唱会了。孤独感朝陈果扑面而来,他的目光浸在面汤里,湿得厉害。

好一会,陈果抬起脸,说:"到时我去看小可的演唱会。"

陈果看见妻子的嘴巴和眼睛慢慢张开。他理解她的意外,也知道,她只是将这件事告诉他,尽尽责任而已,从未想过争取他的参与。

手臂内侧的疼痛又一口一口咬着他,咬得他浑身颤抖。

五

吃过妻子煮的长寿面,陈果就回到小套间。欧阳乔竟还在,一地的凌乱也纹丝不动,人半躺在沙发上,脸朝里,他进门的时候,她没动。陈果看见小方桌上摆了花瓶,和往年一样插着玫瑰,还有一个蛋糕。他朝小方桌走过去,玫瑰仍如往年一样鲜艳,蛋糕应该仍是往年的味道,只是生命已不再是往年的面目。欧阳乔每年总是把这枝玫瑰放在小阳台风干,夹进厚笔记本里。她送给他的玫瑰夹一本,他送给她的玫瑰也夹一本,说是像树的年轮,一年年留下来。当时,他觉得滑稽,但任欧阳乔去做,就像纵容她的一个小游戏,当作日子里的一味调剂。现在他想着风干的玫瑰花,竟无法控制地伤感。他想好好咀嚼一下这感觉,伤感却又飘浮起来,无形无状,抓不住根,揪不住源头。

陈果走回欧阳乔身边,偏着身在沙发沿坐下,欧阳乔仍不动。陈果把手放在她肩膀上,轻轻按了按,欧阳乔啪地坐起来,脸逼在陈果面前。除了疲惫,她在陈果脸上没有发现任何表情。欧阳乔愣了愣,说:"到底发生什么事了?告诉我。"

陈果偏开脸,摇摇头。

"你告诉我。"欧阳乔双手捧住陈果的双颊,把他的脸扳过去。

陈果挣开了她的手,往后缩着,和她坐开一段距离。他说:"我们结束吧。"说完,他就垂下头。

他没有看她的表情,只听到黏稠的安静。不知多久,他听见她的声音:"你再说一次,清楚一点。"

"我们结束吧。"陈果说。语气死水一样平淡。

"为什么?"欧阳乔狂吼起来,好像把从早上到现在的声音积在一起释放出来了。

陈果不出声。为什么?他问自己,然后把这个问题向半空抛去,他不知道为什么,他有更多的为什么,不知该往何处问。

"为什么?"欧阳乔又吼了一声,声音却沙哑了,身子朝陈果逼近。

陈果揉了揉太阳穴,他感觉手臂上的燃烧感爬蔓到额角上去了。他说:"没必要这样。"

"没必要?"欧阳乔的声音里带了哽咽,"你现在说没必要?我们之间就是个没必要?"

"我们真是那样离不开对方吗?"陈果声音喃喃的,不知问自己还是问欧阳乔,"我们不该这样的。"

"别说。"欧阳乔双手拍着沙发,"别跟我说什么发霉的道德,不用你教哪个人什么该,什么不该,恶心。"

"我不会说。"

"那到底怎么了?"欧阳乔猛地挺直上身,伸出双手揪住陈果的上衣,"难道,你厌倦了?"陈果清清楚楚地看见她眼底的悲伤。疼痛燃烧到他的胸口了,他急促地晃着头:"这跟你无关,是我的问题。"

陈果为欧阳乔感到委屈,自己就这样含含糊糊扔给她一个"结束吧",他是对不起她的。但他自己也感到委屈,无法倾诉,无处倾诉,他也觉得对不起自己。生命像圆形的多层物,这么多年,他一直游走在表层,从未有人揭开,看看里层的内容,不论别人还是自己。最里面的那个生命之核更从未到达过。或许,他生命的圆状物根本就无核。他被这个想法吓出一身冷汗。带着这身冷汗,他离开小套间,机械地往前走,意识迷迷瞪瞪的。

陈果离开后,欧阳乔再没有来电话。但第二天,陈果发现欧阳乔总出现在他家附近。他下班回家的时候,出门买东西的时候,在家里待不住出去乱逛的时候,总看见她,看得出是精心打扮过的,精心得有点过分,不远不近地走着,不看他,面无表情。陈果并不惊讶,按欧阳乔的性格,这种行为不奇怪。她也许想看看他是不是有了别人,也许想为他们的关系争取一下,甚至可能是为了示威,靠近他的生活与日子,靠近他的家人,看他作何反应。若是以前,他该有反应的,至少会惊慌,会失措,但现在他失去反应的兴致,镇定得令自己吃惊。他只是从未有过地内疚,没来由地内疚,对欧阳乔,对妻子,也对他自己。这份内疚越来越浓重,盖过了往常很多情绪。

欧阳乔越走越近了,有几次甚至在他和儿子进小区门时,很明显地走近儿子身边,脸上向他做着暧昧的表情,是有要让他在儿子面前下不了台,激怒他的意思。他的淡然令她疑惑不解。他不怪她,说到底,是他把她拉进这样的境地。

第一个电话是陈果先打给她的。

陈果无意中被朋友拉去参加一个同学联谊会。对这种聚会,陈果是不热情的,闹哄哄挤在一起,没有什么实质性的东西。但既是朋友极力相邀,他也不便拒绝,反正也是闲着,能混过一些时间。欧阳乔也去了那个联谊会,也是被朋友拉去的。联谊会上,朋友去招呼自己的朋友,陈果没什么认识的人,就显得有些落寞,落寞使他变得特别。欧阳乔的情况和他差不多,握了一杯饮料静坐在角落,在柔和的灯光里显出一种风情。反正闲着,陈果朝她走过去。他们谈起来,开始有些淡,有一句没一句的。当无意中谈到各自的大学时,交流积极了,他们竟念同一所大学,欧阳乔比陈果小四届。

"那么,我是你学妹了。"欧阳乔向陈果伸出手,"我叫欧阳乔。"

握住欧阳乔的手时,近四十岁的陈果胸口竟涌起微弱的悸动,这于他是极少见的,他呆了呆。

欧阳乔极快地发现了他的发呆,随即就是一串笑声,又圆又脆。

接下去的谈话就很顺畅甚至是热烈了。后来,陈果就斗胆开了那个玩笑:"小乔,有幸认识,倾国倾城的美女呀。"

欧阳乔也回敬了关于周瑜的玩笑。

他们留了彼此的电话。

那天晚上回去后,陈果一直在床上翻身。妻子刘闺仪问:"怎么了?"陈果没有转身,背向她,说:"今晚几个朋友凑热闹,茶喝多了。"陈果心里知道是酒喝多了,话也说多了。

联谊会回来第三天,一个无聊的下午,陈果拨通了欧阳乔的手机:"喂,小乔。"陈果这样一开口,欧阳乔就知道是他,咯咯笑了一阵。

"有空吗?"陈果问,问得很小心。

"有空。"欧阳乔简短地回答,然后等他说话。

"我也有空。"陈果狡黠地说。

欧阳乔却不再说话了,只是笑。

陈果只能说:"既然有空,出去喝杯茶怎样,我知道一间安静的茶馆。"

欧阳乔笑着说:"天热,喝茶挺好,反正空着也是空着。"

他们约了时间,往茶馆去。也许是因为没有了酒和暧昧的灯光,他们谈得不如几天前那样热烈,但自在、浅淡,更令人舒服。陈果很用心地避开关于欧阳乔家人的话题,欧阳乔也聪明地不提与家庭沾边的话。两人都心知肚明,双方都是有家庭的。到了这个年龄——陈果近四十,欧阳乔也近三十五了——这样的年岁懂得睁只眼闭只眼,懂得把完满看作童话。一句话,他们都已经是失去童年的人了,很多事看开了。

喝过一次茶后,后来陈果就经常给欧阳乔打电话,总是问:"小乔,有空吗?出去喝杯茶吧。"

"周瑜,我有空。"欧阳乔总是这样回答。

欧阳乔再给陈果打电话约他时,就直接说:"周瑜,我有空。"

再后来,陈果给欧阳乔打电话,就不只约她去喝茶了。他们找某个地点一起待几个小时,不停地变换地点,不停地小心翼翼,匆匆忙忙。

几个月之后,欧阳乔说不喜欢这样,感觉不好,想要有个稳定。陈果觉得人真是奇怪,有了稳定以后,就对稳定麻木了,想变动。变动以后又想着把变动变成一种稳定。不过,他不得不承认,自己的感觉和欧阳乔一样,想要一个固定的落脚处。于是,他们有了小套间。

租小套间的时候,陈果和欧阳乔都认定他们之间和别人是不一样的,他们是因为感情,因为缘分,因为……总之,是与众不同的。现在陈果突然对自己承认,其实都一样,都找了堂皇的借口,他们和所有人一样,或是空虚,或是欲望,或是无法把握的激情。陈果进一步意识到,不单是和欧阳乔之间的事,他日子里所有的事其实都和别人一样,他的生活只是千万个生活模子中毫不出彩的一个罢了。也就是说,他的生命毫无光彩,多他一个不多,少他一个不少……

陈果抱住头,不敢再往下想,他感觉手臂的疼痛已经燃遍全身。

六

那天,陈果叫住要出门的刘闺仪,说跟她一起去买菜。刘闺仪看着他匆匆换上 T 恤衫,换了凉鞋,拿了车钥匙,从她面前闪身出门,立在门外等她。这是结婚十几年来第一次,刘闺仪的震惊程度可想而知,但她除了眼角眉梢的笑意之外,没什么激动的表现,只说:"市场不远,不用开车,我总是走着去的。"倒是陈果,好像对自己的异常不自然,多余又笨拙地解释:"反正没事。"话刚出口,自己从脖子到脸面就瞬间红透了。

他突然想尝试着走近她,这么多年来,他似乎从未认识她。她每天做什么,他一清二楚的,买菜、做饭、上班、照顾儿子、偶尔和朋友出门、等待他。但他又一点也不清楚她其实在做着什么,那一系列的活动都只是影子,在面前闪来闪去,无形无状,无内无容。这些影子变成一个个名词,到了他的思维里,化成一个个生硬的概念。他也从未认识自己,他三餐、上班、接受妻子的照顾,和朋友混,和儿子吵,和欧阳乔在一起,然而,他不明白自己做了什么,这一切轻了,浮成烟状物,风一来便会散得干干净净,只剩下几个字:过日子。但这三个字也是干瘪的,无颜无色,无呼吸无质量。因此,说他想走近她,不如说他想走近的是自己。

他和妻子往市场走去,并着肩,既和谐又安然的样子。他想,他们真的是想象中那样心安理得吗?这个问题让他害怕,他加快了脚步,希望看到点实在的东西,比如青菜,比如猪肉。

接近市场时,刘闺仪偏过脸问:"想吃点什么?"

陈果一时语塞,平日只要在家,她做什么,他吃什么,她似乎总能弄到合他胃口的东西。现在让他自己说,他反而一样也想不起来,胡乱地说:"看看,进去看看再说。"

"吃什么还重要吗?"手臂内侧的疼痛感一跳一跳地追问他。他极力压制了这个念头。

市场可以这样子,几乎在陈果想象力的范围之外。目光里塞满东西和人,耳朵里塞满无法听清的声音,鼻孔中塞满无法分辨的味道,脚下是湿润黏腻的,空气是莫可名状的,有那么多陌生的身体触碰了他又漠然而过。他立在那里,脚步失去方向,目光失去焦点,混淆了方向,既无措又茫然。他感觉妻子扯住他,步子便下意识地迈出去,不用分辨,不用操心,只管随着走,他竟有一种被把握的轻松。他和妻子立到一个菜摊前,妻子指住其中一种菜,他含含糊糊地点点头,妻子便开始挑菜,讨价还价。然后是生肉摊、熟肉摊、鱼摊,所有的摊前,妻子都要问问他,他同样一脸茫然,等妻子指住其中一样,他就点头。他看到摊主举刀切肉或杀鱼,看到妻子付钱再接回零钱,看到其他买主挤在身边指着这个要价,指着那个问话,脑子里嗡嗡地响。

这就是生命吗?每天,就是这些琐碎、喧闹的味道喂养了生命,妻子就是在这些零零碎碎的决定、买卖、安排里,为生命的延续而花费心思。他感觉离妻子离自己更远了。走出市场时,他莫名其妙地想,欧阳乔每天也上市场吧,也为她家里人在这样的零碎里花费心思吧。

走出市场时,陈果双手提了大袋小袋,这是家里两顿或者是三顿的菜。妻子得每天这样走一趟,每天。他哆嗦了一下,这样每天每天地走下去,将通向何方?他的脚步有些踉跄了,眼前的阳光暗了一层。

陈果看见了欧阳乔,这两天她不是在他家附近的吗?她也到市场来了?或者是跟踪他和妻子而来?他还在胡乱猜测,欧阳乔已经走过来,直直冲着他,面无表情。他没来得及反应,已经和她撞上了。陈果手里的袋子掉了一地,他蹲下去,下意识的。欧阳乔也蹲下来,刘闰仪跟着蹲下来。

最初一瞬的空白和习惯性的慌乱后,陈果镇定下来,开始收拾地上的袋子。他想,若是欧阳乔此刻揭穿彼此间的关系,当着妻子的面,也好。该发生什么便发生什么,都是他该受的,承受的决定让他涌起一种莫名的踏实感。这种踏实感在他脸上以坦然自在表现出来。欧阳乔反而慌乱起来,胡乱收着袋子,嘴里胡乱说:"不小心的。"刘闰仪倒关切地看着欧阳乔,问:"没撞着吧?"也许是因为欧阳乔的脸色太难看了。欧阳乔晃着头,不知是点头还是摇头,起身匆匆走了。

陈果转头,看见欧阳乔忧伤的背影急促地离去,他几乎想追上去,把她扯回来,在她们面前撕下自己脸面上盖着的那一层,最好撕得自己血淋淋。猛一错眼,欧阳乔的背影已经消失在人群里。一念之间的怯懦使他失去了面对的机会。

提着肉菜进门时,陈果说:"今天中午的饭菜我来安排吧。"

"我帮忙。"刘闺仪说。

"我自己来。"陈果笑笑,"让我独自试一下。"

刘闺仪沉默了半晌,点点头:"也好,你安排。我正好包些包子,今晚带去旧影院,小可演唱会后,给他和他那些同学当夜宵,面我早上就揉好了。"

陈果洗菜、切肉、搭配菜式、起锅炒菜,又卖力又笨拙,用心得像进行一项什么仪式。下意识里,他确实是当成仪式在做的,妻子刘闺仪近二十年来几乎都重复这个程序,她带着什么样的心态,是什么样的耐心让她这样安然?至少表面看起来是安然的。他试着想象妻子那种心情,体验那种感觉,他相信,这对于他来说,肯定是生命里新鲜的感受。但他随即失望了,他可能永远体味不到这种感觉,因为不一样,他和妻子是完全不一样的。何况,他现在连"长时间"这个词都不敢触碰,何况是永远。他往厨房外探探脖子,妻子埋头包着包子,她接近漠然的安宁几乎让他嫉妒了。

妻子总是这样,从他认识她的那天起,他不知道是什么支撑她的安然,就算是表面看起来的也好。他知道她明明有疑惑的。或许,她根本不需要什么支撑。这一瞬,陈果莫名地感到妻子的强韧和自己的脆弱。他一向以为她是被动的,似乎错得离谱,从十几年前错到现在。

十几年前,陈果还单身的时候,刘闱仪就开始给他做饭做菜,主动的。那时,陈果大学毕业后分配到一个单位,刘闱仪同时被分配进单位。同时进单位,都住单位的宿舍成为他们最初的共同话题,这个话题没有拓展的余地,三言两语便说完了。说完了陈果便走开,他几乎还无法把刘闱仪的面孔和路上任何一个行人分开。但他的面孔也许已在刘闱仪心中变得特殊,因为她开始给他送饭送菜。

刘闱仪在自己宿舍做了饭、炒了菜,分一份提到陈果的单身宿舍。她提着饭盒走进陈果的宿舍,打开饭盒,里面分成好几个小格,米饭、青菜、排骨、煎蛋,又精致又丰富。看着陈果张了半天无法出声的嘴巴,刘闱仪笑笑说:"顺便,我做饭,顺便多做一点,就提过来了。"

饭菜摆在那里,用心又热情,陈果说不出拒绝的话,一连串的多谢后,开始吃。他吃得很干净,不是谢人情,是真的美味。他想好了,下次找个机会请回去,算还人情。

陈果没想到,刘闱仪每天都顺便,都提了饭菜来。他为难了,开始委婉地拒绝。刘闱仪还是笑笑说是顺便。她的理由很充足,一个人的饭菜太少,难做,做两个人的反而好安排。陈果竟掏出钱包,要付伙食费。刘闰仪定定地看着他,直到他把钱包收起来。

陈果每天吃着刘闰仪送来的饭菜,每天为这人情不自在着。对刘闰仪的顺便,他几乎无处可逃。有一次,他在午饭时间关上门,坐在房间里,装作不在。刘闰仪把饭盒放在门边。他也不去拿,让饭盒待在门边。等第二天,他照例关了门。刘闰仪把新做的饭菜放在门边,把昨天那盒变了味的饭菜拿回去。一连几天。几天后,陈果开门了,刘闰仪提了新做的饭菜进来,仍是笑笑的,对那几盒变坏的饭菜一字不提。陈果又吃上刘闰仪做的饭菜。那一刻,他想,或许这样也是不错的。

他们住到了一起,刘闰仪正式给陈果做饭做菜了,直到现在。

陈果觉得一切大错特错,他辜负了她,也辜负了自己。他甩着手上的水,走出厨房,想对妻子说说这个错误。

刘闰仪抬起头,说:"我专门做了几个叉烧包,是你爱吃的,其他肉汤包是小可爱吃的。"

陈果什么话也出不了口了。

七

陈果随刘闰仪走进旧影院时有些不相信自己的眼睛,想不到还有这样的气氛。在他印象里,旧影院很久没有上映过什么像样的影片了,平日零落得可怜,只在某个幼儿园或某个单位要办晚会时租了做会场,才有一点人气。今天,是儿子的演唱会,一个孩子唱歌,竟能弄出这种动静。门外还拉了横幅,立了海报:陈可的歌唱世界。陈果觉得很夸张,都弄成一个世界了。特别是海报上儿子那张照片,穿了一身蓝白铠甲,头发都是一缕缕直竖起来的,背景是放射性的光芒,生生把自己弄成一个宇宙战士。

快到旧影院的时候,刘闺仪对陈果说,到了直接去台下找位置坐,小可在后台准备,忙乱得很。

陈果知道妻子的意思,说白了,儿子不想他们去打扰去啰唆。不用妻子提醒,陈果也不想这时去见儿子,见了彼此都不自然。

稍稍坐定,演唱会即将开始,人也来得差不多了。陈果四周望望,来的大多是学生,大多打扮得很另类,有着夸张的热情和夸张的声调,陈果猛地觉得自己老了。他估计了一下,有七八百人吧,这个数目远远超出他的意料,他没想到会有这么多人想听儿子唱歌。

来之前,妻子才向他提起,他们的儿子陈可去酒吧唱歌挣钱。几个同学凑成一个乐队,陈可是主唱。每个周末到一家酒吧唱歌,按首算钱。妻子说这些的时候,语调平淡,似乎丝毫没有注意到陈果不可思议的表情。

"什么时候的事?"陈果不明白自己问这个还有什么意义。

"有一段时间了。"刘闺仪说,"他们为演唱会筹了不少钱。"

陈果想说:"怎么能让他去酒吧唱歌?那是什么地方?若是碰上什么人怎么办?到底还有多少事是我不知道的?"陈果终于什么都没说,妻子早有自己的主意,儿子也许觉得他是没资格知道的。他再次感到无法言状的孤独。难怪,近两年儿子不再跟他吵,儿子对他们间的争吵也厌烦了吧。以前,父子间总要时不时争辩一次的。

每每进门,看到儿子戴了耳机,半眯着眼睛,摇头晃脑,陈果脑门上便有一丛无名火腾地燃烧起来,他立到儿子面前,摘下他一边耳机:"够了没有?整日不干正经事。"儿子小的时候,会垂下头,按他的意愿拿起笔和书,不管多么不情愿,姿势是做足了。当儿子初三即将进入高中时,还沉迷在音乐里,他和儿子间的矛盾几乎进入白热化,儿子不再沉默,不再做样子,而是冲陈果昂起头。

陈果说听歌唱歌不是正经事,儿子陈可直冲冲地问:"那什么才是正经事?"

陈果压住怒气,说:"什么是正经事你不知道?"

"那是你的正经事,不是我的正经事。"儿子直视着他。

陈果想该借这机会和儿子谈谈了,他深呼吸,去掉语调里的坚硬和斥责,说:"小可,不是不让你唱歌,但要有个度,不能当——怎么说呢?至少不能算一件靠谱的事吧,我知道你懂的。"

"怎么就不靠谱了?靠谱有标准吗?"陈可问得很急,"我不偷不抢,到底差在哪里了?"

"当然,也有唱歌唱成的。"陈果不与儿子纠缠靠谱的问题,开始摆事实,"那些你们说的大歌星、大天王天后什么的,可那是极少数,全国就那么几个。唱歌的人那么多,其他的没人知道。不是我打击你,这条路成功的概率极小,太小了。"

"成功?"儿子重复着这两个字,像玩味着什么,鼻子哼了一声,"你一下子就想到要成功,这是功利。我唱歌就是喜欢,没想过什么成功不成功。再说,唱歌的人只有歌星才是成功?成功的标准又是什么?说到底,你还是势利的。"

陈果竟一下子无话可说,他几乎不认识儿子了,从婴儿猛地长到这么大,脑子里有了这么多怪想法,这是从什么时候开始的,他一点预感也没有。他不正面回答儿子,这都是愤青式的发问,是幼稚的、不现实的,他认为不必解释,儿子长大后自会明白,目前只要说服他回到正经道上去。他摊开双手,说:"好,我不扯那么远,也不提成功。我从不要你有什么野心,只要你过好日子。这是最基本的,要没能力过好日子,其他都说不上。先打好基础,好好学点东西……"

"我是有野心的。"儿子打断他的话,"音乐上的野心,说了你也不明白的。你说的好日子我知道是什么样的日子,我认为的好日子你才不知道,我怎么就没有好好过了……"

父子间的争辩总这样不了了之。这样多次循环之后,陈果一开口,儿子总会说"反正你不明白的",言下之意,懒得和陈果说。陈果竟也生了一层莫名的怯意。不过,他心里还是有点底的,他在等,等儿子长大,总有明白过来的一天,他相信"现实"是无比强大,无处不在的。

现在看来,儿子比他想象的更强大,更认真。至少,他能让这么多人专门为他坐到这里,专门听他唱歌。陈果想起儿子说的野心,这种专门的倾听应该也是野心的一部分吧。

演唱会开始,重金属的音乐,激烈晃动的灯光,灯光里疯狂的人影,接着,是儿子疯狂的声音。若不是刘闱仪指点,他根本无法在那些摇摆不停的人影里认出儿子,根本听不出嘶哑的吼叫就是儿子的声音。他的脑子被搅成一团乱麻,世界似乎只剩下砰砰的声音和闪烁不定的强光。周围的人却随着台上疯狂了,不停地起立、拍手、吹口哨、尖叫,好像台上疯狂的声音就是他们的心声,他们忍不住要扑上去拥抱。他坐在立起一片的人丛里,无法做出任何反应。他的世界和儿子的世界太遥远了。

对儿子这样的音乐,他总说:"这算什么音乐?这是唱歌吗?一点美感也没有。"

儿子丝毫不受影响,晃着头回敬他:"你们说的美就是美,我们眼里的美就不算美?"

"那么鬼哭狼嚎的,我听不懂。"陈果把话说狠了。

"你是不懂。"儿子竟极淡定,见怪不怪的样子。

这两年,儿子喜欢说这句话,"你不懂"。

现在,陈果坐在这里,想,自己也许是真的不懂。最初的疯狂过去,音乐开始变得轻缓,周围的观众随着音乐变得平静,慢慢坐下。他得以看到台上去,灯光仍是暗的,人影模模糊糊,但看得出歌唱的人是陶醉的,暗影奇妙地加强了歌唱者投入的感觉。

陈果觉得再评价儿子的音乐就是愚蠢了,儿子至少比自己真实,他现在就立在台上,沉浸内心的同时酣畅地释放了自我,而陈果却对自己的一切还含含糊糊的,就像那个梦。

这个梦已经随了陈果二十多年,他总是在梦里看到一团灰黑,朝自己兜头而来,灰黑里似乎是没有内容的,他在空荡荡的灰黑里迷失了,辨不清方向也找不到出路。绕走到极累的时候,人就醒过来了。这算不上什么噩梦,但重复地做,奇怪又烦人,问医生,医生不认为有什么大问题,他也没怎么放在心上。有时甚至想,灰黑就灰黑着,夜里睡着总是黑的,何必一定要找什么,分什么方向?但是近几天,听大师说了那串数字并把数字刻在手臂后,这个梦几乎每晚都出现。甚至,他感觉梦里的灰黑越来越浓,他在灰黑里越来越慌张,急于想拨开灰黑,看清灰黑遮盖着的东西。

台上的灯光闪了一下,忽然亮得刺眼,台上的人影亮在所有人面前,引起一片尖叫。陈果看清了儿子和他的那些同学,都是夸张又闪亮的装束,有抱着吉他的、敲着鼓的、扭着身子跳舞的。儿子立在最前面,抱着吉他,对着话筒唱。节奏感很好,几乎全场的人都拍着手和起来,但他还是听不懂儿子在唱些什么。只看到儿子似乎被自己的歌声陶醉了,身子一弯一弯的,额角的发一甩一甩的。台上那些小伙子全留着长长的侧刘海,他记得儿子平日发型完全不是这样的,怎么弄上这长刘海的……

刘海!陈果脑子里一震,没错,是刘海,长长的斜刘海,遮住了一只眼睛。脑子里的东西快速又杂乱地搅着,他想起些什么,梦里那团灰黑后面的东西若隐若现。

手臂的刺青又痛了,他低下头,在黑暗里细看那行数字。台上极亮,但台下极黑,他还是格外清晰地看到那行数字。他就那么盯着,在黑暗里,好像要盯破暗色。该是面对这行数字,面对那层暗色的时候了。

八

陈果和刘闺仪等了很久才得以走到儿子陈可身边,他那些同学的热情似乎远远未释放完,围在他身边无节奏地唱、无规律地跳、无节制地尖叫,像给演唱会延展出长长的尾巴。后来,影院里已空无一人,留在后台的人们大约也闹累了,吃了刘闺仪带来的包子,才慢慢散去。

陈果朝儿子走去,他极想跟儿子握握手,那只手终被羞怯扯住,无法伸出去,生硬地贴在裤子两侧。儿子陈可似乎也莫名地不好意思,冲他笑笑,招呼了一声。他竟觉得那笑很柔软。那一刻,一种既欣喜又伤感的情绪攫住了他,他与儿子之间不再单纯是父与子的关系,也是一个男人与另一个男人的关系了。意识到这个,某些顾忌没有了,多了某种勇气,他含在嘴边的一些话出得了口了。

"小可,我错了。"陈果仍有一丝不自然地手插在裤袋里,说。这样一来,话和姿势都显得很轻松。

儿子陈可愣了愣,随即笑了,眉眼挂了掩饰不住的欣喜和得意。

陈果说:"我说我错了,不代表你就一定是对的,只代表不会再干涉你。"

"当然。"儿子仰仰头,那抹斜刘海已经没了,"没有绝对的正确,也没有绝对的错误,什么标准不标准的,是最愚蠢的说法,我只做自己喜欢的。"

陈果暗叹儿子是真的长大了,也许仍幼稚,但确实已独自站着了。他向儿子凑得再近一些,好像怕话被妻子听去,说:"谢谢你。"说得又迅速又含糊。不过儿子很明显听清了,讶异地看着他,嘴张了张,有一刻不知说什么,但很快笑了。陈果知道,儿子对此已经有了自己的理解,就让他用自己的理解吧。陈果感谢儿子,因为他看清梦里那团灰黑了。

坐在暗色的台下,看着台上光亮里那几抹长长的斜刘海,那团灰黑开始在陈果面前搅起来,旋转成圆形,越旋越快,边往深处拉,竟拉成一个黑洞,极深极暗,像一只眼睛,直直望住他。陈果身体一颤,冷

■ 什么都没发生

汗一层一层涌起,顺皮肤四流,他极想用手盖住自己的双眼,极想逃。但他强迫自己坐定在椅子上,盯住那黑洞,一直盯下去,任颤抖一行一行在身上爬蔓。慢慢地,有东西盖在黑洞上,是刘海,斜斜的,长长的。黑洞隐在刘海后,又幽深又悲伤。

一切都清晰了。

已经是二十多年前的旧事,陈果的记忆却第一次变得完整。那年,陈果刚经过高考,顺利地收到大学录取通知后,他和几个同学约好,骑车到县上好好玩几天。因此,骑着自行车出寨的时候,陈果的心已经提前出发,飞得很远了。在寨门口,因为一群乱跑着玩耍的孩子,他不得不停车,躲闪这些半大孩子的横冲直撞。停车的时候,陈果看清这群半大孩子在玩鞭炮,一种叫二踢脚的散鞭炮。他们蹲在地上,拿一支燃着的香去点鞭炮,然后哄地跑开,听鞭炮一声脆响,便兴奋得大喊大叫。有个孩子突然想展示自己的胆量,把鞭炮握在手上,直接点燃了扔出去,引起一阵惊呼和赞叹。那孩子便昂了头,再一次在手上点燃了鞭炮扔出去。陈果是有过阻止他的念头的,但不知为什么终于没有开口,急急骑上自行车,急急赶他的约会。骑车走开的时候,陈果想,回来把这事跟他父母说说,他知道那孩子是前巷大乌家的大小子。对,回来再说,让他父母拿竹枝抽一顿,长长记性。这么想着,陈果轻松了,自行车骑得飞快。

从县上回来已是几天后,陈果在当晚来家里喝茶闲聊的阿伯阿婶嘴里听到大乌家出事了,他家的大小子被鞭炮炸了。

陈果一激灵,忙问:"怎么样了?"

"严重了。"阿婶摇头叹气,"一只眼睛炸烂了,现在在医院里,听说眼睛废了,唉,才九岁的孩子……"

陈果听不到后面的话了,脑子里一片空白,慢慢走回房间,扑倒在床上。不知是不是骑了几天自行车实在太累,他竟很快入睡了。醒来后,他不再打听这件事。很快,他去大学报到了。很快,这件事被淡忘了。也许,二十岁的生命是拒绝沉重的,有一段时间,他把这件事忘得干干净净。毕业后,他留在城里工作,极少回乡了。

陈果将记忆像剥洋葱一样一层一层地剥出来,一层一层地让胸口发麻发辣,好像对自己越残酷他越安心。他向单位请了两天假,对妻子说要出门,自己开车回老家。

老寨基本没什么住户了,陈果直接奔新寨,先回了家,饭桌上便向父亲母亲问起,大乌家是否也搬到了新寨。

"哪里有?早搬走了,有十多年了吧。"母亲说。

"搬哪里去了?"陈果停住筷子问。

"没人知道。"母亲说。

搬走十多年了,他每年回老家竟从未想起,是有意识让自己遗忘的。这是陈果以前不敢承认的,自十多年前再次见到大乌家的大小子后,他就有意识地让自己遗忘。

三十岁那年春节,陈果回老家进寨门时迎面碰上一个男孩,挺高的身材,头却垂着,长长的斜刘海遮了半边脸,露出的半边脸很端正,却带了说不清的暗色。陈果对他点点头,他的头猛地垂得更低,匆匆闪身而过。

饭桌上问起,母亲说那是大乌家的大小子,当年被鞭炮炸了眼,右眼至今是个眼洞,留了头发挡着,平日没事总待在家里,不和人交往,不和人说话的,就是有事出门,也低着头。现在,寨里人是不许孩子玩鞭炮的。

陈果吃不下去了。那个春节,他极少在寨里走动,自己也弄不明白是为什么。春节过后,他带了妻子儿子匆匆回城。

现在,陈果明白那个梦是什么时候开始的了,就是从他想遗忘时开始的。就是在梦里,他也用灰黑遮住一切,让遗忘变得彻彻底底。

现在,陈果逼着自己回到二十多年前。他已经停下了自行车,为什么没阻止那孩子,就是吆喝一句也是好的,就一句话的事。是因为赶着同学的约会,太急了吗?是自己太懒了,连动动嘴都嫌麻烦?还是完全因为事不关己,冷漠麻木?似乎都说不太过去。陈果继续往深处挖,好像要把胸膛掘出个洞来。当时是不是存了恶作剧的心理,甚至觉得该让这帮野孩子挨点炸,流流血,受点教训?陈果让这最后一个想法吓住了,呆了半晌。然后他死命地甩头,不会,不会,那点时间哪可能想这么多。他安慰自己,但身体某处有种声音立即反驳了他,没有想,这是下意识,他灵魂深处的下意识,隐在他无法明了的地方,发着暗色的光。

陈果头昏脑涨,他感觉再深进去脑袋就有炸开的危险了,但他固执地让自己停留在灵魂的那点暗色里,他看到那斜刘海在面前掀开,一个深黑的眼洞露出来,直盯住他的灵魂,盯得他的灵魂发痛发抖。可他不躲闪。不,不单不躲闪,他还想直冲它而去。他想,也许是手臂上燃烧着的疼痛给予的勇气。

陈果到单位请了长假,他没有编请假的理由,就说有事要出门。对他的长假,单位还未批准,他不管了,只管要出发,会怎样就怎样。他开着车,准备去找搬走的大乌家,找那个男孩。去哪里找,怎么找,他心里一时还没底,但总要找。能不能找到,这不是他最在意的事了。找到他做什么?陈果对这问题并不清晰,或者会让自己面对那个眼洞,让孩子把刘海掀起来?或者和他谈谈当时自己的过失甚至是丑恶,如果他当时阻止了,事情也许完全不一样。或者会捋起袖子,让那孩子看看那串数字。或者……

出发了再说吧。

和欧阳乔的事怎么办,和妻子又怎么办?出发前,陈果想过。该怎么办就怎么办,不管怎样,面对吧。陈果用力踩下油门,让车带着自己前进。

■ 什么都没发生

■ 098

■ 飞翔的飞

一

　　于飞越跑越快,行人和店面往后退,模糊又快速,风在耳边呼呼扫过,双脚有了弹性,整个人轻了,她认定这是要飞起来的征兆。她伸长双手,以翅膀的姿态展开,但很快听到尖叫和责骂,她拍打到了行人。于飞猛地缩回双手,看见那个贼在前面跑着,一蹿一蹿的,时不时隐在某个行人后。"站住!"于飞大喊一声,饱含激情。她握了拳,半弯下脖颈,咬着牙追。

　　感觉距那个贼几步之遥时,贼扔下一捆东西。于飞弯腰捡那捆东西时,奔跑着的贼转过头,满脸不可思议。那瞬间,于飞得意地闪过一个念头:想跑过我,难。她把那捆IC电话卡攥在手里,继续追。半条街后,贼跑进服装批发市场,于飞追进去,满目衣服,失去了目标。

　　那捆IC电话卡握得发热发湿,于飞的失望烟雾般升腾起来,和后背汗湿的热气搅在一起。追赶中,她想象揪住那个贼——不,准确点是抢劫犯——的胸口,把他扯回店里。

回店的路上,于飞身上的力气突然消失,脚步歪斜拖拉,脖颈耷拉在肩上。到了店门口,极度的疲累袭击了她,扒着门框往下瘫。另外两个店员刘珊珊和李娜婷扶住于飞,于飞的胳膊感觉到她们双手强烈的颤抖。她们看着于飞,眼神惨白:"没事吧,于飞?"于飞咻地笑了:"能有什么事,可惜没把人追回来,就追回这点。"于飞把电话卡拍在玻璃柜上。她看到那个破开大洞的玻璃柜,脑子里也出现一个空白的缺口。

刘珊珊惊叫:"还追回这个? 于飞你胆也太大了,这种人敢去追。"

"怎么不敢,那是贼,是抢劫犯。"于飞的力气在说到"追"时回来了,双手用力拍着玻璃柜面。

"你要死呀。"李娜婷按住于飞的肩膀,"你也知道是抢劫犯,要是那人转身一刀……"李娜婷咬住嘴唇。

于飞冷笑:"三流角色,抢 IC 电话卡,有本事抢银行去。"

"电话卡也值钱,一张五十、一百的。"

"别说了。"刘珊珊抱住胳膊,关于回头一刀的想象让她声音惨白。

店里充塞着黏性的沉默,她们僵在沉默里,守着破碎的玻璃柜,等待店老板。

沉默里,于飞思维反而活跃了。她重回刚才的奔跑状态,忽然觉得刺激，也许还有后怕，弄不清指尖的微抖是因为激动还是恐惧。她又想打电话了，跟谁说说这件事。她走到那列电话边，站了一会，伸出的手缩回去。几个月来，那几个死党早散了，消息都有些模模糊糊的。家里是铁定不能打的，事情没讲完就会听见母亲带着哽咽的惊呼和无措的叹息，晚上会有父亲的来电，他会有一串一串的追问，然后，就该让她回家了。

六个公用电话，玻璃隔开，列成一排，像一列沉默的嘴巴。平时，这是店里最热闹的地方。于飞工作几个月了，整日不是坐着等顾客，就是站着给顾客兜售IC电话卡，这份枯燥不适合她，但她喜欢这里，因为这列公用电话。只要玻璃柜前没有顾客，于飞的目光就粘在这列公用电话上，看那些打电话的人。

下班后，于飞对刘珊珊和李娜婷模拟打电话的人：嘴对话筒放低了声音说，用一只手半扣住嘴的；握紧话筒，冲话筒大声嚷嚷，高声大笑的；蹲下身，头靠在膝盖上，话筒半抱在怀里，一会低声笑，一会低声骂的；像为了寻找声音，耳朵使劲往话筒伸，头和身子往上提，踮起脚尖，把身体拉成一根斜线的；脑袋顶着玻璃，屁股伸得老长，随着说话摇来晃去的……于飞手撑着玻璃柜，观看通话者，想象他们通话的内容，电话另一头通话者的性别、样子，她为他们编织故事。她对目瞪口呆的刘珊珊和李娜婷讲她编织的故事，手舞足蹈。看着通话者，她会忽然大笑，拍手拍脚的，捂住肚子蹲在玻璃柜后，笑得身体发抖。半天后立起身,满脸通红,胸口发喘。刘珊珊和李娜婷说她比那些通话者好笑多了。

于飞也想冲电话高声或低语一阵,但她电话极少,家里偶尔来个电话,或自己偶尔给家里去个电话。或者父母询问叮嘱,她说好,或者她向父母汇报,还是说好。父亲母亲不敢谈太多,怕影响于飞工作,说工作该用心。对于飞的工作,他们诚惶诚恐,好像那一件易碎的珍稀品。那几个死党几乎没消息,进城太急,竟没留下清晰的联系方式。

于飞对刘珊珊说:"我打电话给你吧。"刘珊珊瞪大双眼:"于飞你找个男朋友吧,天天打给他。"

于飞鼻子哼着,我有的是人可以通电话。她果然给某个人打电话,话筒握得很正,半靠着玻璃,谈得津津有味,时不时点头微笑,甚至哈哈大笑。她一般选午饭后那段时间,店里没什么顾客,那列公用电话也很少有人用。她通电话的时间很长。刘珊珊对李娜婷说:"这姐们说不准真有男朋友了,聊这么久,工资都搭进电话费里了。"她们探于飞的话,要她"交出"男友。于飞笑,笑得含混不清。一次偶然的机会,刘珊珊发现于飞通话的电话机上没插 IC 电话卡。刘珊珊附在李娜婷耳边说了一阵,两人踮着脚绕过去看,果然没有电话卡。后来,又暗中观察了几次,于飞的电话从没有电话卡。一直以来,她在对着自己说电话。刘珊珊和李娜婷看于飞的眼神变得奇怪了。

于飞乐此不疲,似乎找到无尽的乐趣。现在,她想打个电话说说今天的事,像平时那样,但突然失去了兴趣。

店老板来了,匆匆走进店里,于飞看见他眼里带了冷意的目光,在她身上扫了一眼,就盯住那个破碎的玻璃柜。

老板在破碎的玻璃柜前立了一会,眉头被看不见的线拉扯着,他找张椅子坐下,于飞、刘珊珊和李娜婷立在他面前,呈半圆形。

"怎么回事?"老板问,声音又懊恼又烦躁。

刘珊珊和李娜婷一齐看于飞,店里有三个条柜,她们各管一个,破碎的那个是于飞的。

老板目光转向于飞。于飞开始回忆刚才那一幕。

来的是两个男孩,看起来比于飞大不了多少,不超过二十岁。刘珊珊的柜台是充电器、电池之类的配件,李娜婷的柜台是电话机,于飞守的柜台是 IC 电话卡,一百的,五十的,三十的。两个男孩到于飞柜台前,要买电话卡的男孩很挑剔,对卡的图案很用心,细细去挑。另一个立在旁边,显得无所事事。中午,店里就他们两个顾客。刘珊珊和李娜婷你一个我一个地打呵欠——这点于飞没透露。

买卡的男孩刚要付钱,那个无所事事的男孩突然从背包里掏出砖块,砸向玻璃柜。于飞在玻璃柜破碎的瞬间才看到男孩手里的砖头。砸烂玻璃的同时,他扔掉砖头,双手伸进玻璃柜抓了好几捆 IC 电话卡。于飞绕出玻璃柜时,他已跑出门,她追上去。其实,那个假装看卡的男孩也抢了不少电话卡,出门往另一个方向跑了。

老板长长地沉默着。一直低着头的刘珊珊和李娜婷稍侧过脸,朝于飞用力使眼色,弄得于飞莫名其妙,加了句"就这样",好像提醒老板该开口了。刘珊珊和李娜婷满脸痛心疾首的表情。事后,她们对于飞说:"你怎么那样仰着头?也不向老板说声对不起,至少口气软一软。"于飞说:"又不是我抢店,我还追了贼。"

刘珊珊在老板的沉默里怯怯加了一句:"于飞还追回了一捆电话卡。"她指指于飞追回来的那捆卡,在老板面前桌面上,是刘珊珊事先摆放好的。事后,于飞觉得刘珊珊这人挺仗义的。

老板不看电话卡,还是看于飞。于飞也看他,没心没肺的样子。老板移开目光时说:"看了这么久的店,该有点眼色。"

如果是刘珊珊和李娜婷,一定点头,然后把头垂着。

于飞梗着脖子:"他们假装来买卡,砖头在背包里。"

老板走之前,指指满地的碎玻璃说:"收拾一下。"他的背影迅速出门,隐进门外的轿车,消失在街上的车流人流中。

刘珊珊和李娜婷猜测老板的去向,说可能去报警,又说报警的话不会让收拾玻璃破坏现场的,也许到别的店去了。最乐观的是去重新定做玻璃柜了。

于飞突然觉得她该收拾东西了。

刘珊珊有些愤愤地说:"于飞追了那么长一段路,老板也没问一句,多危险。"

于飞扫着玻璃,开始莫名地等待什么。傍晚,母亲来电话了。拿起话筒,就听到母亲颤抖的声音。母亲说:"飞你没事吧?飞你回家,明天就回家,知道怎么买车票坐车吗……"

"我不回。"于飞插嘴。

母亲愣了一刻后是更长的唠叨。之后,电话被父亲接过去。

于飞听着,时不时插一句:"我不回去。"

时过境迁,于飞才知道老板打电话给当初介绍她来的阿叔,感叹店里遭了抢劫,损失很大,一时不需要那么多人手,只好暂时让于飞回家一段时间。他很委婉,又抱歉又无能为力的样子。阿叔把话带给于飞父亲,也说得委婉,也是又抱歉又无能为力。于飞的父亲不停点头:"是我们麻烦了。"然后给于飞电话。

于飞不想回家。她不是想赖在这家店,她到城市刚三个月,还没好好看看城市。就算好好看过她也不想回,她该留在这,她认定。

晚上,她躺在宿舍的木板床上胡思乱想,宿舍是老板为店员租的,她知道明天,最多再赖一天,她便没有在这睡觉的权利了,但她对黑暗对自己对远方的父母念那句话:"我不回去。"后来,她睡着了。睡眠里,于飞又做了那个飞翔的梦。

二

飞翔的预感气体一样在体内膨胀,于飞的手指一个一个地张开,双手伸长,两臂开始发痒,胳膊长出羽毛。她欣喜地盯住羽毛生长的动态,又快速又柔和,五彩,发亮,美得无法言说,羽毛长成厚厚一层时,变成巨大的翅膀。她试着动了动双臂——不,是双翅,两旁的空气流动起来,她搅起了风!

于飞身体轻了,她踮起双脚,脚底飘飘。轻轻一跃,双翅鼓动起来,双脚离地,身体慢慢浮起,放平。她又拍拍双翅,身体向前滑行,飞起来了。

飞翔很稳,于飞一点也不吃力,飞得快一点时,几乎是风托着她前进。她高叫起来,每次飞翔她都要高声叫喊,好像这是飞翔的衍生物。没有任何障碍物,她可以横冲直撞,风是她的助力。没有人踩出来的、水泥浇好的、树木列好的路,没有路代表有无数的路,无数的路代表有无数方向,每个方向都有无数可能性。有时飞着飞着,她认定自己化成了风,形状都不存在了。

于飞喜欢往下看,乡村和城市、行人和汽车、动物和植物,都是无趣的,又都是有趣的,看起来都那么简单,再飞高一些就统统成了点或成了片,可又都是有故事的,想也想不到的故事,有想也想不到的滋味。于飞一路飞过去,感觉故事扑面而来。

于飞更喜欢往上看,还要往上飞。她不相信云是抓不住的,那些云一团一团,有形有状的,怎么会抓不住?她也不相信蓝天上是空的,它蓝得那样实在,肯定有个落脚处的。于飞极力扇动双翅,往高处飞。

越往高处飞,天的蓝越清,云的质感越绵软,于飞感觉到无法抵抗的诱惑,双翅扇得越急切。她知道飞高了。这时候,那个声音就会响起,嗡嗡的,又低沉又清晰:"别飞太高。"每次都这样,她寻找过无数遍,从未找到声音的来处。这声音冲着她提醒,一遍又一遍。于飞从来不听,她边往高处飞,边问:"为什么?我喜欢高。"

"下去吧。"那声音嗡嗡作响。

"不。"于飞摇头,连带着翅膀和身体也摇晃起来。

"你不属于天空。"那声音仍在响。

于飞的双翅拍打得极快,争取再往高处爬一截。这时候,她身体一震,极速下坠,翅膀再怎么拍打也没用,她重重摔在地上。

她跌得很重,半天喘不过气,全身骨头碎散了一般。每每得在灰尘里躺半天,才能爬起来。于飞一点也不接受教训,拍拍翅膀,想重新飞上天。她发现双翅已经不见,臂上的羽毛褪净。于飞不紧张,她知道翅膀会再长出来的,她耐心等待下次飞翔。

一旦确定得等待,于飞就松懈了,变得无力而倦怠。

倦怠中,于飞醒来。

这个梦多年前就出现了,每次几乎都一模一样,时不时出现,总是以飞到极高处跌下来,等待下一次飞翔结束。也许是因为有所等待,每次醒来,于飞也莫名地满心期待。

多年后,于飞碰见一个文质彬彬、装了一肚子书的书呆子,她把这个梦讲给书呆子听,书呆子给她讲了一个希腊故事,说她就像故事里那个以羽毛和蜡制作翅膀的伊卡洛斯。他说于飞和那个伊卡洛斯一样固执,拼命要飞高,把自己摔死了,可怜又可叹。书呆子扶着眼镜看着于飞:"你做这样的梦,意味着什么呢?肯定和潜意识有关,或许和你的过去有关,这是一个值得研究的课题。"于飞说:"我不听你这些酸论,咬文嚼字的,我听了头痛。不过这个伊卡洛斯很有意思,我很喜欢,以后你可以叫我伊卡洛斯。"

现在,这个梦又来了。于飞起身,久久发着呆。每每做过这个梦,她总是特别清醒。她抱着膝,眼睛竭力睁大,想在浓稠的黑暗里看出亮色。

跌下来,等下一次长羽毛又能飞了。这想法让于飞得到极大的安慰。明天,最多后天早上,如果父亲母亲还没其他消息,她就要走了。她决定走之前不告诉父母,走了以后再说。要是给他们电话,单是他们语调里的颤抖,就能让她走得不那么痛快。

"不回家你去哪?你没地方去,回家。"

"留在城里。"于飞说。但具体去哪,她确实没谱,她挥挥手,不让这个念头停留。

母亲的电话是傍晚来的,又紧张又庆幸,讲着这个充满运气的机会,多么巧合,正好在这个城里,有吃有住,又安全,要于飞好好珍惜……

母亲絮絮说,于飞握着话筒,似听非听,一种无法抑制的、隐秘的失望,烟雾一样升腾起来。放下话筒,于飞收拾衣物的动作失去了昨晚的激情。

三

于飞很快找到母亲说的那个地方,坐车,转车,按标志性建筑寻找,比想象中更顺利,母亲把寻找这里的方式说得很复杂。进了城市,于飞发现自己很多能力比自己想的强,她是适合城市的,这个杂得没有方向感、深得没有底的地方,多么适于隐藏,那样适合成群的人,又那样适合单独的人,她喜欢。

一个老人立在门边,伸着脖子往外探,看见于飞立即退了退,眼睛却盯紧于飞。于飞知道这是那个老婶了,扬起一只手,用高昂的声音招呼:"老婶。"老人上下打量于飞一遍,表情复杂。

于飞知道,自己的名字,这头短发,这T恤衫、牛仔裤,又让人误会了。她跳到老人面前,嘻嘻笑着:"老婶,我是女的,我阿妈没跟你说?"于飞凑得很近,这就是老板的丈母娘。有那么一瞬,于飞想起了去世的奶奶。

老人淡淡的,侧了侧身,于飞拉了箱子进门,一个三十多岁的男人对她点头,这该是老板了。老板干脆得多,说:"跟我来。"把于飞带进地磅房,"会电脑吗?"

于飞凑在电脑前,双眼烁烁发光:"学过两个月。"老板开始指点,又简洁又清晰,末了说:"我喊个人带你几天,这里就由你干了。其他的问你老婶。"他指指老人。

于飞冲老人笑,老人仍是表情复杂的样子。于飞屋里四下看看,就她一个在这工作,几乎是她的天地,她满意。新的地方、新的工作方式都让她好奇。她这里碰碰,那里看看,最后坐在电脑前,伸长长的懒腰,把老人复杂的表情扔在身后。很久以后,于飞突然意识到老人复杂表情的意义,许是她完全没有表现出母亲那种感恩戴德。

母亲想把感恩戴德传给于飞的,因为父亲地砖墙砖贴得好,那家主人满意之余,把于飞介绍到深圳朋友店里卖电话卡,她却把工作丢了。这一次,父亲母亲找遍亲戚朋友后,厚着脸皮想到一个久不来往的远房老舅。母亲说:"老舅是记得我们的,为你找了这个工作。老板是远房老舅的老友的侄子,开了几家地磅站,这家是新开的,有不少人想要这个位置,最后看了你老舅的面子。"在母亲的叙述里,于飞看见父亲母亲弯绕在为她求职的路上,脸上挂满诚惶诚恐的笑意。母亲说这是多好一份工作,活不重,有吃住不说,还有人陪着,放心。

于飞笑:"是管着。"

"飞,别乱说话,和老婶要好好处。"母亲又紧张了。

于飞冲话筒说"知道知道"。说完捂住嘴笑,想,想管也管不了的。

事实证明,于飞说的想的都对了。老人是管她的,没能管得了。

除了地磅的工作,于飞还得负责自己和老人一日三餐。她在顾客稀少的时段去最近的市场买菜,这事于飞是喜欢的,她喜欢吃,喜欢在市场的人群里挤来挤去,在鱼肉青菜间穿行。出门前,她扬声问老人喜欢吃什么,当然自己喜欢的也买。几天后,于飞发现老人总翻她买来的东西,然后不声不响走开。慢慢地,她询问起价钱,一样一样地问。于飞烦,只说一个总数。老人开始提意见,或说买贵了,或说菜不对时令价高了,或说买多了,或说菜买得太好了。

开始,于飞敷衍几句,后来一句也不答。她差点回嘴:"你女婿都对伙食没意见,你操什么心?"不答应,老人就念叨,一遍又一遍,她有的是时间和耐心。于飞戴了耳机听歌,或者自己哼歌,像对老人念叨的礼尚往来。

吃着饭,于飞没法哼歌,老人仍能念。那天,于飞要收掉碗里的两块猪骨,老人拦住了,说浪费。于飞说:"熬的汤喝了,苦瓜吃了,这两块不带肉,没什么嚼头。"老人说:"用心嚼就嚼出味了,你嚼了吧。"

"不嚼。"于飞耸耸肩。

"吃不了还买那么多。"

于飞仍耸耸肩,端起碗要倒进垃圾桶里。

"我吃。"老人抢过碗,一块骨头已送到嘴边。于飞忘了收碗筷,呆呆地看。老人咬得很用力,吸得吱吱响。突然咔的一声,于飞吓了一跳,未开口问,已看见老人一手托着假牙,一手托着骨头。于飞的笑喷口而出,笑得弯腰拍手,捂着肚子蹲下去又站起来。她看见老人死瞪住她的眼睛,想说什么,但总被笑冲得不成形。

老人怪于飞买的东西太多。于飞说:"都吃完了。"老人说她怕浪费,肚子撑坏了。于飞看着她,若有所思地点头:"好,下次不做这么多,菜也不用买这么好。"其乖巧听话程度令老人吃惊。

吃了两个星期青菜豆腐后,老人终于用筷子点着菜盘说能不能换点菜式。于飞认真掰着手指,说:"换了呀,豆腐一天淡的,一天咸的,一天油炸,一天咸焖;青菜每天不一样,油菜、白菜、包菜、豆芽、菜花、酸菜……汤也是换的,黄瓜汤、冬瓜汤、紫菜汤、空心菜汤……"

老人闷头吃了一会,问于飞:"你不饿?"

"我饭量可多可少。我听老婶的,别浪费,就是有点饿,喝喝水,忍一忍就过了。"

老人疑疑惑惑地看着于飞。于飞端起碗,绷住脸。终于没忍住,啪地放下碗,捂住嘴跑进房间。她用脚踢上门,满嘴的笑声放出来,她横在床上,双手拍打着被子,笑得无法抑制。这两个星期,于飞买了豆腐青菜后,自己先买点东西吃,鸡翅、蛋糕、豆馅饼、面包、熟牛肉丸、肠粉……一样一样地尝,把市场里买得到的小吃吃个遍。提着豆腐白菜回去时,她满嘴是食物的芳香。老人不敢轻易出门,外面的车和人让她恐惧,她跟于飞探问过市场的路,于飞惊呼:"哎,不是很远,但要绕很多弯,过很多路。"她拿出纸笔,弯弯绕绕画了一幅路线图。老人捏着那张路线图怅然发呆。

那天,于飞出门前,老人喊住她,沉默了片刻,说:"今天加点鱼呀肉呀的。"

"鱼和肉?"于飞笑着点头,"鱼和肉好,我喜欢。"

饭桌上的菜式又变得丰富。老人大吃了几天,饭桌安静了几天。

菜式花样翻新的日子持续了两个星期,老人的筷子动得没那么有激情了,提出鱼不用选那么大、肉可以少买点、菜可以少称几两、排骨可以取消。于飞不答话,专心致志地吃鱼吃肉吃菜。

老人说昨晚剩了两块排骨,盘里的菜也还没吃光。

于飞没抬眼皮。

"钱不是你出,你花着倒不心疼。"老人点着筷子,筷子的一头指向于飞。

于飞吃饱了,擦着嘴哼起歌,哼得又清脆又欢快。于飞往门外看一眼,路上很安静,估摸着这时没什么人,她准备洗个头,她头发短,洗头一向快。

于飞蹲在洗手间里哗哗放水,老人还在念叨什么,她听不清。直到听到呀的一声惊叫,于飞揉着发,猛地半偏起脸,老人立在洗手间门边,惊叫声拉得又高又长,于飞吓了一跳,以为有蟑螂或老鼠。老人指向地上一堆泡沫:"你就这么用东西!怪不得几天得买一瓶洗发水,败家呀。"

于飞扮着鬼脸,她的脸被胳膊半遮着,不知老人是否看见了,反正她的惊叫声仍高昂着:"败家也不是这样败的。"于飞哗哗地冲洗头发,把老人的声音冲得零零碎碎。等她擦着头发走出洗手间,老人的脸仍又青又红,胸口一喘一喘的。于飞又想笑,她唱起了歌,唱得又俏皮又高昂。

老人脸色不对头,一只手指点着于飞:"你听见我说话了吗?"

"听见了,老婶。"于飞笑得灿灿的。

"你不听我的话。"老人手指点得有些激烈。

"我做什么要听你的话?""在这里你就得听我话,我是谁你是谁。""我是于飞你是老婶,这是地磅站,我只管干活。""这事我得跟我女婿好好说说。""你去告诉吧。""你等着吧。""我等什么呢?工作我没耽误一点,这个月发工资日子又没到。""你还好意思提工资,整日这样清闲,吃着我们的,住着我们的,用着我们的,还拿我们的工资?"

于飞敛了笑意,想跳着告诉老人自己半夜被喊醒干活时,她正睡得死死的,想告诉她自己晚上比白天还忙,想说来了地磅站后睡眠就零零碎碎的,想质问老人哪只眼睛看到她清闲了。但终于懒得辩解,她说:"老婶你别拿手指点着我,我干活吃饭,吃是我挣来的,住是我挣来的。"老人哧哧冷笑说:"这里哪样是你的?连你也是我们这里一个工人,归我们管。"于飞也哧哧冷笑说:"我只归我自己管,我是你们请来的。"

老人在屋里走来走去,像寻找应答的词。于飞看着她,脸上再次挂了浅淡的笑,耐心等待老人下一个回合。

老人在于飞面前站定,一字一句:"给你一口饭吃,你倒不听话。"

于飞盯住老人,举起双手,也一字一句:"我靠这双手吃饭,你们也靠我这双手吃饭。"

"你以为你是谁。"老人彻底失去耐心,手指几乎触碰到于飞的鼻尖。

于飞突然感觉好笑,抿着嘴说:"我是于飞,飞翔的飞。"

老人的手指向门口划过去,说有本事你找别的地,别求三求四赖着要来。于飞往门口看了一眼,又向屋里扫视一圈,说:"这地我不稀罕,你们请不起于飞了。"

于飞从老人身边走过,进里屋收拾东西,收起晾着的衣服,拿她的小摆件,拖鞋装进塑料袋,仙人球装盒,她收拾得又从容又细心,好像要出差几天或要搬到新的住处去。

老人失去表情,失去反应能力,目光随于飞进进出出。直到于飞拉上箱子,背了背包,她的目光才敛出焦点般,疑疑惑惑的,不知是对于飞疑惑,还是寻找不到合适的话语。于飞说:"老婶我没落下什么吧?"说完拉箱出门。

出门时,于飞转身一笑:"老婶,我走啦。"

走了一段,于飞穿过路口,拐弯,待了近三个月的地磅站彻底消失了。她一直往前,直到肚子饿极,相信已走得足够远,才停下来找吃的。

吃过东西,于飞继续走,目的地就是前面。箱子太重,拉杆又不好,时不时得半推着甚至提着,于飞找到一个角落停下,开箱挑出几件衣服和几件必需品塞进背包里,然后,把箱子留在垃圾桶边,转身走掉。她觉得轻松多了。

后来,于飞的朋友知道这事,说她又傻又疯。于飞说:"我不喜欢死沉死沉的东西。"

四

于飞一向不喜欢沉重的东西。

当她提出进城打工时,父亲母亲的表情让她无法直视,她不看他们的脸,目光下垂时却看到他们的手。父亲的手像泥沙混杂的雕塑,这双长年砌墙贴砖的手像和水泥沙子同质化了,除了砌墙贴砖灵活准确,做其他事总是很笨拙,并伴随着微微的颤抖。母亲的十个手指通透发红,它们包装了数不清的饼干,饼干上微弱的热度和细小的糖粒把手指的皮磨得单薄通红,拿着筷子,母亲的十指也微微翘着,于飞想它们肯定害怕任何有质感的触碰。于飞目光极快地离开这两双手,往上抬。目光抬向高处轻松多了,她说:"我没出过远门,早想出去走走了,城市是什么样的,我越看电视越糊涂,想自己去看看,那样,我是不是走在电视里了……"

于飞话语里的好奇和期待又急切又饱满,几乎有些眉飞色舞,身体有一种莫名的飘动感,这让她把沉重踩在脚下。

对进城打工,于飞自己早有安排。初三暑假,她跟母亲进饼干厂包装饼干,和死党们的游荡只能挤到上班之前或之后的零碎时间里。

母亲不让于飞进厂,说:"我包这么多年饼干还不够,你来做什么?"

于飞没有说想试试打工是什么样的。她夸张地张着双手,说:"饼干厂多好,到处是饼干,整天拿着饼干,闻着饼干味,还能吃碎饼干。"

母亲说在那地方待久了,闻见饼干味会吐的。于飞表示不可思议,她在暑假的第三个早晨跟随在母亲身后,走进饼干厂。包装间的管理人拦住她们,指着于飞问母亲说怎么回事。母亲慌了,疑疑惑惑地看管理人,前两天,是和她提过这事的,她点了头的,她忘了吗?母亲喃喃地说:"前天我跟你说……"于飞挤上去,冲管理人灿灿地笑:"阿婶,我来帮阿妈的。"管理人说厂里不收孩子。鬼才信,每年假期不知多少孩子进厂包饼干。但于飞不提这个,她挺挺身子说:"阿婶,我十七了,我只帮阿妈干活,干的份额凑在阿妈名下,阿婶就当阿妈多带一双手,听说厂里最近忙。"管理人似乎哼了一声。于飞拉着呆站的母亲挤进去了。

于飞手脚确实麻利,一两天的熟悉期后,包装速度就令人刮目相看。当然,紧张的包装不妨碍她不时把一些饼干碎片塞进嘴里,她掂起饼干张嘴扔进去,整个过程和包装一样一气呵成。一个多星期后,她开始拉肚子,一进入包装车间胸口就堵着反胃。

一个多月后,于飞对死党说,她一看到饼干就想拍碎喂猪。死党笑着说于飞的屁股能不挪窝坐这么久,一个多月重复同样的动作,奇迹,该进那个什么世界纪录。于飞忧心忡忡地说:"我担心再干一段时间我会放火烧了饼干厂。"半个月后,一次失误导致于飞离开饼干厂,她消除了这个担心。

当然,于飞不认为那是自己失误,她冲死党大喊:"我一点错也没有,是管理人莫名其妙,不,她神经有问题?"

用于飞的话说,管理人从她身边走过时,她正包得热火朝天,那天出的饼干工钱高,饼干块头大,是最好赚的饼种。管理人敲敲饼桌,指着她身后包装好的那箱饼干,问:"过称了吗?"于飞一时没反应,她双手还在机械地包装着。

"都过称了吗?"管理人稍稍提高声调。

于飞听清了,但觉得管理人问得奇怪,自进入包装车间,除小馒头之类没有盒子的一定得过称,其他饼干没有人称,有透明的塑料内盒,装满就是,工人总是把内盒装得很饱满,分量总是足的。每包过称将大大降低包装速度,影响包装量。于飞大大方方地说:"没有。"

管理人愣了片刻,嚷起来:"没称? 你居然跟我说没称!"

于飞觉得她夸张又好笑,没人过称,她来来去去会不知道?她对死党说:"我没称就是没称,好像我的真话是故意气她。我得像别人那样点点头说称过啦,别人就是那么说的,她满意地过去了。这人是不是有问题?"

管理人脚尖点着那箱包装好的饼干:"全部重称。"

于飞说:"我不称。"她看见管理人的眼睛猛地睁得那么大,于飞怕她不明白,又说一次,"我不称。"

"你被开除了。"管理人嘴唇动了半天,咬出这句话。于飞拍拍手起身,伸了一个懒腰,说:"我早想走啦。"

走出车间时于飞看见母亲无措地坐在那,她走回去,对管理人说:"这是我的事,和我阿妈无关。"

于飞用包了两个月饼干的工钱学了电脑。对父亲母亲说要进城时,她说做什么都成,就是不进工厂,特别是那种重复一个动作的。父亲母亲只是沉默。

父母的沉默从于飞初三一毕业就开始了,于飞表示不念书了。她不看父亲母亲,只看弟妹,一个妹妹,两个弟弟。于飞说我的成绩念不了高中。这是实话,进学校那天起,她便稳定待在全班倒数几名中。父亲说:"总得念个中专,我尽力供你读。"父亲说尽力的时候,脸上的凄苦几乎让于飞无法呼吸。她起身在屋里走,避开父亲母亲的皱纹和皱纹里的暗色。

于飞开始讲述对城市的向往,细数城市的精彩、城市的无限可能,城市的希望,好像她在城里住了一辈子。她的讲述让弟弟妹妹张嘴伸脖,想背着书包跟大姐去。他们问于飞:"大姐,去了城里会找到什么?"于飞说:"不知道,但总有东西的。"就像现在,于飞扔了箱子,以便更好地走,会找到什么,她不知道,但她知道总会有东西的。

五.

于飞在城里四处转。城市令人着迷又奇怪,她转得越久越不知道它是什么样子,感觉越深入离城市的底子越远,于飞喜欢它,害怕它,想往深处走,又想远远地看。不管怎么转,没人管你,没人奇怪,她又自在又有说不清的失落。还有一个,不管白天晚上,城里的灯总那么热热闹闹,总有车影人影来来去去,这使她不必像在农村一样,一入夜就得躲进某间屋里,睡到某张床去。农村的黑暗会让夜行者寸步难行。

于飞早上四处走,店面一家一家地逛,下午进公园找隐蔽阴凉的草皮或石凳,枕着背包睡。黄昏时她走出公园,买些东西边吃边走,脚步总被一些新奇的东西拖住。夜里,她在一些二十四小时营业的店里极慢极慢地吃东西,磨蹭。

离开地磅站到现在,于飞没给家里打过电话。她想自己以这样的方式离开,地磅站的老人不见得会给她家去电话。这让她放心,她是

■ 什么都没发生

自在的,在地磅站干了近三个月,领了两个月工资,就在背包里,这使她底气丰足。没给家里电话是对的,特别是到蜂场后,于飞更庆幸。父亲母亲的能力已到极限,除了让她回家,最好的或许就是让她进某家工厂了。她的头皮在想到工厂时发麻。

她喜欢养蜂场的工作。

在养蜂场,于飞喜欢奔跑。午饭后那段时间,除了阳光,四下安静,于飞开始跑,在花树间穿行,展开双手。她来来回回地跑,短短的头发一根根竖起,大大的双眼半眯着,不大的嘴巴极力张开,样子又沉迷又可笑。越跑越快,于飞感觉身体和双脚失去分量,飞翔的感觉包裹着她。她不知道不远处的一扇窗后有双眼睛,一直跟随她奔跑。这双眼睛从最初看到于飞奔跑的困惑到入迷,整整两个月了,这女孩对这项游戏乐此不疲。他探问过于飞,于飞耸耸肩,运动呗。她觉得老板娘这个弟弟太无聊了。

于飞看来,养蜂场的工作才真算幸运。从地磅出来的第三天,她该找落脚处的愿望强烈了。在公园长凳上坐了半天,想到死党里的老三,她在初三暑假没过完时进城打工,应该离不了深圳、广州、东莞这些城市。她给老三家里打电话,要了老三的电话号码。老三操着别扭的普通话说"您好"。于飞哧地笑出声,说:"哎哟酸死了,老三你什么时候这样了?"老三惊叫一声,大喊"老鹰你出现了呀"——老鹰是于飞的外号。于飞说:"先别扯我,你死哪里去了?"老三兴奋地说:"我死在广州,你也在广州？过来。"于飞说:"我在深圳,倒真想去你那,我无家可归了。"于飞说了工作的事和想找工作的打算。她听到老三在那边拍大腿的声音,喊着说"太巧了"。

老三说有个表姨在深圳郊区开养蜂场,正要人手,要年轻女孩。她自己在那干了两个月,干不下去,跑广州帮人卖服装了。"老鹰你知道吗？得捉蜜蜂帮人扎针治疗,得提着蜂蜜到汽车上推销。我干不来,老鹰你出马吧,前段时间表姨还让我帮忙找人手。"

"这事我干。"于飞说。

"我现在就打电话问表姨,一会你再给我电话。"

一刻钟后,老三说:"成了,老鹰你运气。"

"你表姨也运气,有我帮忙。"

"那是。"老三呵呵笑,"有空我要死过去看你。"

养蜂场在城郊,于飞找到时,看着那成片的花树立住了,抑住想扔掉背包先奔跑一场的冲动,向老板娘——老三的表姨走过去。一个男孩晃出来,手搭在老板娘肩上,笑嘻嘻地看着于飞。他是老板娘最小的弟弟陈之凭。于飞对老三开玩笑,说陈之凭像你表姨的儿子。

于飞喜欢捉蜜蜂给顾客扎针,好玩;喜欢在花树间奔跑,痛快;也喜欢到汽车上推销蜂蜜。于飞和陈之凭带着蜂蜜和宣传单等汽车,最好是旅游车,和司机谈妥后,把东西搬上汽车,于飞往司机驾驶座后背一靠,小喇叭举起来,灿灿一笑,开始称呼,各位哥哥姐姐、叔叔阿姨、大爷大妈……她的称呼又脆又甜,车里一片脸朝她抬起,于飞及时地再次灿出一脸笑。

于飞开始颂扬健康,健康是重要的,于飞颂扬得很好听,听者挺用心。接着,她颂扬天然,天然是难得的,于飞把天然描述得像幅画,听者觉出了美感。然后,养蜂场的蜂蜜出来了,意料之外又意料之中,蜂蜜的出场合情合理,蜂蜜就是健康,养蜂场的蜂蜜是天然的健康。于飞用话语把养蜂场的蜂蜜构建成一个品牌,饱满而立体。她激情四射,似乎被自己的话语点燃了,越说越顺畅,越说越有想象力,像她每天的奔跑,她的话语在激情里狂奔。她编故事,把故事讲成真实事例,她随意想象例子,让例子有血有肉。她指着自己的脸,这是蜂蜜的功劳。她走过每个客人面前,让他们细细看她的脸,她的皮肤是经得起这样细看的。她一路说过去,每天喝蜂蜜、抹蜂蜜,皮肤想差也难。她站直身子,让客人看她俏小的身材,当然也是蜂蜜的功劳。她大声问:"小龙女吃什么?"自己大声回答:"蜂蜜,她只吃蜂蜜……"

给顾客递蜂蜜时,于飞看到陈之凭目瞪口呆的脸。于飞喊:"收钱。"

事后,陈之凭说:"于飞你舌头是什么做的?演电视一样。"

"好玩。"于飞喘着气笑,"我忘记说过什么了,太好玩了。"

于飞还曾经把一车旅游归来准备回市中心的游客说得临时加节目,让司机掉转车头,随她到养蜂场看花看蜂买蜂蜜。陈之凭说:"你给他们灌迷药了?"于飞说:"我给自己灌迷药了。"

若不是陈之凭,于飞这份激情可能会燃烧很久。陈之凭在大姐的养蜂场帮忙,这使他给于飞送东西的机会很多,特别是当他大姐出差或回家时。陈之凭喜欢送东西给于飞,从热狗、羊肉串、烤鸡翅、爆米花到手包、丝巾、口红、运动鞋。凡是吃的于飞来者不拒,手包、丝巾、口红、之类她不要,她只要运动鞋。她扬着运动鞋对陈之凭说谢谢,丝巾之类的塞还给他,让他送女朋友。陈之凭说:"你做我女朋友好了。"于飞哈哈大笑,拍打陈之凭的肩膀,说:"真可怜,这么帅的男孩没女朋友,以后我给你介绍,就冲这些运动鞋。"陈之凭后来专送运动鞋,各种颜色,各种款式,在于飞房间里排成一列。于飞说:"再送我得留给子孙后代穿了。"

陈之凭说:"于飞你喜欢跑,我陪你一块跑,我念书时得过长跑奖的。"

于飞后退几步,说:"我要自己跑,你要跑的话你跑吧,我不跑了。"陈之凭变得沉默。他的沉默于飞没注意,她沉迷在奔跑和推销的激情里。那两天,陈之凭不在养蜂场,陪于飞去推销蜂蜜的是另一个员工。

直到陈之凭回来那天晚上,于飞才意识到他这两天的离开是有些异常的。夜已深,于飞被尖锐的玻璃碎裂声惊醒,就在她屋门外。她推门出去,看见陈之凭被两个人架着,他喝得烂醉,歪歪倒倒,要往于飞的房间冲。被死死拉住,他含含糊糊地嚷,话里时不时出现于飞的名字。直到老板娘过来,让人硬把他拖回去。

第二天,于飞没看见陈之凭。老板娘找到于飞,说了一通话,很委婉很小心,但意思很清楚,于飞和她弟弟陈之凭不合适,让于飞别再跟她弟弟联系。当然,老板娘话是这样说的:"之凭不像话,于飞你别管他,我让他到外面跑单,他打电话来你不用睬他。"于飞觉得莫名其妙,伶牙俐齿的她一时忘了应答。

于飞背着背包见老板娘时,老板娘的惊讶是真实又强烈的,她说:"我没怪你,是之凭不懂事。"她的养蜂场需要于飞的激情。

于飞说:"和别的人别的事无关,我想去走走了。"于飞确实觉得陈之凭与她无关,但不知怎么的就想走了,最后半个月工资不管了。当然,老板娘若能付最好不过了。陈之凭送的运动鞋留在房间里。

离开前,于飞在成片的花面前蹲下,待了很久,这片花不知听过于飞多少话。在养蜂场,于飞迷上对花说话。晚饭后或清晨,稍有空闲就蹲在隐蔽角落对花说话,想对那几个久不见面的死党说的话,对城市的看法,关于地磅站那个老人的事,汽车上买她蜂蜜的顾客,或淡淡地低语或咻咻笑,一说好半天。她觉得这比以前对着无人接听的话筒说话好多了,不用扣着可笑的话筒,对着的是好看的有香味的花,有时她觉得花会有反应,会一晃一晃地点头或摇头。

于飞冲那片花摆摆手:"走啦。"这次,她就一个背包,走得很轻快,但没有离开地磅时那股气,脚步竟有些粘连。很久以后,再和老三联系上时,老三呀呀叫着:"老鹰你怎么就那样走了?"于飞说:"我是自己想走的。"老三说:"老鹰我大概知道怎么回事了,没必要走,我们老鹰不是怕事的人。"于飞说:"我走和别人有什么关系?就是不想被那事烦着拖着,再说,也想再出来走了。"老三嘻嘻地说:"老鹰我跟你说实话,我那个陈之凭表叔还不错,长得不赖,人也不坏,你就不交个男朋友,赶个潮流?"于飞骂:"去你的潮流,我自自在在,弄个人粘着多烦。"

养蜂场那份活于飞是喜欢的,但她在一个地方不想待太久也是真的。在楼群和人群之间弯弯绕绕地逛她觉得好玩。这种地方好这种人群好,有那么多人跟她差不多,是城市的客人,可再也回不去原来的地方,回不到原来的生活。于飞喜欢在这无根的人群中走来走去。她甚至想,回不去更好。她不要来处,只要未来。

六

知道自己身世时,于飞就觉得自己来得莫名其妙。那是一个再平常不过的日子,于飞去找少丽一起打猪草,她是于飞在村里最好的伙伴。后来她才记起,少丽从家里出来时脸色不平常,怪怪地看着她。那以后很长一段时间,于飞总感觉日子怪怪的。

少丽扯着于飞疾走,不时看看身后,像有什么可怕的东西跟着,一直到村外老榕树下。少丽放下竹篮,严肃地看着于飞,宣布:"你不是你阿妈生的。"

于飞看着少丽,对这句话没有概念。

少丽慎重地重复:"你不是你阿妈生的,我阿妈说的。"少丽说:"昨晚我肚子疼,先上床躺着。细卿婶来了,她和我阿妈谈村里的人,说着说着,细卿婶说她一个亲戚老不生孩子,想抱养一个,给家里招子。我妈就说到你家去了,她一定以为我睡着了。她说你阿爸阿妈当年就是老不生孩子,后来抱养了你,你原来的阿爸阿妈不要你,把你给现在的阿爸阿妈。我阿妈说你现在的阿爸阿妈有福气,你生辰八字好,抱养你三年后,就生了你妹妹,后来还生了你两个弟弟……"

于飞一直想不起得知这件事时自己多大,那时的感觉太奇怪了,她只记得那种说不清的怪异感,其他的都忘了,连少丽的样子都忘得一干二净。但那时她直直地看着少丽,很长时间就那么木着。她记得听到少丽发誓:"阿妈和细卿婶是这么说的。"

"你骗人。"于飞说。

"我没骗人。"

"我要去问你阿妈。"于飞推开少丽,往村里走去。

少丽追上去:"你别说是我告诉你的,阿妈会打死我的。"

于飞进了少丽家,走到少丽阿妈面前:"周绣婵,我是不是我阿妈生的?"

少丽的阿妈愣愣地看着于飞,接着她看到躲闪在门外的少丽。于飞清清楚楚地记得周绣婵的眼神跳来跳去,但她对于飞呵呵笑,说:

"你傻呀,你不是你阿妈生的是谁生的?"

"你骗人。"于飞对周绣婶说。她慢慢走出少丽家,脚底飘飘的,老踩不着地面。

于飞再也没有踏进少丽家,再没找过少丽,少丽来喊她,她也不应声,让弟妹出去说自己不在家。她知道不是少丽的错,可就是不想见她,也不想见周绣婶。村里碰到了,于飞就绕路走,实在不行,点个头飞快地跑过去。进城那天,她想,多好,以后不用碰到周绣婶和少丽了。特别是少丽,她去念中专了,以后一定碰不上面的。

于飞开始看父亲母亲的脸,想从他们脸上看到自己的痕迹,看过了父亲母亲她就看弟弟妹妹,他们脸上留着父亲母亲浓重的痕迹,她呢?她的筷子滑落到地上,母亲看了她一眼,她弯腰捡筷子,整个人蹲到桌底下,直到父亲敲敲桌子问她做什么,她才慌慌钻出来。

她开始照镜子,双手拿着镜子,一会伸长双手,看整个脸面头形的模样,一会儿把镜子拉得极近,细细看五官的形状神情,每看一次,迷惑一次。那天,她终于忍不住,问:"阿妈,我是你生的吗?"

母亲正洗碗,双手的动作在于飞的问话里停下,向于飞半抬起的脸表情风起云涌,嘴巴慢慢张开但没有声音。

"阿妈,我是你生的吗?"于飞又问。

"这还用问?傻话。"母亲说得很响,极力表现得确定、坚决。但于飞在母亲低下脸那瞬间,看到她强烈的慌乱。于飞的脑袋在母亲的慌乱里嗡嗡作响。她记得粗壮的大乌问他瘦弱的阿妈自己是怎么生出来的,他阿妈说是从垃圾堆捡来的,大乌的阿妈这么说时呵呵笑着,她的笑声朗朗的。村里很多孩子问过关于出生的问题,很多阿妈的回答和大乌的阿妈一样,那些阿妈总是笑着。那些阿妈的笑让母亲的慌乱变得更尖利,扎着于飞的胸口。于飞再不问关于出生的问题,提都不提。她不承认自己害怕,就是承认也不知自己怕什么。

大一点的时候,于飞一次次想象自己被父亲母亲抱来时的情景。亲生的父亲母亲是怎样的?他们会看看自己吗?自己被抱走时多大,在哭吗?可能还睡得香香的。母亲抱着自己喜欢吗?亲生母亲哭了吗?想很快丢掉她还是舍不得……这些想象杂缠成一团,越想越模糊,她觉得自己也变模糊了。很长一段时间,这些想象折磨得她整夜睡不着,她拼命想记起自己来的那个地方。

于飞变得筋疲力尽,父亲母亲满脸惊慌失措,他们不说话,只是对她好,说话小心翼翼。于飞不喜欢这样,她尽力放开之前的想象,往另一个方向想。也许,她有很多姐姐,亲生父亲母亲毫无办法,所以把她送出去。这么看来,在一个她不知道的地方,她有一群姐姐,就是说,她是好几个女孩的妹妹。她竟有几丝说不清的甜蜜。

于飞不再想这件事,她又变得开朗,比以前更开朗。但时不时会感到一阵轻飘感,脚底浮着一层气。也是从那时候起,于飞开始做那个飞翔的梦,梦里,她又自在又任性,又兴奋又期待,面向无限的可能。

像现在这样。

七

于飞走在城市最热闹的路上。一离开城郊养蜂场,她就直奔城市中心,具体去哪她没底,但回到城市深处是明确的。一时想不起能打电话找落脚点的人,她决定先走着,顺城市的路走,直走也好,拐弯也好,总有地方绕。走到腿脚酸累腹中饥饿时,就找小店买几个面包。

提着几个面包穿过一条街,刚好站在立交桥边。于飞咬着面包,抬头看立交桥,两层,路像被弄乱的一堆带子,弯来绕去,之后通往那么多方向,每个方向都有车在奔跑,看起来都急急火火的,都像在赶极要紧的事。于飞突然觉出自己的清闲和自在,嚼着面包,鲜美的肉汁妥帖着饥饿的肠胃,她竟有些无来由的骄傲。她可以往任何方向走,毫无目的,不管时间,只要她抬脚,就能迈步。但咬下最后一口面包抬脚时,她发现脚迷茫了,没有方向和目的使步子失去思考能力,无法迈出去。

于飞闭上眼,转一圈,睁开眼,朝面前的方向走。走了一段,碰上人行天桥,就走上天桥。天桥两边摆了很多摊子,卖些饰品、丝袜、海报、假古董之类的,于飞慢慢走,一摊摊看过去。她在一个摊前停下,看摊子那块字牌,轻松赢钱。简单,押钱,玩个游戏,把钱赢到手。于飞的手下意识地伸进牛仔裤后袋里,里面装了八百块钱。摊主极快地捕捉到她的动心,极力招呼:"玩一场,赢得多输得少,看仔细了,很容易的。不相信?先押点小钱试试,真金不怕火炼,试过再决定要不要玩真的。一两块钱尝试,怕什么?不怕没机会,就怕没胆识……"

那一刻,于飞忘了推销蜂蜜时怎样满嘴跑火车,忘记推敲摊主话里的水分。赔三倍!数学一向不太好的她用心算起来,八百块,三倍,两千四,两千四的三倍……于飞咬住唇。有了这笔钱,她就坐飞机。她将飞遍每一个国家,去每一个角落,一个地方一个地方走过去,或许有一天会碰上个称心如意的地方,那时,她会住下去,把那里当成自己的来处,当成名人最喜欢提到的故乡。什么样的地方会让自己住下,有什么条件?于飞说不清,她想,可能那个地方会有某种氛围,某种感觉,反正她相信遇到了她一定知道。于飞在浮想联翩中蹲下身。后来,朋友说她聪明一世怎么会那样糊涂一时。于飞耸耸肩:"谁知道?"但当时,她聚精会神,双眼放着光,蹲在那个小摊面前,手里握着钱。

于飞还是挺清醒地尝试了一下的,押五块钱,赢了十五块,再押十块,赢了三十块。摊主把钱推给她时,她呆呆地看着摊主。摊主满脸痛心疾首,说你今天运气太好,再押吧,希望运气能转向我这边。于飞想了想,押两百块,输了。于飞不服,再押两百,又输了。钱被摊主扒过去,于飞头脸热烘烘的,手在短发上抓挠了一阵,咬咬牙,把手里四百块钱全押上去。摊主笑眯眯地把四百块钱收过去时,于飞晕晕乎乎地看着他,迷惑不已。

站起身时,于飞伸手掏裤子的后袋,确实空了,八百块钱一毛不剩,她拖拖拉拉地迈着步子,等她清醒过来时,已经离开人行天桥很远一段距离了。她转身朝天桥的方向跳脚大骂,骂得又响又毒,直到弯腰喘气不止。

黄昏吃着汉堡包时,于飞想到背包里剩下的几百块,意识到一个问题。酒店当然没法住,这次闲逛拖不了太久,无论如何不能也没必要给家里电话,老三那边她也不想去电话了,她该想想去路。她将要立在某家饭摊前,求人家让她洗洗碗?或进一家工厂,让日子在重复的动作里零零碎碎?于飞极力不往这方面想,但该往哪方面想,她不知道,干脆不想。只是走,走累了就坐。

夜来了,于飞坐在街边,仰头看四周的楼,灯一盏一盏亮起,亮得那么快,她眨一眨眼再看,楼已经通体发亮,城市的夜一下妩媚了。什么样的人按亮了灯?在灯下做什么?他们喜欢灯下那片落脚地吗?他们有什么样的故事?于飞热衷于这样胡思乱想,为不相识的人群编织故事。故事中,不少主角的背景跟她自己很像,走出来,回不去,这么多相同背景的主角让她毫无理由地安心。

于飞突然笑起来,她想好了今晚的安身办法,这办法可以延续到明天晚上、后天晚上、大后天晚上,让无目的乱逛持续得长一些,只要她熬得住。她起身继续走,逛到夜深,找了家中型酒吧。

这样的酒吧,于飞进过几次,都是陈之凭带着的。听说于飞没去过酒吧，陈之凭大摇其头，说得带她见识见识。他开车带了于飞和另外几个朋友进市中心晚餐，然后去酒吧。陈之凭说来夜店的大都是把夜晚当白天过的人。那时于飞没感觉，今天她突然想到这句话。

于飞进去时，正是夜店最活跃的时候，她要了瓶啤酒，一点零食，找个角落坐下。闪烁跳跃的昏暗灯光下，跳舞的人在剧烈扭动，狂乱的手臂和头发像浪里狂舞的海草。于飞曾对陈之凭说："这哪是跳舞？"陈之凭笑问："那你说这是什么？"于飞说："鬼知道。"如果人真像奶奶说的有灵魂的话，她觉得这就是一些狂乱的身体要把灵魂扔掉，或是一些狂乱的灵魂要把身体扔掉。

于飞看着跳舞的人，偶尔喝一口啤酒，这么多身体挤在一起，总那样扭着，总是那样狂躁地闪灯，看着看着，她感觉闷，打起长长的呵欠。于飞再次往角落里缩一缩，背包挂到胸前，趴在桌上，入睡。声音躁动得厉害，但永远这样躁动，于飞反觉得有助于睡眠，她睡得很好。偶尔有人拍醒她，醉意蒙眬地要她跳舞，她把蒙眬的睡意装成浓重的醉意，摆手摇头，含含糊糊地大喊："跳累了。"继续睡去。

躁动的声音越来越稀时，于飞突然惊醒，她转着发酸的脖子，伸着被枕得麻木的手，夜店要关门了。于飞摇摇晃晃地往外走，夜差不多过去了，她走在寂静的街上，像刚刚坐夜班车到站的旅客。寻找路边宽大的绿化带，靠着树，坐在草坪上抱着背包再眯一会，最好附近有公园，她能找到一条长椅，还能半躺着，这样，她的睡眠时间会延长一段，也差不多足够了。然后,她买早点。吃完早点继续逛,直到中午,到小街寻找饭摊,吃一碗面或一盘炒米粉。

日子竟过得很快,最不好的是这样的日子会咬背包里那几百块钱,一口一口咬,很快把几百块钱咬零碎了。再一个是没法洗澡洗头,于飞走进肯德基或麦当劳的洗手间,头凑在水龙头下,草草冲洗头脸脖子。走进服装店时,在穿衣镜里看到自己一身邋遢,脸色显出憔悴。寻找落脚处的念头占据于飞的头脑,她走着路时想,吃着东西时想,坐下来歇息时想,但总找不到突破口,那样多的可能性,那样多的方向一下子消失了。她猛地意识到,其实拥有所有方向所有可能性代表没有方向没有可能性。

于飞坐在超市门前发呆时,已经是第五天。这天没逛多久于飞就坐下了,天阴得厉害,她跑进超市,把背包塞进寄存箱,再出超市门时,雨下来了,可以用上老师教的一个词:倾盆大雨。这是于飞难得记住的成语之一。

行人挤进超市躲雨,涌起一股潮水般密集的人流,于飞逆着人流往外挤,跳进雨里,雨兜头盖脸而下。最初,于飞是想洗个澡的,但一进雨里,她忘掉了洗澡,剩下单纯的欣喜和激情。她仰脸,展开双臂,雨水浇洗着脸脖,顺身体两侧流下,在皮肤四处爬蔓,痒痒的,她笑起来。一笑便抑制不住,咻咻笑变成呵呵笑再变成哈哈大笑,笑得全身发抖,舞手跳脚。等她弯下腰喘气时,看见那么多人立在超市门口看着她,全是被吓住的样子。

"我就是淋淋雨。"于飞朝那片目光耸耸肩。

那片目光慢慢散开,她再次抬起脸,承接雨水,若是那几个死党在,淋雨的就该是五个了,她们一起嚷叫欢跳,一定像一群妖怪。这个想象让于飞止不住又哈哈大笑,笑着笑着,突然呀地大喊一声,拍着脑门,她怎么就忘了老四?老四的大姐在广州卖化妆品,老四说过如果书没法念下去就找大姐,卖化妆品。那时,老四举起一只手指在于飞脸上比画,给她抹粉画眉涂唇膏,说我到时把老鹰化成妖精,一路走过去迷倒一片。

雨渐渐小了,于飞穿过人群,在一片目光覆盖下走进超市,进洗手间换衣服。

初三毕业后暑假,老四就到一个亲戚家组装塑料花了,后来是不是去了她大姐那里,于飞不知道。没关系,找到老四的大姐,就算找到自己大姐了。老四家里穷,电话都不装,于飞没法打电话问,但老四说过大概地点,某个区某一片,她大姐在一家很大的超市里。

于飞拿了背包,走出超市,先坐车去广州某个区。在某一片,她会细细找,一家超市一家超市地找。

八

小学三年级时,于飞她们几个死党正式固定了,五个人,走着是一列或一串，站着坐着围成一圈或凑成一团。于飞最先要好的是老三，以她们两个为基础，朋友一个个凑进来，也有闹矛盾离开的，来来去去，最后稳定成五个人，像一只手五个手指，扯也扯不开了。于飞和其他四人都不同村，这让她满意。六年级时，她们一点也不担心小学毕业会被分开，用脚指头想也知道，她们不可能考上镇中，肯定都去四乡中学，成绩永远超不过及格线是她们众多的共同点之一。

她们五人总是最早出门上学，最晚到校，经常踩着上课铃，和老师一前一后进教室。老师喊住她们，她们在教室门口列成一排，胸口起起伏伏地喘气，是极力奔跑之后的证据。老师问怎么又迟到。于飞说家里忙。老师不开口了，她是相信的，这群农村孩子，每个人都得挑一堆家务活、农活。老师冲她们点点头说下次早些起床，早些忙完，争取准时到校，五个人整齐地点头。多年以后，老三还老说那时的老师太好骗了，于飞说："我哪有骗？我们是真的忙。"

说实话，她们比别的孩子早起一个小时，在早起的一个小时里，该洗的衣服洗完，该煮的粥煮好，该喂的猪喂过，忙完了背书包出门。她们约在某棵大树下，出发。时间紧，她们总一路奔跑，附近的小山、竹林、田地、河边，一处一处跑，一路跑一路高喊欢笑、唱歌。逛了一大圈后，才匆匆跑回学校，喘着气对老师说忙。

放学铃声一响，她们五个总是最先冲出校门，在校门口右侧池塘边约齐，然后开始跑，像早上一样四处逛，一个多小时后才各自回家。

一天里挤出这两段时间的计划是于飞想的,在外面的花样也多是她的主意。她们吹响亮的口哨,做弹弓打麻雀和树上的果实,取细长的竹枝做鱼竿钓鱼。她们偷甘蔗,偷桃子李子,偷番薯,被人叫骂着追赶,尖声笑着逃跑。老三说:"于飞带我们做男孩做的事真好玩。"于飞冷笑:"这些事情贴着'男孩'两个字吗?"

于飞最喜欢的还是跑。她走在前面,常突然跑起来,拼尽全力,像赶什么事,后面几个就跟着,边跑边喊她。于飞不理,只是跑。实在跑不动了,双手撑着膝盖喘气,后面几个呼哧呼哧地赶上来,问于飞有什么事。于飞说"跑呀"。她们几个发呆,于飞说:"这么跑不好玩吗?"她们便大笑:"好玩好玩。"

上学时主要是早晚这两段时间出去,到了假期就疯远了,跑到乡上、镇上,最远的一次差点到县上,要不是天快黑了,于飞肯定把她们带进县城。假期她们有时间在山上烤番薯烤花生吃,她们的队伍就是在一次烤番薯中有了名号。

仍是于飞提出的,是时,她咬着一个番薯,看着几个大吃番薯的死党,莫名地激动起来,说:"我们成立一个队伍。"她对几个仰着的木愣愣的脸说,"像电视一样,叫猛虎帮、青龙帮、行动队、尖刀队之类的。"

她们听明白了,于飞的激动传染给她们,弄得她们的脸面赤红发亮,举手跳脚地附和:"成立成立!"

于飞说:"都想想吧,要有个'飞'字。"

各自低头用心地想,一个先抬头说:"飞燕队,燕子又可爱又好听。"其他几人都说好,于飞摇头说:"不好不好,燕子算什么?飞得不远又不高,我喜欢鹰,对了,飞鹰队,这才有意思。"她们呆看着于飞,有人说这名字像男的。于飞说:"鹰就是男的?飞得高点厉害点我们配不上?"

名字定了,飞鹰队。一致选于飞当队长,于飞毫不推辞,说我比你们都大。事实上,于飞的出生月份是含糊的,她不相信母亲给她的时间,自己做主把岁数加了一岁。她让其他几人报出生月份,一个一个排,从老二到老五。

排完了,老四对于飞说:"那你就是老大啦。"

于飞说:"我不叫老大,我想起个名号,老鹰,以后你们就叫我老鹰。"从那天起,老鹰领着飞鹰队更明目张胆地流闯,一直闯到初中。

飞鹰队本是五个人的秘密,后来因为一件事传开去,名震四乡中学。那天早上,刚成为飞鹰队队长的于飞激情满溢,决定到新堂村后面那片山去,那片山山高林密,几座山连在一起,她们一直没玩透。其他几个人有犹豫的,早上时间紧,得赶回学校上课,她们一般不会去太远的地方。于飞大声嚷:"还听不听队长的?"她认定跑快一点,一个来回是没问题的。于是跑。

进了山,于飞忘记了山外的事情,她们在山上穿行,碰到一间破旧的泥屋,是守林人废弃的。于飞很兴奋,说这里很隐蔽,以后就做飞鹰队的秘密据点。她们开始收拾秘密据点,清扫,收拾屋墙,找树叶厚厚铺成床,找石块当凳子,找泥块砌炉子,储存树枝。忙了半天,她们中有一个才突然回神,惊叫迟到了。跑回学校大概第一节课已经上完,于飞说干脆别去,今天不去上课。她以朗朗的声音说服惴惴不安的队员逃课。

傍晚从山上下来,她们拉成一串。都知道,得走到父母和老师的面前去。她们脸上挂着既幼稚又严肃的凛然。那时,她们相信,飞鹰队永远会这么拉在一起。想不到随着初三毕业而分散,老二老五继续念书,老三进城,老四不知道有没有进城,于飞进城的时候没跟她的队员说一声,她自己也不知道是为什么。

九

于飞找超市,一路找一路问,一进超市就寻化妆品区,在货架间一排排地绕、问,问老四的大姐也问老四。摇头,整整两天,她不知道看了多少个摇头。她发现这两天疲累已经渗进皮肉骨头,渗进奶奶说的灵魂,把她乱窜的念头也弄疲累了。两天前刚到广州,进入最先遇到的超市时,于飞兴奋得目光四跃,她的手抚过被塞得满满的货架,好吃的好看的好用的东西拖得她走不动。她不想背包里可怜兮兮的几张钱,推了购物车,看到什么拿什么,特别是好吃的,多多益善。接近收银台该放开满满的购物车时,她就想骂人。想象里,她用黑布蒙了脸,持了刀,指住收银员,把那辆购物车推出门。慢慢地,进了超市她直接找化妆品区,避开其他货架,特别是食品区域,她不确定自己会不会直接撕开一袋饼干或咬开一条火腿肠。

到了广州,于飞才知道就算锁定某个区某一片,要一家超市一家超市找也算是雄心壮志,因为不是在梦里,她没法飞到半空,找出这片区域所有超市的位置,看清可以从哪个角落哪条路按什么顺序找,以保证不绕弯路。她买了地图,但没有她要的那种。卖地图的人听说她只要所有超市的标示图时,足足看了她半分钟。于飞对自己生闷气,恨只能在梦里飞。后来她突然想明白就算会飞,也只能看见拥在一起的楼顶,那么多超市压在楼下,哪看得清?这使她心平气和了些,老老实实寻找超市。

寻找的速度越来越慢,一日三餐缩成一日两餐,每餐的量缩成半餐。第三天,断餐了。于飞坐在一家超市前的椅子上,不远处坐着乞讨的人,肮脏的衣服,肮脏的姿势,她走神了,若她坐在那个地方,那样伸着手,会不会有脚步在面前停下,扔下一张发皱的纸币或一个硬币?那时,她如果再做梦,梦里是不是全是发皱的纸币和一个个硬币,或是一堆堆好吃的?于飞被这个念头惊醒,额头湿了,摸了一把,全是汗,凉凉的。

于飞扶着椅背立了一会,慢慢走进超市,无论如何都要找到老四或老四的大姐。找不到怎么办?鬼知道怎么办。

老四看见于飞的时候,于飞倚住货架站着,她走过去时看见于飞双眼赤红,怪异地亮着,没来得及开口,于飞就抱住老四的脖子,倒在她身上,坠得老四摇摇晃晃。正上班的老四低声嚷:"老鹰你怎么来了?你要晕倒吗?先别晕,我抱不了你。"

于飞有气无力地说:"我以为电视里演的是假的,原来是真的,我很想晕。"

老四看看四周,中午没什么人,她把于飞的背包背在自己身上,半拉半拖着她,到对面电器区,交代卖电器的男孩,万一管事的来了帮她顶一顶,编个借口。然后半拖于飞下楼交代道:"老鹰你别晕,电视里女主角晕了有男主角抱着,我可不是男的,抱不动你,上宿舍还得爬五层楼。"老四在超市一楼架着于飞,抓了方便面火腿肠鸡蛋。收银员刚给火腿肠过好条码,于飞就抓起来咬开包装纸,大嚼起来,含了满嘴火腿肠冲发呆的收银员点头:"好吃,好吃。"

老四说:"这下好了,老鹰变成饿狼了。"

回到宿舍,火腿肠鸡蛋全煮进面里,老四端着面出来时,于飞扑上去抢,夹了一大口进嘴又猛地吐出来,笑骂:"老四你要烫死我呀!"老四说:"真得烫死你。"

哈着气吃下大半碗面后,于飞抹着额头说:"这汗是热的了。"

老四说:"看来能说人话了,你怎么到这了?"

"废话,找你啊。也不全对,原先想找你大姐,她不是在这卖化妆品?"

"我没给过你具体地址,记得说过在广州这个区,那时还是大姐的地址,你怎么找?"

"一家一家地找。"于飞往嘴里塞食物。

"一家一家地找!"老四惊叫,但立即说,"像你老鹰做的。"

"老鹰你太幸运了,大姐原先是在这,但前段时间老板在一家新开的超市又弄了个货架,调大姐去打开局面。我想跟着去,大姐本来要跟老板说了,后来又觉得新的超市新的货架不保险,不知那边超市生意怎么样。让我还是留下,这边人流量不错,还有固定的客户源,到时就算她那边情况不好,我这边还能保点底。促销这行底薪很低,主要靠抽成,要是没销量,只有喝西北风。老鹰你说要是我真跟着大姐到那边,你找谁去?那家新超市可是在另一个区。你怎么不给家里电话,想流浪街头?我知道你胆子大,也不能没谱到这种程度吧!这可不是我们老家。"

于飞说:"我早流浪街头了,你知道我流浪了几天?"于飞呵呵笑,"我要是想给家里电话会找你?打电话我不如回去,你以为我进城是为了随时回家?现在我不是找到你了?"

老四急着出门:"老鹰你休息一下,补补你那可怜的身子,我回去上班,估计卖电器的家伙帮我编的借口离不开拉肚子,我不能拉太久。"

老四一走,于飞洗头洗澡,连洗三遍,然后倒在床上大睡,倒下去那刻,她想,无论如何得有一张床,就算她像梦里一样,能生出翅膀飞上天,收了翅膀也得躺回床上的。刚合上眼睛,绵厚的睡眠就把她层层盖住了。

于飞醒来看到灯,灯光在她欲张未张的眼缝里晃荡着,充满不真实的虚飘感。她闭上眼,再睁开,眼前的东西有了形状,她意识到自己在某盏灯下,莫名地欣喜。她坐直身子,直直盯着灯,是的,灯在眼前,不是坐在草地或长椅上望见的别人家的灯。

老四擦着头发过来,她湿漉漉的头发,穿着睡衣的样子,擦头发的动作都带着日子的真实感。

老四说:"老鹰你终于醒了?"

于飞掀掉被子,一跃而起,蹦床运动员般在床上乱跳,高声大喊。

"你可怜我这柔弱的小床,听不见它凄惨的叫声,也得念着它为你服务了这么久。"

于飞只是跳,只是舞,只是喊,仿佛在长睡中补充了无数能量,要释放出去。直到累得横倒在床上喘气,拍着床断断续续地大喊:"好床……老四,这是好床……"

"好得很,碰上你,倒霉的床。"老四苦笑。

于飞突然回过神:"老四,晚上啦?"

"老鹰,是第二天晚上,你在我的床上猪一样窝了三十多小时,醒来这么折磨它,摸摸你的良心。"

"第二天晚上?"于飞愣愣地发呆,好像有一段时间丢了,断掉的那一段让她疑惑。

老四在床沿上坐下:"老鹰你不要命了,身上没有一分钱敢在城市行走?你知道这里是什么地方,想过碰不上我吗?"

"我当然要命。我还有什么?就是这命了。谁说我没有一分钱?我剩下两块钱,在背包最里格,打个电话够了。碰不见你?早想过,我不是傻瓜。至于怎么办我才不想,没法想的事。老四你挪挪身,我再跳跳,让你看看我这条命多好。"

"老鹰你放过我这床,我知道你命好,老鹰嘛,都成珍稀动物了。"

"我没跳过瘾。"

"不过瘾你下来跳,楼下找上来你挡着。"

于飞果然下床,光着脚在楼板上继续跳,仍双手乱舞,大喊大叫。

老四躲闪着缩在墙边,叹:"女巫。"于飞啪地扑到她身上:"老四这次我得靠你了,你甩不掉的。"老四说:"这事真得好好想想。"

两人到大街边吃肠粉,老四放下筷子,手拍在于飞手背上:"有办法了,早该想到的。大姐被调走后,这边的化妆品货架只剩下两个促销员,超市人流量大,晚班得两个促销员守着。现在晚班只剩一个人,顾不太过来,经理大概会再要一个促销员,我去问问。要是能成,我们就一块上班了。"老四手拍得很激动,在于飞手背上拍得啪啪响。

"促销员？把产品吹上天那种吧？这个我会，也喜欢。"

"很对。"

两天后，有了消息，经理叫老四带于飞去过目。午饭桌上，老四交代："化妆品促销员不是随便招的，老鹰你外形和皮肤肯定没问题，最麻烦的是没做过这一行，没有经验——老鹰你听见我说话吗？这两天还没撑死你呀。"

"我又没有用耳朵吃饭，我的外形皮肤就不用废话了，拍个化妆品广告没问题。没经验？经验能做什么？说白了就是老习惯，第一次结婚的人还没有经验呢，第一次生孩子更没有经验，这么说都别干了。"

"老鹰你不知道，促销这行经验很重要，想把东西卖出去，卖得好又卖得巧没那么容易，谁上手都要一段时间，没有经验人家不要，得让老员工带你，给你一段时间学。找个干过促销的，第一天就能上手，你是经理你要哪个？"

"你们经理是傻瓜，怎么知道没经验就干不好？没经验有新手段新点子，是不是比有经验的强？他不会试试看？"

"他不会有这个耐心，懒得试。"

"没见识。"

"老鹰我们别在这里辩，你肯定可以，就你这张嘴，我知道。可有什么用？先别管那么多，下午见了面你就说做过这一行，以前在深圳做，这次想到广州和我一起。"

"我没做过,干吗这么说?"

"废话,撒谎呀。老鹰你不要说你不会撒谎,咬定了你做过,看看经理什么反应再说,等一下吃过饭你先跟我去超市,看看我怎么推销的,临时学点皮毛,说不定到时能派上用场。"

"我不会撒谎? 我们飞鹰队哪个撒的谎最多,最高明,你不是不知道。问题是这次我不想撒谎,我就说没做过,怎么了?"

"有必要,老鹰你撒过那么多谎,这一个是最有必要的。我们先把这份活拿下,有了活,其他都好说。"

于飞耸耸肩。

"老鹰你听到没有? 这谎一定要撒,就这么说定了。"

于飞笑笑,埋头大吃东西。

老四半立起身,伸手拍打她的肩:"老鹰你给我记住了,要是说错了,到时我撕了你这嘴。不,缝了你这嘴。"

两人吃东西,良久,老四突然又说:"老鹰,不可能总那样自由的。"

十

于飞感觉从改名字那刻起,她就自由了。

一连几天,她若有所思。那天,站在门槛上,她突然冲炒菜的母亲说要改名字。炒菜的声响不小,母亲根本没听见,拿锅铲翻菜的动作又稳定又流畅。于飞提高声音喊:"我要改名字!"母亲半侧过脸,嗯了一声,迷迷糊糊的。

"我要改名字。"

母亲放下锅铲,却仍未反应过来的样子,她说:"桂枝你去坛里掏点乌榄,再拿两个鸡蛋,我给你和阿妹炒蛋米。"

"我不叫桂枝,我要改名。"于飞——那时还叫于桂枝——忽略乌榄和鸡蛋,清清楚楚地说。

"傻话,桂枝好听——快,先拿鸡蛋。"母亲转身把菜盛进盘子里。

于飞不动,盯着母亲说:"我要改名我要改名我要改名。"母亲说:"好好好,你自己改去——快拿鸡蛋,锅热了。"于飞去拿鸡蛋,递给母亲时说:"我当然要自己改,阿妈,可说好了。"母亲磕着鸡蛋。于飞耐心地立在母亲身后,等她炒好鸡蛋,说:"阿妈,我要改成'飞'。"母亲说:"带阿妹去巷头看看你阿爸回来没,乌榄我来掏吧,惰手惰脚的。"

拉着阿妹出门前,于飞对掏着乌榄的母亲的背影说:"以后我叫于飞了。"

于飞和阿妹等到了父亲,她说:"阿爸我改名字了,不叫桂枝了。"

父亲笑着说:"叫大妹吧。"

"不是不是,叫于飞。"

父亲一手抱起阿妹,一手拉着她,大步回家,说他过两天要去镇上干活,到时给她们每人买双粉红色的塑料鞋。阿妹欢呼起来,于飞沉默了,她意识到改名的事得跟父亲母亲好好说说。

一家人在饭桌边坐定,于飞放下碗,满脸正经,说:"阿爸阿妈,我不叫于桂枝了。"

父亲母亲对视了一眼,于飞看见他们把碗放下了。母亲说:"今天不知怎么了,一直闹着要改名。桂枝这名不好?"

我要改名。

阿妹在椅子上蹦着,嚷:"我也要改,我也要改。"

父亲说:"胡闹,都叫桂枝了,改什么名?"

"改叫飞,叫于飞。"于飞斜举起双手,做出翅膀的形状,"飞翔的飞。""飞翔"是于飞听隔壁利芳姐说的,是老师教的词。

父亲和母亲再次对视,好像想在彼此脸上找答案,父亲最终看于飞,问:"哪里乱听来的名字?"

于飞跳下椅子,更高地举着手:"我自己想的,想了好久。"

母亲说:"于飞不好,是男孩的名,你本来就整日爬高爬低,疯跑乱窜,不像个女孩,再加上这名字,别人要当你是男的了。真要改,再想想别的——吃饭,鸡蛋米凉了就不好吃了。"

"就改成于飞,别的我不要。"

于飞每天说,一直说。

第三天饭桌上,父亲烦躁地说:"好好好,想改什么就改什么,改什么还是这眼睛嘴巴,还是这疯样——吃饭吃饭。"

于飞放下碗,蹦到屋子中间,大喊:"于飞,我叫于飞。"阿妹跟在她屁股后乱喊:"于飞,我叫于飞。"

于飞发现,改名后父亲母亲还是喊她桂枝,邻居的阿婶阿伯阿嫂阿叔也还是喊她桂枝,村里小孩当然还当她是桂枝。那天,于飞挑午饭的时间出门,她从村最东头开始,一家一家走过去,一家一家进门,立在人家屋里,规规矩矩地开口:"阿婶阿伯,我改名字了,以后叫于飞。大乌,我改名字了,以后叫于飞。绣花嫂,我改名字了,以后叫于飞。铃妹,我改名字了,以后叫于飞。老旺伯老华婶,我改名字了,以后叫于飞……"

那天中午,整个村子充满于飞的声音:"我叫于飞。"

母亲看着她走过一条一条巷子。于飞回家时,桌上的饭菜一点也没动,父亲母亲默坐着。于飞兴奋地说:"以后别人都知道我叫于飞。"

沉默了半天,父亲说:"飞,过两天我带你去改户口本上的名字,这是一件麻烦事。"

多年以后,于飞仍记得跟随父亲去改名字的情景,父亲拉着她在镇上、乡上和村里奔波,记忆中父亲找了那么多人,说了那么多话,递了那么多烟,一直弯着腰,赔着笑。那时,她不太明白改户口本上的名字时父亲为什么带着她,母亲拦过,说带着她做什么,又麻烦又累赘。不记得父亲怎么应了,反正为户口本改名字的整个过程她的手就握在父亲糙硬的手心里。多年以后,她模模糊糊地觉得,父亲一定意识到改名对于她的意义,他用最朴素的方式尊重了她人生第一份郑重的决定。

改名字后,于飞给自己重新确定出生日期,就定在她提出改名字的那一天。对母亲原先告诉她的生日,她突然充满怀疑,生了她的那个人告诉母亲的吧,那人说了真话吗?有没有记错的可能?她是被送掉的那一个,一开始就显得潦潦草草,甚至可能出生之前就被安排要送掉的,亲生父母忘掉她的出生日期完全有可能。就算那个人记的是准确的日期,并准确地告诉母亲,她也要改。说到底,她就想自己安排出生日期。

当然,这个改动是她私自定的,没再告诉父亲母亲,不然就不是肯不肯的问题,而是惊吓他们了。家里人记的是母亲告诉的那个日期,自她上学到进城,她对外人说的都是自己定下的日期——改名字的那天,时辰安排在动念头改名那个瞬间。她还把年龄加了一岁,几乎是脱口而出的,说出口后,她又惊讶又满意。从那以后,她总是比同班同学大一岁。

改完名字和出生日期后,于飞认定自己不一样了,怎么不一样,她说不出所以然。然而,她身体内总有种清新的欣喜和莫名的激情,时不时涌动着。

现在,她随老四去面试工作,这种感觉又突然在她体内爬蔓起来。老四第四次站下,扯住她交代,一定要说做过这种工作,经理现在没有耐心培训任何一个新手。

于飞冲老四笑笑。

"老鹰你知道吗?我到城市快一年了,看了那么多,经过了那么多,城市和以前想象的不一样,我弄不明白城市是什么样的。在这里,我不敢想象没有工作。在这里你一定要抓着点什么,要不就会变成一块土块,连样子都不见了。"老四语调里有说不出的忧伤。

于飞伸出胳膊,用力揽她的肩。

"老鹰你一定要那么说,我知道你拗,可你拗不过城市。"

"走吧走吧,你真啰唆。"于飞拍着老四的肩,她想,"我一定大声对经理说,不,我没干过这种工作。"

秘乡

一

送葬的人都离开了,堂叔没动,这个四十多岁的男人默立着,面向坟碑,背影充满忧伤。堂婶转头看看丈夫,和孩子先走了。走之前,她望了望我,我向她点点头,她也点点头,一副放心的神情,我突然对自己的自信动摇起来,堂叔会跟我说吗?

坟前只剩下堂叔一人,我站在不远处的一棵树下,作为一个写作者,坟前这个充满故事的男人谜一样吸引着我。坟里是一个叫伯特·杰克森的英国老人,我无法弄清堂叔与他的关系,祖孙?父子?知己?患难之交?

人一离开,堂叔就半歪下去,半趴半跪在坟前,并长时间固定这个姿势。我极慢极轻地走近他,想拍拍他的肩膀,但我伸出的手缩了回来,堂叔突然开口说:"我知道,那件事我早就知道了。"不知是对我说还是对伯特说的。

我不知不觉地想起伯特临去前的一幕,老人拉了堂叔的手:"安,我该走了。"

"伯特,我们还要去钓鱼,不想钓鱼的老头不是好老头。"安握紧伯特的手,语气尽量显得轻松。

"你会帮我多带根钓竿的。"老人微笑着,但很快悲伤起来,"原谅我,安。"他指点堂叔拉开床头柜的抽屉,拿出一个看起来很古老的小木盒,摸出一把小小的铜钥匙,示意堂叔打开。盒子里有张照片,是一对年轻的男女,二十世纪三四十年代的打扮,相拥着,面带微笑,但微笑里有种说不清的绝望,给人一种怪异感。

堂叔猛地抬头,老人已经去了,眼半睁着。堂叔失声痛哭,猛烈摇晃着逝去的老人:"听我说,伯特,听我说……"

堂婶跟我讲述这些时迷迷惑惑的,她不明白老人怎么会有那张照片。

我问:"照片里是谁?"

"你堂叔的外公外婆。"堂婶摇着头,她冲着我问,"伯特怎么会有那张照片?"她更不明白老人为什么那样珍藏着,她看出堂叔有话要对老人说的,可惜老人就那么走了,什么话让堂叔那样悔痛?对这个相依多年的男人,堂婶突然充满陌生感。

堂婶抛出一连串的疑问后,轻轻叹口气,说:"他或者愿意跟你说。"

我立在堂叔身后,几乎抑制不住直接询问的欲望,但我往后退了几步,给他留出空间。

长久的静默后,堂叔慢慢站起来,转过身,看着我,看得出,他早知道我在他身后的。

"伯特留下来了。"我看看墓碑说,带着几丝写作者造作的诗意。

"我在哪,他的故乡就在哪,这是伯特说的,我也是。"堂叔也看着墓碑。

"堂叔离开中国这么多年,从来没失去过故乡。"我说,说完才发觉自己的安慰无力而且文绉绉的。

"有段时间失去了。"堂叔的目光似乎穿透我的身体,我无法捕捉他眼睛的焦点,后来,我相信当时他看到了大海或者天空等无法把握的无边无际。

"海和天太阔了,阔得我觉得自己成了一粒灰尘,我说不出那种感觉,你是写作的,或许可以描述。天硬邦邦的、灰蒙蒙的,这不是我学你们渲染心情,那天海面上确实罩着那样厚厚一层云,弄得我很快就看不见大伯挥着的手。我低头看了一眼手里提着的箱子,再抬头,连码头也不见了。"

"那年,爷爷送堂叔去英国留学。"我尽力把堂叔从回忆中拉扯出来。

"那时,我觉得不单故乡,连泥土都失去了,整个人飘浮在半空。"

"堂叔最终没有失去。"

我们的目光一起投向墓碑,我终于大胆提出来:"堂叔,我想知道伯特,真正的伯特。"

堂叔的眼光被从什么地方扯回来,落在我身上:"连我都弄不清的,不过,还是跟我走吧,我们试试,我也想知道他。"

二

我们直接回爷爷留给堂叔的房子,堂叔把我带进伯特的房间。房间仍按伯特生前的样子布置,进了房,堂叔就在里面慢慢绕着走起来。我静站一边。天慢慢暗下来,堂叔终于停止踱步,拉开一个抽屉,搬出一堆相册让我看。

翻开相册那一瞬,我有种跌入历史的错觉,全是黑白相片,背景都是二十世纪三四十年代的中国,相片里的人也是三十四年代的,包括神情、姿势、打扮、气息。

"这些相片是伯特的?"我猜测着。

堂叔点点头,他翻着那些相片,神情缥缈如初临的夜色,他开始像景物浸入夜晚一样浸入往事:"我想不到,伯特会来敲门,那时,他一定在门外立了一会了,但等我完全平静,他才敲门,假装什么也不知道。"

堂叔的讲述没头没尾,我不敢出声,放轻了呼吸,怕扰了他的世界。

"当时,我又做那个梦了。"堂叔将自己埋进沙发里,说,"一个女人,头发散满脸面,五官表情都看不清……"

堂叔停止叙述,五官被恐惧凝结了,双眼瞪得极大。

"堂叔?"我试探着呼唤他。

堂叔深长地呼吸着,叙述显得凌乱:"父亲被远远摔飞,听得见骨折的声音,他怀里的骨灰盒飞出去,骨灰纷纷……十岁的我就立在街边,我后退着尖声大叫。醒来时跌在床下,满身冷汗。"

三

安跌坐床下,身上缠满被子,半张着嘴,急促地喘着气,像离水的鱼。

喘气声慢慢平复时,安听到了敲门声,很轻,一下,两下,又耐心又固执。安爬上床,拉上被子,将身子在被窝里蜷起来,他意识不到敲门声与自己的关系。

"安,我是伯特,也许你想喝杯咖啡。"伯特在门外说。

安拉好被子,合上眼睛,他没有半点对话的欲望。

伯特又敲了敲门:"我睡不着,想找个人喝杯咖啡,我想你是最好的人选。"

后来,安忘了自己多久才下床去开门。走到客厅,桌上已沏好两杯咖啡,伯特坐在沙发上,搅着咖啡,下巴点着另一杯咖啡向他示意。安在桌边坐下,端起咖啡,喝了一口。

伯特耸耸肩:"老头子睡眠不好,不要嫌烦。"

安向伯特点点头,不出声。

"聊点年轻人的事给我听听吧,老头子喜欢听年轻的故事。"

安喝着咖啡,目光垂在杯子里:"我没有年轻的故事。"

"邀请了这么一个沉闷的伙伴,我只好将就了。"伯特笑着,自我解嘲地耸耸肩。

两人再没有出声,喝着咖啡,一杯又一杯,窗外慢慢亮起来。

伯特走到窗边,唰地扯开窗帘,晨光泻了他满身,他略显夸张地举起双手又略显夸张地喊:"好啦,夜过去了,失眠结束。"

四

堂叔翻着相册,晃着头:"竟没想到为伯特的咖啡专门留张相片。"

我再次笨拙地安慰:"咖啡的味道堂叔记着,拍照也拍不出来的。"

"伯特沏的咖啡确实好。"堂叔微眯起眼,我相信这一刻当年咖啡的味道正穿越岁月,冲他而来,他的声音恍惚了,"当年我刚到英国,一下子习惯了他的咖啡,自己沏的总觉得没味。"

我"别有用心"地引导着:"也许不单单是咖啡吧?伯特是在半夜请堂叔喝的咖啡。"

"后来总是那样。"堂叔点头,"他常半夜邀我喝咖啡,一喝就是一夜,那些晚上总是我做噩梦的时候。"

"他知道。"我大胆猜测着。

堂叔笑了笑:"他假装不知道。"

"也许他很早就注意堂叔了。"

"慢慢地,我开始注意他,开始忘掉这个英国老头是我的房东。"

"房东?伯特是堂叔的房东?"

五

"安,就是这里,不错吧。"同学拍拍安的肩。

安和几个同学在小楼不远处立住,安的目光挪不动了,一座欧式的小楼,看起来有点年头了,带花园,清雅安静,总之,既可以作为读书背景,又可以作为油画取景的那种,离学校也不远。

"我喜欢这地方,就在这里租房了。"安的手指点过去,目光始终没有离开小楼。

同学耸耸肩,摇摇头:"这地方喜欢的人多了,可从来没有人租得成。"

安有些紧张起来:"主人不愿意出租?"

"这房子只住着一个老头,空房间有不少,他也贴过启事说要出租一个房间的,一定想找个人做伴。不过是个怪老头,不知多少学生提出过租房,他就是没答应。"

"为什么?"安的紧张里有了好奇。

"一点理由也不说的,连租金也不提。"

安绕小楼走起来,像巡视自家的房子,再次强调:"我喜欢这小楼,就是这里了。"

几个同学努力打消安的念头:"算啦,没用的。再说,这种怪老头,就算租成了,一起住也怪怪的——他凭什么就租给你?"

安不出声,静静地看着小楼。

那天,安独自走向小楼,按下门铃,他已经准备好按第二次第三次门铃,直到住进这小楼。

"我想租房,我是留学生。"伯特刚开门,安便迫不及待地开口,像防止这英国怪老头将他的声音关在门外。安的英语生硬,但语气坚决。

伯特不答话,静静地看着安。安直盯着他的眼,他想,这是表示决心和诚恳最好的办法。然后他看到伯特点头了。伯特说:"现在可以搬过来。"用的竟是中文,稍显生硬,但清晰。

安呆住。

伯特随即说了租金,便宜得让安难以接受,他无法确定这个英国老人是否在耍他,疑惑弄得他愣愣呆呆的。伯特耸耸肩,问是否还有什么疑问,是否需要带他去看看房间再决定。

"我租下了。"安急切地摇头,"是的,现在去搬行李。"

伯特笑:"好,是年轻人。"

直到住进伯特的小楼,安的疑惑仍很浓重,他交了前几个月的租金,确实是伯特提的那个价位。后来,安向伯特提出了他的疑惑,伯特说是因为安的眼睛,说看到安的眼睛,就觉得该由安住进自己的房子。

"很奇怪吗?"伯特看着安的眼睛,"这算不算理由?"

安摇摇头:"最好的理由。"那时,安已经喝惯伯特沏的咖啡,喝了咖啡后,安觉得一切理所当然了,伯特的房间就是为他留的。

六

夜、客厅、咖啡,这些成了安那些年生活最重要的意象,并在多年后成为回忆的背景。那时,只要安没有去学校,他和伯特就喝咖啡。

那样的背景里,伯特大部分时间是兴致勃勃的,而安整个人罩着灰扑扑的忧伤,他极少开口,不得已时才礼貌地回应伯特几句,心不在焉。他独在异乡,又带了无法言说的梦魇,完全沉浸在自己的情绪里。伯特似乎毫无察觉,他不停地谈着或真或假的新闻,努力要把安扯进话题里。

"来,年轻人,说些新鲜事。"伯特伸长脖子,满脸期待,"我这个老头除了每天散步碰见更多的老头老太婆,就是对着花园里那些没嘴巴的花草,都看不见这个世界啦。"

安下意识地瞅了一眼电视。

"别跟我说电视,电视上没一张嘴巴能说出真话的。"伯特挥挥手,"说说你的眼睛看见些什么,和我这老头分享分享,我被世界忘掉啦。"

安的喉头像被塞了棉花,又沉又闷:"没什么,在学校上课而已。"

"好吧。"伯特双手一拍,"那谈谈你的祖国吧,我的脑子可以想象任何东西,就是想象不出中国如今的样子。"

安似乎吃了一惊,随即端起杯子,啜着咖啡,眼皮垂下去,说:"差不多那样吧。"声音被咖啡杯挤得有些变形。

"那只能由我说点开心的了。"伯特摊开双手,开始说起笑话,笑话后跟着他自己一串串铿锵作响的笑声。那样的时候,安也会笑,又礼貌又客气,忧伤揪在眉尾。

那样的夜晚,安不会想起睡觉,伯特也不提,他们把夜晚溶在咖啡里喝光了,直到清晨从窗帘缝漏进客厅。伯特放下咖啡杯,边往楼梯口走去,边向安招手,他满脸神秘,像即将分享一个新奇玩具的孩子。

"安,来,该去放松放松了。"

安看看伯特,笑笑,身子往后缩,感觉实在无法应和伯特的热情。

"安,这可是我的邀请。"伯特扶着木楼梯,向安伸出一只手。

再不起来,便很不像样了,安勉强地随伯特上了楼。伯特打开顶楼的小门,晨光瞬间漫了他满身,他走出去,举起双手:"很棒的早晨,不是吗,安?抬起你的目光。"

镇上的房子都是像伯特家这样的小楼,因此视野很开阔,可以看见远远的山坡,太阳顶在坡顶上,山坡上长满的好像不是青草而是毛茸茸的光线。

伯特指着远处:"看看那,每天都有,棒极的事情,不是吗?"

"太阳一直是那个样子,地球的转动造成了日出的假象,是我们人赋予了所谓的意义。"安说,表情冷淡。

"赋予意义本身就是很棒的事情,安。"伯特的双手一直以翅膀状伸展着。

两人望着远处,再没出声,晨光一样安静。

安一不小心便在安静里沉陷,话说着说着便走神了,咖啡喝着喝着便眼光呆了,好像呼吸的每口空气和喝着的每滴咖啡都搅拌着灰色的心绪。伯特总不时地在这稠性的安静里投进一两颗石子,想弄起点涟漪。他喜欢提漂亮姑娘,时不时地提:"安,学校里有漂亮姑娘?"

安没听见。

"安,你的魂一定给哪个漂亮姑娘勾走了,让我猜一下,英国姑娘?中国姑娘?金发?黑发?"伯特的声音洪亮起来。

安笑了一下,摇摇头,满脸是未回过神的迷茫。

"很好,没注意漂亮姑娘,看起来是个勤奋的年轻人,那就谈谈你的学习吧!课程学得怎样?英国和中国有什么不一样?"

安看着伯特,愈加迷茫。

七

堂叔说他无法回答伯特,说那时他的心思根本不在课程上,他对我摊开双手,好像我就是伯特。他说:"我不能告诉他,自己去英国不是为了留学,是为了甩掉那暗色的梦。"

我压制住喉头的急切,尽量小心翼翼的,顺着他的话问:"就是堂叔经常做的那个梦?一直在重复?"

堂叔向我点点头,但完全忽略我的问话,莫名其妙地提到那时六十岁的伯特精神抖擞,笑声朗朗,才是真正的年轻人。

"伯特口口声声喊我年轻人。"堂叔自说自话般笑了笑,"其实,我独在异乡,梦随着我,又多了异乡的陌生,对周围不想了解不想融入,跟别人不愿说话不愿交往,几乎对所有事情都失去兴致,我比他更像老人。"说完这些,堂叔自顾自陷入沉默。

我站起身,给他沏了杯咖啡,堂叔端起来细细啜了一口。我感觉堂叔的梦已经揪住了我,便再次将话题拉回去,仍很小心,但急切已经很明显:"堂叔,为什么你总做那个梦?"

堂叔放下杯子,低下头,我向他凑过去,好像那个梦将以气息的形式从他身上散发出来,需要我用心捕捉。他猛地抬起头,说:"那段时间,生活的问题也逼到眼前,我得想办法维持在英国的日子。"

"生活问题?爷爷呢?"我下意识地接口,放弃自己的急切,觉得最好还是顺着他的思路走。

"我不想再向大伯伸手,觉得该找份工作。边打工边读书,还算不错的状态吧?"堂叔看着我,不知在询问我,还是询问当年的自己,但他转口又问,"可那又怎样?一直留在异乡打工,还是回去?什么也无法改变。总之,我提不起兴致,而且,工作也不太好找,同学只答应帮我留心,不敢有别的保证。"

我眼前闪过一个二十来岁青年在异国彷徨的影子。

"伯特有没有发觉?"

"伯特一定明白我的情况,才想出那样的办法。他装作什么也不知,那么自然,我也毫无察觉。多年后,我在某个瞬间才突然明白。"堂叔沉默了,一只手长久地按在相册上。

我亦沉默,堂叔肯定又被粘连在哪段岁月里了。

八

安开门出来时,低头看着手上的纸,上面记满同学提供的一些地址和一些工作,其中几份工作名称加了着重号,他盯住了那几个工作名称,好像那已经属于他。听到伯特的招呼,他才发现伯特坐在饭桌边,桌上摆了早点。伯特邀请他一起吃早餐。

"谢谢,你吃吧。"安望着门外,带着种莫名的焦急,无法意识到伯特探究的目光。

"陪老头子吃吃早餐,不会耽误多少时间,我猜你应该不会在房间里吃过面包了吧?"伯特指着早点,向安耸着肩。

安终于掉回目光看了下伯特,心事重重,走到餐桌边坐下。

"你知道,一个老头独自用餐,面包的香味会失掉一大半。"

安抬头看看伯特,突然发现他眼里有极薄、隐得极深的落寞。但伯特很快笑起来,声音清朗。安认定自己是受了心绪影响,看错了。但那一刻,安突然很想问问伯特,这么多年一个人用餐怎么过来的,为什么总是一个人。他的房子里从未看见与妻子相关的照片或东西。

从那天起,伯特经常邀安一起用餐,早餐、午餐、晚餐,只要安没出门。安终于想起最现实的问题,在一次午餐中提出分摊伙食费。伯特并不拒绝,认真地点头。安与他商量伙食费的数目时,他突然想起什么,拍手大喊,绕椅走了两圈,立在安面前:"我有个主意,也算过分的要求。安,你能帮忙?"

"帮忙?"

"是的。安,我喜欢吃中国菜,可自从 1944 年离开中国后,再没吃过正宗的中国菜,太想念那种味道了。你别交伙食费了,就为我做中国菜,以后我们一起吃。"

有那么一瞬间,安觉得受了侮辱,猛地立起身,握紧了拳头。那个时期的安,浑身上下每根神经都敏感异常,他粗声粗气地说:"我出得起伙食费。"

伯特继续吃着饭,举了举叉子,说:"那是你的事,我担心的是,我请得起你吗?你知道,老头子收入不算太高。"

安凝视着伯特,不出声。

"好吧,除了伙食,你还可以提合理的报酬。"

安握着的手暗暗松开,他看看伯特,那种眼神让人无法不点头,他突然莫名其妙地觉得伯特也许跟自己一样孤寂,这是安第一次认真地想到伯特。

"当然,我知道请个中国厨师不容易,但你也不算正式厨师,不能要求正式厨师那样高的报酬,算照顾我这个老头,中国人会照顾老头的。"

"我的厨艺很一般。"安坐下去,重新拿起刀叉,说,"可能做不出你想要的味道。"

伯特摇摇头,叹:"那我只能将就啰,谁让我不是在中国。"

早餐后,伯特找出纸笔,问安需要什么菜什么肉什么调料,他将一一记下,到超市买回来。那份正经吓了安一跳,他觉得夸张,两个人的饭菜而已。

伯特认为这是正经事,老头子的大事,他说:"做菜的材料我去买,我是个没事可干的老头,你有课程任务。"

安在厨房洗菜切菜,伯特一直在旁边转来转去,俯身看看切成片的肉,拨拉一下切好的西红柿,伸长脖子看安快速地搅拌鸡蛋。

"了不起,安,这么多程序,你一点不乱吗?"

"随便煮煮,哪有什么程序?"

伯特表示无法理解中国人的"随便",催促安炒菜。安热锅,炒过鸡蛋,倒进西红柿,加糖,装盘,洗锅,炒肉片,加蒜叶。伯特立在一边,倾着身子,探着头,目瞪口呆,像一只惊讶不已的鹅,被锅里啪啪啦啦的响声吓坏了。

"安,中国人把菜做成艺术了,姿势好看,菜好看,味道香。"他接过炒肉,闭上眼睛闻,"安,谢谢你,老头子又能吃上中国菜了。美好的日子。"

"提升到这样的高度?"安难以理解伯特的夸张,但无法否认伯特的夸张让他感觉到做中国菜是件不算差的事情,提起了他某些兴致。

九

堂叔说,他就这样"解决"了伙食问题。

"那时,大伯忙于公司的事,公司正在困难期,离开中国那一刻,我就决定养活自己。"

"伯特都看在眼里。"我说,"于是,这样'无意'地让你'帮忙'。"

"很久以后,我才意识到,伯特费了多少心思,这一切,他策划得多好。"堂叔望着伯特的床,似乎老人还躺在那个位置,"但那时,我完全没意识到,我被那个梦折磨,在异乡愈加觉得无根无依。"堂叔的话又绕回某个原点。

"到底是什么梦?"我的好奇已经到了极点,堂叔若再扯开去,我将无法听他说任何其他的话。

堂叔猛地抬起头,呆呆地看着我,好一阵,他起身在房间里急促地踱步。半晌,他立在我面前,下了极大的决心一般,说:"那不是梦,是真实的。"他跌坐进伯特的老藤椅里,显得极疲惫,"那时,母亲去世了,父亲捧着母亲的骨灰盒回家,恍恍惚惚走在街上,被汽车撞倒,那年我十岁。"

我惊呆了,这些我一点也不知道,爷爷从来不讲,我只知道,堂叔二十岁那年,爷爷送他出国留学,也是让他去散散心。我追问过,爷爷只淡淡地提到堂叔父母早逝,堂叔由他抚养。

"你看到了那一幕?"良久,我哑着嗓子问。

"不知道。"堂叔揪扯着头发,拼命摇头,"忘了,不知自己当时是不是跟在抱骨灰盒的父亲后面,走在街上,还是后来听大人讲述,自己想出来的。"

堂叔停止叙述,呼吸拉得又长又急,好像感觉不到空气。我几乎屏住呼吸。

"这成了噩梦,跟了我一辈子,从那时起,在世上,我就只剩一个人了。"

我拍拍他的膝盖,无力地说:"堂叔,你还有爷爷。"说完便觉得滑稽,我不知自己安慰的是现在的他还是多年前那个年轻人,甚至是那个刚十岁的孩子。

"是,大伯把我当成儿子,可我还是觉得自己孤零零的,这与大伯无关。"

"我明白。"

堂叔突然抬起头,说:"直到碰见伯特,特别是伯特给我看了相册之后。那时,我在他的房子里已经住了一年多,一起喝咖啡早成为习惯。"

我下意识地翻着相册:"伯特怎么突然提起相册?"

"那晚,伯特又谈到中国。"

十

安捧着咖啡杯,一如既往地沉默。

"安,有思念的漂亮的姑娘了?又不想睬我这个老头子?"

安笑笑,眉尾忧伤的影子反而浓重起来。伯特开始谈起中国,引安说话,但安的沉默像胶,始终黏滞着气氛。

伯特突然说:"安,想念中国了吧?"

"伯特,今晚的咖啡糖有点多。"安搅着咖啡说。事实上,他不喜欢谈论中国,那需要揭开太多的东西。

伯特也拿起勺子搅咖啡,自顾自说:"有乡愁,年轻人,别不承认。"

安起身,准备跟伯特道晚安,伯特拦住他,说要给安看样东西。他进了房间,一会儿,搬了一大摞相册出来。

安疑惑地看看伯特,翻开相册,疑惑越浓。他没想到,在遥远的异乡,可以看见这样原汁原味的中国,是爷爷奶奶那一辈的,市井、风情、街道、人物,充满烟火味的旧时岁月纷至沓来。安一页页翻过去,无法抽离,他自己也料不到,想方设法逃离的地方其实这样令他魂牵梦绕。

很久以后,安才突然抬脸看着伯特:"你怎么会有这么多关于中国的旧照片?"

"安,中国也是我的乡愁。"伯特的神情少见地飘忽起来,语调少见地变得低沉,"我三十年代末到的中国,当年还不满二十岁。"

不满二十岁的伯特站在甲板上,看着海,海上日出。伯特无法描述,但记得住海与天在光芒下的色彩,记得住自己心中的那份震惊,记得住海鸥从光里怎样飞掠出来。他面对太阳,双手拢成喇叭状,扣在嘴边,高声长吼:美丽的世界。很俗气的时髦,几乎每个游人都会这么叫,但胸膛里的震荡是真的。船向前行,渐渐看见中国城市的影子,伯特举起双臂,喊:"我来了,你这个神秘的国家。"像某部通俗小说的情节,但他乐此不疲。他拿起相机,拍下中国城市的第一个影子。

伯特极快地翻着相册,极快地找出那张照片,指点给安看。

"那时,我对这个古老的国家充满好奇。"

好奇的伯特带了当时最新式的相机,四处拍照,还觉得不过瘾,又开了家时光照相馆。

伯特抽出几本相册,摊放在安面前:"这几本是当时来照相馆拍照的客人的照片,我挑了些留下来,从孩子到老人,从女人到男人,从老派到新潮,很好玩。"伯特翻动另外几本,"这几本我最喜欢,是随机拍的,四处捕捉来的镜头,更自然有趣,更有动感。"

安说:"我也更喜欢随机拍的。"安翻开那几本相册,细细赏看,偶尔谈点感觉,发几句评论。

安的动作缓下来,发现有一个人作为主角几乎占了整本相册,是个女孩,中长发,清雅秀美,或抱书的侧影,或微笑的近照,或姗姗而来的正面,或缓缓离去的背影,时近时远,各种角度都有。安抬起头看着伯特。

"很美,对不对?"伯特双眼瞬间亮了,笑起来,孩童般灿烂,"安,她是我的朱丽叶,她第一次经过我的照相馆时,我觉得无法呼吸,她美得像早晨落在绿叶上的阳光。年轻人,你知道是哪一种美吗?"伯特凑近安,脸面上烁烁发亮。

安没想到他会对自己讲这样私密的事,倒愣住了。

伯特没有要安回答的意思。

十一

女孩迎着晨光从街那头走来,脸上浅金色的微笑是伯特生命里最暖的色调,伯特无数次让这个情景镜头一样浮现、立体、重复。女孩走近,经过时光照相馆,伯特立在照相馆门边,挥手,招呼。女孩点头微笑,又浅淡又真诚。伯特举起照相机,按下快门,女孩抿了嘴角,稍侧过脸,稍加快脚步,飘然而过。伯特手里的相机垂下,看着女孩的背影在街那头模糊下去。那样的时刻,伯特倚着照相馆的门,长时间半仰着脸,格外安静。

这样的姿势,每天黄昏,伯特会重复一次。那时,女孩会从街另一头走来,仍抱着书,仍迎着光,霞光,仍经过时光照相馆。伯特挥手,举相机,按快门。女孩过去了,再次变成一个背影。

伯特冲那背影走出过几步的,最终往回退,对立在门边看热闹的伙计说:"天使,上帝派来的,感谢上帝。"

伙计绕到他面前,凝视他片刻,认真地说:"老板,那是姑娘,你纸上画的那个倒像天使——我们叫仙女。"

"不,她是没法画的。"伯特摇摇头。但他乐此不疲地重复他的描画,守在时光照相馆二楼阳台,面前摆好画架,盯住街道远处,莫名地就笑起来。女孩从街道远处走来,着长裙。伯特拿起笔,急速地画着。多年后,伯特不止一次向安发誓,女孩走过照相馆时,微微侧过脸,似乎在寻找什么。伯特停下画笔,接下来的半天是发着呆过的,他想画下女孩侧脸时那点极淡的期待——与他相关的,他想得真真的,就是无法提笔,笔一提,一切便消失了。

画不出来,伯特便从照片中寻找,他猫在相片冲洗室里,晃着相纸,女孩的形象一个个出现在相片纸上,着长裙的,着学生装的,着蓝色旗袍的,抱着书的,挽着朋友的。未干的照片夹在一根绳子上,长长的一列,伯特从照片前慢慢走过去走过来,自言自语:"应该还有一张身边站着我的,是的,应该这样。"

这个想法撩得他坐立不安。

十二

伯特的手滑过那些旧照片,像抚摸爱人的笑脸,目光又在每张照片上流连,像在时光里摸索搜寻什么。顺着伯特的讲述,安看着那个倩影和那个笑容,感觉美丽穿越时空而来。

"像电影情节吧,不,美好多了。"伯特像终于记起了安,转脸冲他笑。

安点点头,低声叹:"很美。"美得他感觉不太真实,若不是有照片,他几乎要怀疑一切是伯特编造的。

"她一笑,四周就明亮起来,一圈一圈的,捉摸不着的美。"伯特仰起脸,安相信他看见了另一个空间。

安笑笑:"伯特在写诗了。"

"她的眼神里带着笑又带着愁,中国一些唐诗宋词也许可以形容,我没办法。"

"伯特已经形容出来了。"安敛了笑。

"她的身影又干净又朦胧,走过去,像阵风,很轻很轻的风。"

安很想拍拍伯特的手,但习惯使他将手往回缩,握得紧紧的,他低声说:"也许我可以稍微想象出来。"

伯特的手离开旧相册,低低叹息:"相机拍不出她来……"

突然,伯特停下来,毫无征兆的。他站起身,声音和脸色变得凝重:"你继续看吧,我休息了。"安还来不及说什么,伯特已经起身往房间走去,安第一次发现伯特的背弯软无力,显出了他真实的年龄。

"伯特……"安第一次主动关心他。

"没事,老头子总会有突如其来的疲倦。"他的声音果然疲惫不堪。

伯特走进房间,关上门。像伯特曾经做的那样,安站在伯特房门外,抬起手。安终没有敲门,侧着脸凑近门,试探地问:"伯特,睡了吗?喝杯咖啡吧……"

"老头子的眼皮不行了,粘起来了。"

安立在门外,想这个夜晚,伯特是不是和自己的无数夜晚一样,将在黑暗里睁着眼度过。他将耳贴近门板,房内夜般沉默。

安走回客厅,看着那些照片,他极想知道这女孩现在在哪儿。他重新沏了杯咖啡,向半空举了举:"伯特,你该让我陪你喝咖啡的。"

第二天,伯特似乎很快忘了昨晚的事,他极早地起床,安刚打开房门,他已准备好早点,在饭厅高声招呼他。

两人吃早餐,安暗中观察伯特,他笑意满面,脸上没有昨晚任何痕迹。他指指窗外,说:"天气这么好,我想不出不去划船的理由,一起去。"

虽然是假期,安还是想留在屋里看书,他提不起兴致。但他还没开口,伯特就朝他竖起一只手:"安,别拒绝,年轻人不喜欢划船是不对的。"

多年之后,安无法理解自己为何在那样的环境里仍会那样心事重重,那是一个静得让人以为万物都停止生长停止呼吸的湖,湖上那片日光像几千年来一直留在那的。安呆坐在木船上,带着他重重的心事,而六十多岁的伯特奋力划着桨,六十岁的手臂刚劲有力。

"年轻人,虽然陪着你的不是漂亮姑娘,是我这老头,但看看这阳光、这山水,走出门是明智的。"伯特给安做着示范,"就这样,桨挥起来,这船任你使唤,像骑马一样自由痛快。"

安尽量配合着伯特,总有些呆滞沉闷,但慢慢地也提起兴致来。

"安,吆喝几声号子,中国古老的劳动号子。"伯特提议。

安笑了笑:"我不够粗犷。"

伯特摇摇头:"斯文的年轻人,太斯文,不好。"

船行到湖中,伯特让安停桨,他给安拍照,建议各种姿势。他让安坐在船头,指点安侧着脸望向远方,说这姿势适合安,是中国的忧愁才子。他的比喻让安有些忍俊不禁:"你把我当什么啦?不如让我撑把油纸伞,变成中国姑娘,变成你喜欢的一幅中国画。"

伯特把相机从眼前拿下来,脸上的笑意烟消云散。他坐下来,望着湖面远处,很久不出声。安拿起桨,慢慢划着船,也不出声,给他留出空间。

很久,安听见伯特在后面说:"她想过拍这样的照片,我答应过。"

安没有回头,他知道她是谁。

十三

伯特等在时光照相馆门口,女孩的影子他早就看到了,但他抑制住自己的脚步,等女孩接近照相馆,才走向她,带了笑,又热情又紧张。

"你一定认识我。"伯特说,稍生硬的中文让他显得羞涩。

女孩静看着伯特,一如既往地微笑。

"我想为你拍张照,你如此美丽。"一旦说出口,伯特便大方了。

女孩毫不惊讶的样子,笑:"我想,你已经拍了不少。"

伯特笑起来,指指照相馆:"我是说好好给你拍一张,看着我的镜头的,我想,你知道我的意思。"

女孩摇着头,说她不喜欢正正经经摆着姿势拍呆板的照片,说好照片该有好背景。若不是初次见面,伯特会手舞足蹈,他完全同意女孩的意见,开始大谈真正的照片该怎样生动,该怎样做到人景合一,该讲究什么样的感觉韵味。在她面前,有机会讨论与艺术相关的话题,让他欣喜兴奋。但他没有被冲昏头脑,就在女孩准备告别时,及时地问:"你喜欢什么背景?我想我会有办法的。"

"有山有水,有花有树,最好。"女孩略略仰起下巴,似乎给伯特出了一道难题,又要走的样子。

伯特聪明地接口:"跟我想的一样,你的美丽应该有美丽的背景来陪衬。我们去公园吧,划船、拍照,当然,也看看阳光,闻闻风的味道。"

女孩微微低头,沉吟。

伯特弯腰行礼:"那样的背景配得上美丽的姑娘吧?"

女孩抬起脸,笑:"我想,坐在船头,撑一把伞,一定很不错。"

"太好了,拍成一幅画,不,不,比画更美。"

女孩挥手告别,伯特忙拦住:"什么时候去公园?"

女孩又沉吟。

"请美丽的姑娘接受邀请。"伯特绅士地鞠了个躬。

女孩微笑:"那这个周末吧。"

"就照中国话说的,一言为定,我在照相馆等你。"

女孩挥手先走。伯特冲女孩的背影问:"我叫伯特,姑娘叫什么名字?"

"等照片拍满意了再告诉你。"女孩回转过脸。

伯特对安说过,他曾经以为那会是他人生里最美好的周末,没想到成了极黑暗的回忆之一。当时,安对"之一"两个字疑惑不解。

那个周末,伯特站在时光照相馆二楼阳台上,伸长脖子望着街道远处。突然,轰炸机隆隆而来,很快有了爆炸的声音,某些房子冒起浓烟,街上的行人混乱起来,奔跑、尖叫。伯特发现女孩的身影出现在街道远处混乱的人群里,他飞奔下楼,冲出照相馆。街道已经爆炸四起,人们呼喊着、碰撞着,有人被震倒,有人被炸飞的石块砸中,到处是带火光的黑烟。伯特磕磕碰碰地朝女孩跑去,女孩喊着什么,向他跑过来,但几次被人群冲散。这时,她身边的一座房子被炸了,在一股浓烟和火光之中,女孩消失了。伯特立住,呆若木鸡。

人在伯特四周混乱地跑,他瞬间失去听力,周围的声音变得很遥远,四周的人和物也虚幻起来,他动不了,愣在街道中。

飞机的声音慢慢远去,浓烟渐渐散去,街上一片狼藉,人们在寻找幸存者,救护受伤者,到处是哭声喊声。伯特拖着步子走向女孩的位置,在离女孩近十米远的地方站住。女孩被人放在担架上,蒙着白布,担架慢慢被抬过来。他看到女孩垂出担架的长发和手,血一路滴着,抬担架的人摇着头说没救了。伯特伸出手,他想去拉那块布,但他的手缩回来,看着担架从身边过去,走远。

伯特跌坐在街上,抱住头。

十四

伯特双手掩脸:"安,我不敢去看她的样子,只看着她被抬走了,蒙着白布,从我面前走过去……"

安说:"伯特,不用看,她还是那样美丽。"

"世界连那样的美也留不住。"伯特叹息,盯住安,似乎要质问他。

"伯特,那样的时代,有太多……"安不知想拿这话安慰伯特还是安慰自己。

"不,我说错了,她活着。"伯特突然摇摇头,指指胸口,"我回英国,带了她,几十年,我带着她——安,把桨摇起来。"

安拿起桨,船慢慢滑行。安问:"伯特,这么多年,你一直一个人?"

"不,安,我不是一个人,这么多年她陪着我。"伯特的脸上有了笑意,"安,你明白吗?"

伯特在安偏开脸时瞥见他怪异的神情,笑着:"安,你该羡慕我,我有一个多么美丽的情人。"

安转过脸盯住伯特,他的样子,由不得人不相信。那一瞬,安脑里一闪,十多年来塞在他大脑里的东西堆成的厚厚的黑影开了道缝,他突然觉得,伯特说得对,可以不是一个人的,他也可以。他第一次对自己的记忆困惑不已,与父亲母亲相处的日子长达十年之久,为什么只记住了最惨烈的一瞬?

"伯特,你总记得美好。"安说。

从那一刻开始,安决定,转身面对那个梦,甚至换换梦的内容。安突然说:"伯特,从某种程度上说,我比你幸运。"他摆了个"忧愁"的姿势,向伯特招手,"来吧,拍照,想象你眼前有个姑娘。"

"安,你应该找那样一个姑娘。"伯特说。

"我答应你。"

多年后,安对一个写作的侄子讲述这段往事时,侄子说安远在异乡,那样的心绪,能碰上这样的房东,是幸运。安极快地摇头,说那时他和伯特间不再提租客和房东的关系。除了伯特那个奇怪的习惯,安自认为了解伯特的一切,他所有的生活细节、所有的爱好、所有的想法。那时,安以为那个习惯是伯特的一个什么怪癖。

"谁能想得到那竟与我有关?"安对侄子讲起时,语气充满对命运的惶惑,"谁想得到?"

每年有那么一天,伯特总要独自出门,而且出门前一两天和出门后一两天,情绪都显得很低落。安问起,他总岔开话题。那天到来前几天,伯特就频繁地看日历,日历上某个日期画了个圈,等圈里的日子到来,伯特就收拾东西,做着出门的准备。

安问:"伯特,你要出门?"安下意识地转头看日历,而伯特下意识地忽略他的动作。

"安,午饭不用等我。"

安帮他收拾着东西:"伯特,我也去吧。"

"我还没老到那程度。"伯特摇头,"我这两条老腿还有满满的力气。"

"伯特,我想跟着去。"

伯特扮扮鬼脸,笑:"老头子也要偶尔搞点神秘的。"

安看着伯特走出门,从窗口望见他向汽车走去,突然觉得这个朝夕相处、几乎无话不谈的老人陌生起来。

伯特开车,到花店买了花,掉转车头往郊外去,车开了很长一段时间,来到一片山边。伯特下车,捧着花,往山脚走。那是挺长的一段路,伯特走得很缓慢,走了很久,来到一条小溪边时,他立住了。

小溪在树林里弯弯绕绕,溪边有石有花有草,除了水往前走的声音,周围很寂静。伯特将花一朵一朵放进小溪,看花一朵一朵被水带走。伯特盯住那些花,脑子里的画面清晰起来——那对年轻夫妇对望了一眼,手与手握起来,将恐惧握在一起,脸上带着微笑,向他点点头说"麻烦了",拍照,跟日本兵走出照相馆,被枪毙。

伯特垂头,一只手去揉太阳穴,好一会,继续放着花,一朵朵白色的百合,女孩的笑脸在花朵中绽开来,眼睛在水里莹亮着。

十五

"堂叔,伯特每年那一天出门做什么?后来你知道了?"许是写作的关系,我又无法抑制地好奇起来。

堂叔站起来,背过身去,默默立了一会,再回转身时,他笑着。他说:"你知道,我晨跑的习惯还是伯特帮我养成的。"

于是,堂叔讲述那些清凉的早晨,伯特身着白运动衣,敲他的房门,喊他去跑步。两人孩子一样在寂静的街边追赶,互相取笑,一直往远处跑,跑出小镇,跑到郊外,跑向一大片绿色的山坡。两人停止谈笑,站住,看山坡上初升的太阳,长时间不交谈。

"和伯特在一起,我们喜欢看日出。"堂叔说。

我只能顺着堂叔的思路,说:"还喜欢喝咖啡。"

堂叔坐下来,端起咖啡杯:"是,就这样,端着咖啡,坐在客厅沙发上对饮,每晚必不可少的。"

"他陪你喝,还是你陪他喝?"

"谁知道?"

我说:"我也挺想来那么一杯咖啡。"

"那时,伯特喜欢笑我,说我没交上漂亮姑娘,才每晚待在家里和他这个老头喝咖啡。我跟伯特说看过的姑娘都不如他的姑娘美——这是实话。"堂叔拿过相册,翻开来,满页是伯特的姑娘的笑脸。我忽然想,作为一个写作者,我该如何用文字描述这女孩?

"伯特要求我找的姑娘得和他的姑娘一样美,不然,老头子就要笑话我了。"堂叔现出少见的调皮神情,"我说,我的姑娘肯定更美。老头子很满意。"堂叔静静看着相册里的女孩,微笑留在脸上,但半天无声,我相信,他一定想起老头子谈起情人时的羞涩。我不再唐突地出声。

过了半天,堂叔开始翻动相册,他突然抽出一张照片,在我面前扬了扬,中年男人的成熟无法掩饰他的激动:"你看看伯特。"

我接过照片,是彩色照片,一群人拥成一团,表情和姿势都很搞怪,堂叔和伯特挤在中间,堂叔身着博士服,博士帽歪戴在伯特头上。

堂叔说:"这是我毕业那年。"

"毕业后,堂叔离开过英国?"

"我仍留在英国,这个决定几乎是理所当然的。大伯问过我回国的事,我一直敷衍,觉得生活在哪里,故乡便在哪里。当然和伯特一起生活,连娶妻以后也没有搬出那座房子。婚礼上,伯特站在我和你堂婶中间,承认我的姑娘很美。"堂叔又翻相册,抽出另一张照片。

堂叔着西服,堂婶着婚纱,伯特揽着他们。

"我这样向你堂婶介绍伯特——伯特,我们的家人。"似乎为了证明某些东西,堂叔熟练地翻着相册,抽出另一张照片。

一桌菜,看得出是中国菜,堂叔、堂婶和他们的女儿,簇拥着伯特,挤在饭桌边,大笑。我拿着照片说:"中国人一家人团聚的时候确实很多时候是一桌菜,这桌菜代表了很多东西。"

"伯特也是这么认为的。"堂叔说,"那时,吃饭前,伯特喜欢先拍张照。他先夹几口菜品尝,称赞一通,然后放下筷子,进房拿出相机。我便去安三脚架,架好相机,调为自动拍摄,也成了一种习惯。"

我笑说:"伯特似乎帮你养成了太多的习惯。"

堂叔半垂下头:"离开习惯,是很不习惯的。"

十六

电话声响起时,一家人都在客厅里。安拿起电话,语调和表情随即高兴起来:"大伯,近来还好吗?"

"安,你回来吧。"大伯忽略安的问题,但语气已经回答了他,安的笑意随大伯的话沉下去。

"大伯……"这么多年,安记不清大伯多少次这样提过这事,他每次都像第一次听到那样突然,每次都忘记上次对大伯的回答。

"我的时日不多了。"大伯说,安果然听见大伯声音里薄弱的气息,大伯顿了一会,又说,"这么多年,你也该回来了,到你父亲母亲坟上看看。"

"是,大伯。"安同意大伯的看法,更想去看看他,但意思含糊不清。

"安,这么长时间,没什么过不去的了。"

"大伯,不是这个。"安下意识地抬起眼光,发现客厅变得极静,妻子不出声地看着他。他移开目光,看看伯特,伯特的目光也在他身上。

接下来和大伯还说了什么,安一放下话筒就忘了。放下话筒的时候,他们都在看着他,妻子和伯特。他极快地看了妻子一眼,极快地将自己从她的目光里抽离出来。妻子的目光他可以一寸一寸读出来,她想回国,想了多少年了。当年,他们是一起留学的同学,毕业后,为了他留在英国,成为他的女朋友,再成为他的妻子,这个话题是他们之间从来无法整顺的结。他知道该回去的,永远回去。他看看伯特,老人顶着一头银发,努力撑直八十五岁的腰脊,努力让目光平静。

"安的大伯吧?"伯特先开口问。

安点点头,努力地笑笑:"大伯问您好。"

伯特盯紧安:"该回去了?"

"还没说定。"安耸耸肩。他看见妻子的目光有了尖锐的棱角,转身进了房间。半天后,安走进房间,妻子仍坐在床沿上,垂着脖子,双手捂住脸。安用胳膊揽住了妻子,但妻子始终没有放下双手。

夜晚,客厅,安和伯特。妻子和女儿睡熟了,安从房间出来,伯特等在客厅,安沏来两杯咖啡,放一杯在伯特面前,伯特端起来,向他举了举,喝了一口。

"安,你的咖啡沏出安的味道了,伯特若喝不到是不习惯的。"伯特说。

安喝了口咖啡,抿了抿,微闭上眼:"伯特教我沏的,是伯特的味道,伯特若不在,就沏不出这种味道。"

伯特认真起来:"安,听从你内心的召唤吧,其他的别多想。"

"伯特,我内心的声音,你听得到。"安说。

那一晚再无话,除了安起身加沏咖啡的声音,客厅一直安静至天微亮。

两天后,伯特走到安面前,说:"安,你在哪,我就在哪,有你的地方就是伯特的故乡。"

那时,所有人都在客厅,开着电视,但没人看,安坐在沙发上,垂着脖子,安的妻子抹着桌椅,安的女儿在画画,一切都带着心事重重的样子。

"伯特……"安缓缓站起,完全回不过神的样子。

安的妻子直起身,手里握着抹布。

伯特说:"我想去中国的,我人生里有太多东西与那里有关。"

"伯特也是我的故乡。"安说。

伯特弯腰揽着安的女儿:"一起回去。"安的女儿跃起来,绕着伯特转圈。

于是伯特开始收拾东西,他叫来律师,将房子的产权转给一个朋友的孩子。他拍拍安的肩膀,微笑:"年轻人,别这副表情,别揪着眉头,我会有地方住的,不是吗?噢,是的,你会给我保证的。"

回国前两天的一个晚上,伯特待到很晚,喊住想进房休息的安:"安,我想跟你说件事。"

伯特的表情不对,安坐下来:"伯特,舍不得离开?"

伯特摇摇头,突然沉默了,半晌,说:"要回中国了,回去前我得把那件事讲出来。"伯特说完站起身绕沙发踱步,半垂着脖子,一圈又一圈,好像那件事藏在某个角落里,他得找出来。

"伯特,我听着。"安扶着他坐下。

伯特双手捂住脸,放下时,安看见他的眼睛里有雾气。

"安,那对夫妇进来时我该立即把他们藏好的,立即。"伯特的话没头没尾,他不理安的疑惑,一气说下去,"我一眼就看出他们是什么人,那样的年代,那样的环境,我有这种敏感的。"

十七

那对年轻夫妇进门时,伯特和伙计正看着新洗出来的照片,他抬头那瞬间就感觉到他们的特别,他放下照片,下意识地随着那夫妇的眼神往门外望去,门帘很快被合上,什么也看不到。伯特便看着那对年轻夫妇,他们的脚步带了一丝慌张,伯特想,若不是他平日拍照,喜欢注意细节,一定发现不了。

伙计很利索地迎上去,笑问:"先生,小姐,拍照吗?"伯特则站在柜台边,静静看着他们。

男人微笑点头:"是的,拍张照。"

女人说:"我想重新梳个发型,请给我把梳子。"转身面对男人,"你把外套脱掉。"

两人很用心地准备起来,偶尔看看对方,伙计开始安排布景,伯特在柜台边走来走去,想,他们在乔装,这样的乔装有什么作用。他的目光在年轻夫妇和墙壁某一角跳来跳去,变得焦灼起来。

伙计布置好一切,说:"请先生和小姐准备好了站到这里来。"

女人已经梳好另一个发式,夫妇走向伙计安排的位置,外面的脚步声和吆喝声响起来,杂乱而突兀。年轻夫妇对看了一眼,两只手握住了,表情显得异样了。伯特的焦灼明显了。

伙伴摇摇头,叹:"又在抓人,没有一天清静的——先生,请你靠右站一站,身子稍稍侧一侧。小姐,请你把脸抬一抬。"

男人一只手揽住女人的肩,两人靠得很紧,像寒夜里互相取暖的人,他们对视,像孤岛的相依为命者,在对方眼里看到共同的恐惧与支撑。

伯特猛地抬起头,猛地往前走了两步,很明显,他下定了某种决心,但迈出第三步时他的脚顿住了,头垂下去,缓缓退回柜台边,深受打击的样子。

杂乱的脚步越来越近,进门了,一群日本兵,像一股突然涌进门的浊浪。伙计极力抑制住胆怯,极力带了笑,迎上前:"什么事啊,各位客人要拍照?"

日本兵头目用手拨开伙计,向年轻夫妇走去。伯特从柜台边走出来,立在日本兵头目面前:"这是我的照相馆,你们太没礼貌了吧。"

"对不起,先生。"日本兵头目微点了下头,"我们在抓犯人,执行公务,请谅解。"他指着年轻夫妇。

"他们是照相馆的客人。"伯特立在那对夫妇面前。

"他们是犯人,重要犯人。"

"这是我的照相馆,请你们出去。"伯特没有退让的意思。

日本兵头目也没有离开的意思:"打扰了,我们抓了犯人就走。"他举了举手,那群兵便将年轻夫妇围住,一点点向他们逼近,举着枪,带了和枪一样寒冷的目光。年轻夫妇相互点点头,忽然向对方微笑了,他们握着的手感觉到彼此的手松展了些,放弃某种努力突然让他们觉得莫名轻松,他们开始迈步,准备跟日本兵走,日本兵的圈慢慢收缩成押解的队形。

女人突然站住:"等等,我们拍张照片。"她指指已经布置好的背景。

日本兵以碰到突发事件的速度逼近他们。

男人对日本兵头目说:"拍完照我们就跟你们走。"他转头看看女人的发型,手指极快地抚了一下女人的鬓角。

日本兵举着枪,没有退。

男人对日本兵头目微笑:"留张合影而已,这是一个小心愿。我想,你是聪明的,不会妨碍。"

日本兵头目举举手,示意手下退开。

"麻烦你了,先生。"女人冲伯特点点头,笑了笑,顺手整着发型。

年轻夫妇重新立在镜头前,女人靠在男人胸前,男人将女人拥住,女人感觉到男人揽在肩上那只手用着力,仍抑制不住微微地颤抖,女人的肩也抖起来,颤抖极快地蔓延到全身,他们再次对看,彼此浅浅笑了笑,好像颤抖的波纹。

伯特示意伙计走开,亲自走到相机前,调好镜头,按下快门。

拍完照,年轻夫妇随日本兵走出照相馆,拉着手。伯特跟了两步,退回去。照相馆静下来,伯特抱住头,在柜台边蹲下。

"先生,你怎么了?"伙计凑近前,低声问。

伯特抱着头不动,不出声。

十八

伯特在安面前抱住头,不出声了,他看不到安向他倾过来的身子和几乎脱离眼眶迸出来的眼光。

"伯特,他们就这样被抓走了?"安抓住伯特的双手,猛烈地摇着,追问,"后来呢?后来他们怎么样了?"

伯特更紧地抱住头,完全没感觉到安这个听故事者的极度投入,他仍沉在自己的故事里,声音沙哑:"被枪毙了。"

安的五官瞬间凝结,又瞬间凌乱起来,接着动作也凌乱了,他站起身,胡乱地走来走去,双手好一会找不到安放的地方,在半空乱舞,声音凌乱:"不可能,是,不可能的……"

伯特在故事中无法自拔,说:"几天后,他们被拉到街上示众,示众之后枪毙,我亲眼看见的。"

安跌坐在沙发上,双手僵在身体两侧。

伯特仍垂着头:"安,他们进了我的照相馆,可我没救下他们,我看得出他们不是普通客人,我应该救的。"

十九

几年后,堂叔在我的面前抱住头,双手插进头发,对空质问:"为什么伯特要对我说这件事?"

"堂叔?"我疑惑不解,无法理解堂叔反常的激动。

"我不知道该对伯特说什么。"堂叔抬起脸,摊开双手,"安慰他吗?谁安慰我?"

我的疑惑越深:"堂叔?"

"你知道我母亲是怎么去世的?"堂叔突然说。

我觉得堂叔有些前言不搭后语了,摇头:"我问过爷爷,爷爷只说她在你十岁那年去世的,别的再不肯多说。"

堂叔按住我的肩,双眼血红:"自杀,我母亲是自杀的。"

堂叔完全抛开伯特,絮絮讲起母亲,我不知道这是不是他第一次对别人讲述这些,自始至终,他双手攥成两团,攥得脸面发红发青,仍无法抑制牙齿因颤抖而发出的磕碰声。

"母亲明明是睡着的,我就站在床边看着。"至今,堂叔仍不肯相信母亲从他眼前冲出床去,父亲就在病房外走廊里。堂叔的描述断断续续、零零碎碎,我只能自己重新整合,理出头绪。

那天,他母亲睡得很沉的样子,医生将他父亲喊到病房外,十岁的堂叔有着超过年龄的早熟,敏感地意识到什么,悄悄尾随出去。医生和父亲果然在对话,声音放得低低的。他看见父亲掩饰的担忧一下子漫满脸面:"医生,她到底怎么样?最近情绪越来越不稳定。"医生轻轻地摇摇头:"她解不开心结,走不出阴影,药物根本没办法。"他看见父亲双手抹了脸,好像透不过气,说:"几乎每天都在劝解,什么都说了,没用,当时她实在也太小了。"医生交代说最近发作得厉害,这段时间要看紧,是危险期。父亲点点头,医生离开。

堂叔退回病房,父亲进来,说要去拿药,再买点水果,交代他看着母亲。说完父亲走出去,母亲的眼睛就在这时猛然睁开,以极快的速度扯掉输液管,冲出病房。堂叔尖叫,伸出手没扯住,走廊上的父亲转过身,母亲已从他身边冲过去,他倾身扑过去,没扑住。父亲追上去,堂叔追上去,几个护士追上去。他的母亲狂跑一段后,抓住栏杆,纵身一跳……

堂叔说他看见父亲扑上去,他也扑上去,但他被人从背后抱住,被人捂住眼睛,眼前一黑,倒在抱他的大人怀里。

我把咖啡杯向堂叔面前挪了挪,堂叔拿起杯,猛灌几口,像要把胸口火焰般猛烈的起伏浇熄。他哑着嗓子说:"母亲小时候,亲眼看见外公外婆死在面前,她一辈子都无法快乐起来,她的日子闷得不透一丝风,慢慢地,演变成深度抑郁。父亲毫无办法。"

"那是个动乱的年代。"我说,感觉自己的安慰又苍白又空泛。

但堂叔点点头:"母亲当时面对的那种场景,我一直在想象,从来无法想象。"

我茫然点着头,但堂叔急促地摇头:"你不明白的。"

二十

刑场上,年轻夫妇浑身血迹,衣衫破烂,绑在高高的木架上,两人用力撑着脖子,看看人群,对望,彼此的目光都疲惫到极点,但极轻地微笑了一下,有种尘埃落定的轻松。大群的日本兵,举着枪,弄出一种又冰冷又滑稽的氛围,他们相信枪口已经对准任何一张可疑的脸孔和任何出格的念头,他们控制了一切。但那些枪口没有发现人群里那张女人的面孔,长得和木架上的女人极像。

女人咬着嘴唇,拉着一个小女孩。女孩极力要往前挣,女人紧紧拉扯住。

日本兵头目的目光从人群头顶上扫过去,举起一只手,嚷了句什么,行刑兵的枪举起来。女孩在瞬间张开了嘴,嘴瞬间被女人捂住,整个人也被女人抱住。枪声响了,女孩含泪的眼猛地睁大,目光凝结,她看见血,然后一片空白,再然后一片发黑。女人抱了女孩弯腰急速地后退,急速地离开。

女人抱着女孩跑,跑到偏僻的角落,放下女孩,摇晃她,女孩一动不动。女人弯腰抱了女孩继续跑,直到进了一个小屋。女人将女孩放在床上,女孩就在床角缩起来。

女人端来一碗粥时,女孩仍缩在床角,缩成一团,神情茫然,目光如云絮般无着无落,女人碰碰她的肩,她没动。

女人摩挲了下女孩的额,说:"妞妞乖,喝点粥。"

女孩没动,没看她。

"妞妞。"女人喉头含了哭腔,"我是大姨,大姨疼你。"

女孩的神志不知飘荡在哪个世界里。

"来,大姨喂妞妞喝粥,喝了粥睡一觉,睡醒就好了。"女人用勺子舀粥,喂到女孩嘴边,女孩嘴没张,粥顺着嘴角淌了满下巴。女人放下碗,抱着女孩大哭:"大姨不好,带你去看那个,我怎么这样糊涂啊!"女孩在女人怀里剧烈地发抖。

二十一

堂叔再次站起来,在房里急促地踱步,以缓解某种情绪。我重新沏了杯咖啡递给他,他喝了几口,慢慢坐下来,身子往后瘫靠在沙发上,累极的样子。堂叔说:"当年,母亲才六岁,看着外公外婆被枪毙!"

我的疑惑到了极点:"堂叔的外公外婆是……"

"电视里常出现的地下工作者。"堂叔又喝了口咖啡,说,"暴露后准备撤退,被跟踪。被捕前跑进一家照相馆,被带走前两人留下一张合影。"

我失声惊叫:"当年,走进伯特照相馆的那对夫妇……"

堂叔垂下头。

我把安静留给堂叔。

长时间的安静后,堂叔看着我的眼睛,问:"若是你,你怎么办?怎么面对伯特?"

我无法面对堂叔的目光,笨拙地低下头,无力又多余地说:"竟有这样巧合的事。"

"我没跟伯特说。"堂叔说,"八十五岁的老人,念着那件事,那么长的岁月,我不知道那样的负担他怎么背着。"

我笨拙地附和:"是的,不说好。"

堂叔说:"我还得安慰伯特,是不是?是的,我得安慰他。那么多年来,这件事他只跟我一个人说过。每年的那一天,他都一个人跑到某个地方去面对一次。"

我只能点头。

堂叔又站起来,走到窗前,拉开窗帘,久久地看着窗外,长时间没有说话。我走到他身边,也看着窗外。

堂叔自顾自说下去:"我安慰着伯特,脑子里却控制不住荒唐的念头。"

"念头?"

"我无法控制地假设,若当年伯特救了外公外婆,也许他们真的能活下去,我母亲就不会抑郁,父亲也不会,所有的命运也许……不!"堂叔用力地甩着头,"我知道这念头毫无道理,我拼命躲开它。"

我不出声,所有的话对堂叔来说都是软弱无力的。

"我很明白。"堂叔说,"外公外婆那样的身份,那样的遭遇随时随地可能有,不是伯特改变得了的。"

我说:"伯特确实是无能为力的,我不单单指那一次具体事件,那时所有的事他都无能为力。"

似乎得歇一歇,堂叔才有办法说下去:"我放过了自己,可是老人不放过自己。"

二十二

伯特垂着的头慢慢地抬起,双眼发红,双手张开,安看见他十个手指都微微地颤抖,他声音发干:"安,我没救下他们,噢,这就是我做的事。"

安看着伯特,没出声。

"安,他们就在我面前,两个大活人,我眼看着他们被抓走。"伯特没有发现安目光飘忽,许久默不作声,仍伸着手,"那么年轻,没了。"

安终于握住伯特伸出的那双手,先轻轻的,接着越握越紧:"我明白。"安极轻极轻地说,他突然想起什么,"伯特每年的那一天出门……"

伯特低下头。

"安,我知道这是幼稚的,但若回到过去,我或许可以重新选择。"伯特说,但很快摇头,"不,我应该重新选择的。"

"伯特,这想法是不对的。"安摇着伯特的手,像要把他的想法摇出来,"这不关你的事。"

伯特仍在摇头,无法停止:"他们进了我的照相馆,也许他们曾经认为我是个英国人,或许有某种希望,天,他们是带了希望进照相馆的。"

"伯特,你该清醒,那样的时代,那样的情形,谁都没办法。他们又是那样的身份,不会不明白这些,他们只是刚好跑到照相馆前,以为还未被发现,便进了照相馆。"安说。几年后,安对他的侄子说这是他的真实想法,这些想法让他变得平静。

伯特求救般地盯住安:"你真这样认为,安?"

"是的,很多时候,人是被命运捉弄着的,在命运的迷雾中失去方向。"

伯特起身,走近客厅那几个箱子,箱子是这几天收拾好的,伯特准备带到中国的所有行李。伯特想打开箱子拿什么东西的,但他站了站又离开,重新坐下。他说:"安,谢谢你,你知道我为什么谢你。"

"与我无关,那本不该由你承受的,伯特。"

伯特握住安的双手:"是吗,安?"他需要安的证明,安不迭地点头。

安希望伯特进房休息,自决定回中国那天起,他几乎每晚都熬至深夜,但伯特完全忽略安的建议,蹙着眉,仍被某个念头困住的样子。果然,他又不停地摇着头:"不,安,我是在找借口,我是有办法的。"

安强调:"你没办法。"

"我可以有办法的,当时,照相馆里有个小小的夹壁——那种环境,总有些预防万一的准备——若我把那对夫妇带进夹壁……"

"伯特,没用的。"安截断伯特的话,"那些人一定看见他们进照相馆了……"

"借口。"伯特也打断安,絮絮说着,表情复杂,"我给自己找过很多借口,时间太紧,来不及把他们藏好;夹壁太小太浅,那群人都是狼,会搜会嗅,根本没用;当时我太年轻,没经验,没法及时反应,做出判断。不,安,这些都是不成立的,就是因为我自私,我懦弱。"

"伯特,你停下,清醒点。"安抓住伯特的双手,提高声音。

伯特停不下来:"我不能找借口的,不配得到安慰的。在那不久后,我心爱的姑娘离我而去,这是上帝的惩罚,可我只是逃,除了逃,我究竟做过什么。"

伯特说那对年轻夫妇被枪毙几天后,他便提了行李箱,离开时光照相馆。

"安,我就那样逃走了。到中国第一天,我便决定留在这个国家的,它有种特别的味道吸引我。用中国话来说,叫缘分。"

安说:"是的,这是缘分,别的不要再想。"

二十来岁那年,伯特提着箱子从船板走上中国的码头,又好奇又惊喜。"那时,我穿着中国的服装,在中国的街道四处逛,凑到卖东西的小摊前,听别人说中国话,努力地学;我走进中国餐馆,点中国菜,像猴子一样抓着筷子;我拿中国的线装书看,旁边放着汉英字典;我进茶馆,喝中国茶,看京剧;我学着握毛笔,练书法,学画水墨画……"

安相信,伯特沉浸在乡愁里无法自拔。

"安,我相信自己是为了爱中国而来到中国的,我对自己说,我跟别人不一样——安,你明白当时那些住在租界的外国人到中国做什么,他们没资格的。"

安说:"伯特,你是不一样的。"

伯特摇头:"我是虚伪的,也是没资格的,我是怎么到中国的?英国人的身份,那时,比中国人特殊的身份。我把照相馆开在租界以外,可住在英国租界内。安,租界是什么?"

安沉默。

"安,我本来就有罪,不配找借口,我们那些人都有罪。"伯特凝望着空间某一点,像岁月中的自己就立在面前,他正自我问责。

"伯特,我明白,都过去了。"除了重复这话,安不知该说什么。

伯特拍拍胸口:"一直在的,可我逃了。"

"现在要回去了,这次不一样。"

伯特说:"该回去了。"

那时,安还不完全明白伯特那话的意思。

二十三

我说:"这一回来,真的面对了,这么近距离,老人一定没想到。"

"我也没想到,我想着再守几年,这秘密就永远埋藏了。"堂叔说。

"不担心别人会漏嘴?"

"你知道?"堂叔反问,随即自己回答,堂婶从不知家里以前的事,爷爷不会提以前的事,他认为一切该结束了,也将结束,他说,"因此,我从来是放心的。"

我翻开相册,拿起堂叔的外公外婆那张旧照片:"但老人看到了这张照片。"

"我也没想到,我早忘了这张照片。"堂叔接过照片,凝神看着,"这照片一直和父亲母亲的一些旧物一起,由大伯收着。当年,外公外婆被枪毙后,他们的通信员暗中找过母亲的大姨,将外公外婆进入过照相馆的事告诉她,让她去照相馆打听,想看看他们是否留下什么。母亲的大姨从伙计那儿得到这张照片,这张照片我母亲在世时一直带着。大伯去世后,照片就和一些旧物收拾在一起,放在阁楼上,我一向不喜欢翻旧物的。"

"伯特怎么会看到这张照片?"我莫名地着急起来,"怎么知道当年那对夫妇就是堂叔的外公外婆?"

"老人喜欢中国的旧物,有一天,提到这座老房子,相信这样的房子里会有很多旧物,你堂婶将他带到阁楼,翻出大伯的旧照片。"

"伯特一定问过。"

"他追问过你堂婶,她对那张照片毫不知情。后来,他试探我,问我记不记得长辈们的事。我说父母十岁那年离开,除了那个噩梦,我连他们的脸面都模糊了,何况再上一辈的事?大伯从不告诉我这些,我也无心去问。我学他以前的口吻,笑着告诉他:'老头子不要老想旧事旧物,要喜欢年轻的事年轻的东西。'"

二十四

我和堂叔立在窗边,望着窗外,窗外早已漆黑一片。

我说:"伯特一直以为堂叔不知道,临走前想告诉你的。"我相信,伯特就隐在窗外的暗影里,相信他同意我这话,或者说他允许我这样为他把话说完。

我感觉到堂叔在点头:"那段时间,伯特一直像有很多话跟我说,我总岔开话题。"堂叔说完离开窗户,捧起相册,再次拿出那张照片。

"没想到,这照片当时伯特冲洗了两份,一张他自己留下了。"

"这么多年来,他大概一直看这张照片。"说完,我又扭头去看窗外。

"是的,一定是的。看到这张照片,他会怎样,我无法想象。当年,我拼命逃开自己的噩梦,伯特却让自己不停面对。"堂叔垂下头。

这些我无法对伯特说,因此我默不作声。

堂叔说:"他也许想告诉我,又怕我知道上一辈的事,心理阴影反而更重。其实,我早知道……"

"爷爷是不说的,你的父亲告诉你的?"我奇怪,一个十岁的孩子,不该知道这些的。

"小时候,母亲一发病就讲外公外婆的事,不停地讲,她说外公外婆被绑着,动也动不了,那多么枪指着他们,她说枪响了,血流出来……讲到这,母亲就不停地重复着'血',直到父亲发现,一只胳膊揽住母亲,一只胳膊揽住我。我哭着说害怕,母亲也哭,也说害怕,她还在说血,说她爸爸妈妈的血。父亲安慰我说母亲病了,然后,我们一起为母亲喂药。母亲总拼命躲着药,大喊着'血'……"堂叔不知不觉地将身子缩起来,抱住胳膊,我不知道,他的童年里,曾多少次这样缩起来,抱紧自己。

"伯特一定无数次犹豫过,不知该不该告诉你。"我说。

"我也是,我不知隐瞒着是对还是错。"堂叔的声音变得疲惫不堪。

我把手放在堂叔手背上,拍了拍:"没有对错,没关系的,还有什么关系呢?"

二十五

离开之前,我又去了伯特坟前,发现堂叔已经在那里了,他蹲在坟前,摩挲着伯特的墓碑,说:"伯特,你知道吗?当年那对夫妇,你救了他们的外孙。"

月光光

一

实验员伸手触摸范德拉夫起电机的金属球,欧阳羿的父亲嘴巴猛地张开,盯住实验员满头竖起的头发,眼皮用力地眨。欧阳羿凑在父亲身边,低声解说其中的原理。父亲点点头,又摇摇头,迷茫的样子让欧阳羿没底,他不知父亲听进去几成,不,是相信了几成。

手机响起微信提示音,妻子月影问欧阳羿:"爸玩得怎么样?"

欧阳羿觉得"玩"字用得很不准确,他想了想,放弃跟月影分辩,回了信:"还不错。"

月影发了个捂嘴笑的表情。欧阳羿极快地打了几个字:"什么意思?"但最终删了,他发现这几个字带着懊恼情绪,无意中承认月影昨晚的意见是对的。他回了个微笑,这表情中性、冷静、礼貌,他比较喜欢。

欧阳羿准备带父亲去下一个馆,那个馆展示科学在生活中的运用,或许父亲更感兴趣,也容易理解。父亲的手机又响了,欧阳羿观察到父亲掏手机前看了他一眼。

生活中,欧阳羿很粗心,用月影的话说是神经大条,但父亲的异样实在太明显,欧阳羿没法不注意,父亲走到角落接电话。

欧阳羿看机器人跳完一段舞,从细究机器人流畅的动作和各种构件配合中回神,父亲通话仍未结束。两天前,父亲接了个电话,进房间谈了半天——母亲去世后,父亲电话极少,偶尔和一些老友通话也很简短——这两天,父亲通话多了,且通话时间都挺长。这是月影提醒的。

"爸想给我们再找个妈?"昨晚父亲再次去阳台听电话时,月影问。

欧阳羿猛摇头,父亲他是了解的,父亲母亲的感情,他更清楚。

"爸有自己的事。"欧阳羿说。

月影的意思,父亲来了近一个星期,除了到小区散散步,就是待在家看电视,该带他出去走走。

两天后的这个周六,欧阳羿挤出半天时间,把父亲带到科技馆。昨晚,听了欧阳羿来科技馆的计划,月影笑:"爸不是小孩好新奇,也不是跟你一样喜欢了解什么原理。要不是有演出,我会带他到一些老地方走走,去古寺庙进个香,去博物馆看看老物件,去老街老店面买小玩意。"

"我避免带爸去这样的地方。"欧阳羿说,"爸可能不会喜欢科技馆,但他得了解。"欧阳羿的意思,父亲很多东西不懂,脑子里有太多迷信的东西。不是要父亲记那些原理,他是想让父亲知道,很多东西弄清楚就没有想象中那份神秘,可以锻炼父亲,让他更理性,更适应城市,父亲太沉迷乡下的过去,老日子老习惯老观点,欧阳羿认为那一切对老年的生活没好处,会让父亲过得黏黏糊糊,不够明晰理性。

"我的科学家,又开讲座了。"月影笑,"爸是过日子,不是上学——不过,去科技馆也好,老人家没见过,挺好玩,让他耍耍。"

"不是好玩……"

月影拍拍欧阳羿的肩:"睡吧。"

走了两个分馆后,欧阳羿忍不住假设,如果是月影带父亲去她说的老地方会怎样。进入展馆,欧阳羿就开始解说,观点渗在解说里,父亲很认真地听,点头,但听着听着就走神了,听着时很惊奇,走神时目光迷茫。这不是欧阳羿要的状态。

父亲通话结束,对欧阳羿说:"我得回去。"

昨天父亲就说要回家了,他刚住一个多星期,原本打算最少住两个月。

父亲说家里有事。能有什么事?田不种了,房子交代二叔二婶隔段时间通风打扫。昨天,欧阳羿和月影劝住了父亲。

一年多前,母亲去世,父亲状态很差,两个姐姐和欧阳羿不放心他在家,让他进城。他在两个女儿家各住一段时间,到欧阳羿家住了些日子,还是回去了。说梦见母亲在家很无聊,又怪他上个节没有拜祖,祖先有了气,在那边质问她家是不是要散了。那次回去后,父亲一直待在乡下。半年前,父亲状态突然变得很好,又精神又开朗,主动跟欧阳羿商量,说确实愿意待在老家,一年到城里住一两次,其他时间仍回乡下。父亲身体和精神是令人放心的,欧阳羿认可了他的安排。

"乡里的事。"父亲想了想说,"乡老人理事会有事情。"

"老人理事会?"欧阳羿惊讶了,父亲从不参加类似的集体事务。

追问下,才知是月娘庙要重修。欧阳羿理解了,但不满意,这是他极反对的。

父亲说得很明白,月娘庙的事他要理的。

父亲往展馆外走,欧阳羿给月影打电话,只能带父亲去车站。他抱怨:"重修月娘庙!这个社会这个时代,这种事还一直在重复。"月影说:"爸也不会明白,为什么你们一直在写论文。"

二

父亲在房里待了很长时间,欧阳羿进去看,父亲坐在床沿上发呆,看见他,猛地起身说"快好了快好了"。

出了客厅,父亲又坐下了,握着一杯水,喝得极慢,时不时看看欧阳羿。欧阳羿终于意识到父亲有话说,坐下,等父亲开口。如果是月影,会很快意识到,并直接问,那样父亲会轻松很多。

"羿,跟你商量个事。"父亲紧握着水杯。

父亲提到建房子的钱,问能不能让他顺便带回去。

这事早就提了,欧阳羿给一笔钱,让父亲修家里的房子,父亲一直说不急。关于修房子,他和父亲的意见还没统一,那笔钱放了大半年了。父亲怎么突然想起修房子?

"修房子了?"欧阳羿想确认一下,父亲会不会是一时兴起。

"我想顺便把房子修好。"父亲说。

欧阳羿觉得父亲的话轻巧了些,顺便修房,在父亲看来,修月娘庙的事更要紧吧。他有些懊恼,这么多年的努力,无法将父亲从那边拉过来一丝一毫。

欧阳羿拿出一张卡:"爸,密码是你的生日。要找堂哥,建房子的具体事项听他的。"欧阳羿的堂哥在镇上开了装饰公司,他交代过堂哥,如父亲修房子,由堂哥负责设计装修。虽比不上大城市,但在乡下很可以拿出手了。

父亲"嗯嗯"应着,答应修建时会找堂哥。

很怪,听了卡里的钱数,父亲没说什么。

修房子,欧阳羿父子都有安排,但怎么修,两人想法一直不一样。

家里的房子修了两层,第三层未筑,外墙和二层顶板保留着水泥坯。父亲的意思是,修好第三层,外墙刷平整,小院围上矮墙,房子就是完成了,房子的风水也完整了,可以谢了土地爷,房子就属于欧阳家,不用再向神明借住。

欧阳羿认为要修成村里最出色精致的小楼。楼房修出结构,外墙要贴砖,院子除了围好,还要砌花池鱼池,室内装修简洁高档。一切交给堂哥做。

"没必要,我一个人住着,你们一年半载回来一两晚。"父亲摇头。

这事一直拖着,好几次欧阳羿提出修房子,都被父亲挡掉。

父亲把卡装进衣袋里,手掌压了压,没提钱的数目太大。

"一定得叫堂哥。"欧阳羿再次叮嘱,"回头我跟他交代一下。"

"不用不用。"父亲有些着急,"我让他到家里看看,你电话里说不清。"

"装修的事都听堂哥的,他是内行。"欧阳羿重复。

"知道。"父亲说,"好像你要回去住一样。"

"我不住,但那是我们家房子。"欧阳羿说。父亲终于和他一致了。只要父亲听堂哥的,修好的房子不会让他失望,他早就和堂哥细细谈过。给父亲的钱足够在乡下修起一幢亮眼的小楼。

欧阳羿脑子里突然现出一些零零碎碎的事,过年过节回家,总要反复回答的几个问题,他这个科学家是做什么的?他尝试过解答,但那片困惑和怀疑的表情让他打消解释的念头。工资高?他们提到乡里一些外出做生意的,他们的生意清清楚楚,不像科学家高深,生意的意义也清清楚楚,他们堂皇的房子说明了一切。有人说他名声响,只是名声响。有人提到他上过的名牌大学,然后又提他家不起眼的房子……

欧阳羿甩甩头,又是这些杂念。欧阳羿曾无数次在深夜里,以分析月球的精神分析自己的心态,他是个科学家,怎么可能在意这些?怎么可以在意这些?无聊又荒唐,他批判了自己。但这些零碎沙子一样嵌在身体某处,总在某种时刻硌他一下。

欧阳羿想象房子建成,村里人,甚至是乡里人会……车站到了,欧阳羿长呼了口气。

送父亲进车站前,欧阳羿给月影打了电话,月影追问:"究竟什么事?"欧阳羿正想着怎么说,父亲突然转过头强调:"月娘庙重修不是小事。"月影听到这句话,说:"明白了,你让爸听电话。"

"爸,修月娘庙乡里人要捐钱吧,我们家也随点。"

"会的。"手机还给欧阳羿时,父亲满脸笑,说月影比欧阳羿懂礼。

送走父亲,欧阳羿坐在车里,握着手机,修房子的钱让父亲带回去了,跟月影说?当然,她应该知道。欧阳羿最终收起手机,不是欺骗,而是时机未成熟。

晚饭时,谈起父亲回去的原因,欧阳羿有些烦躁:"这种时代,真还相信月娘的神力?"

"对有些人来说,修月娘庙和你研究月球一样重要。"月影说。

"就是总有那么些人,捧着这种事,把这种事当成正经事。"

"什么是正经?什么是不正经?"月影语气有点硬了。

欧阳羿望了月影一眼,很快低下头,从月影回来到现在,他一直没法跟她对视,突然意识到自己的烦躁跟心虚有关。结婚后,他们从未瞒过对方什么,欧阳羿认定,这份透明和简单是两人牢固的基础,像某些科学公式,越简单越是稳定的,越能阐释规律和整体。他对自己说了一堆道理,但仍没有把事情告诉月影。

三

回到家第二天晚上,父亲给欧阳羿电话,又强调:"修月娘庙是大事,这次不是小修小补,乡里人——特别是我们村——都得出力,我们家也要捐。月影提过,再跟你商量一下。"

父亲不是真的跟他商量,欧阳羿忍不住反感,父亲叨叨着月娘庙多么要紧,他分析着自己分析着父亲,我是个研究者,站在研究者的角度,父亲从小生活在月娘的光辉下,那是他的世界观。然而,反感像被吃进肚里的坏东西,由不得他控制,他滔滔的话语开始向电话那头的父亲倾倒:"没有什么月娘,月亮准确的表述是月球,是太阳系中一个球体,我研究了这么多年,对它比对村子还熟悉……"

父亲把欧阳羿的话骂断,说他把自己研究成一个球了,没人样了。

欧阳羿胸口堵着一团气,脑子里理性分析的因子乱了,这不单误解他的研究,还带了污辱,他认认真真告诉父亲:"我就是为人类研究的,类似的研究让人类更理性,更文明,这是进步。可还有那么多人,远远落后了,还自我麻痹。真正的善是发展的、进步的,从某种意义上说,愚昧也是一种……"

月影抢过手机:"爸,他的性子你知道的,辩起这个就入了魔。家里当然也捐一些,爸安排。"

"别用我的名义捐钱。"欧阳羿在一边大声说。

"爸,用你的名义捐,也可以用我的。"月影说。

"羿是还没活明白的人。"父亲在手机那头嚷,声调里带着噼啪响的火星。欧阳羿朝月影摊开双手,哭笑不得。

"爸照自己的意思做。"月影匆匆结束通话。

"爸说我不懂!专门研究月球的不如他这个胡乱想象的。"欧阳羿有一种原则底线被触碰的激动。

"你是不懂。"月影耸耸肩,"不要这样瞪我,科学家,对于天体什么的,我不敢挑战你的权威,不过,你的情商的确让人无语,脑子留给了遥远的星体,把人世撇干净了。"

欧阳羿的眉眼里氤氲着迷惑。

"你的不懂跟爸说的不懂不是一回事。"月影说。

"有必要这样绕吗?事实上……"

"好了,我今天演的就是嫦娥,爸眼中的月娘。"月影摆摆手,从博古架上拿下那个木制盒子,捧出那本《月光吟》,翻开,沉进去。

月影曾对欧阳羿说过,对于月,她比他父亲更着迷,欧阳羿的父亲崇拜的是月娘,她痴迷月的一切。十八岁起,她就收集关于月的诗词、歌曲,月的各种照片、图片,与嫦娥相关的画、戏剧或影视剧中嫦娥角色的剧照,和诗词歌曲搭配着装订成一册,命名《月光吟》,七八厘米厚,装在精致的木盒里,她开玩笑,这盒子是我的首饰盒,《月光吟》是最贵重的首饰。

翻读《月光吟》是月影最喜欢的休闲方式。和欧阳羿结婚五年,他们的日子又宁静又满足,用流行又俗气的概括就是:日子安好。在好姐妹聚会里,她是被羡慕嫉妒恨的那一个,姐妹们要求她乖乖接受大家的敲诈,接受别人生活里鸡毛蒜皮的倾诉。确实,月影是满意的,欧阳羿是名牌大学研究院的科学家,工资不低,长得周正清朗,但一心扑在事业上,对花花世界是屏蔽的,生活极规律,除偶尔外出参加一些讲座,其他时间上班、下班、书房三点一线。月影一心搞她的艺术,教教学生,选择性地接些艺术演出,其他时间用来雕琢生活,让自己更"艺术"。"艺术"时间里,月影练瑜伽及邀友喝咖啡、读书、看电影……每天晚饭后,欧阳羿和月影喝一泡茶,聊一聊,然后欧阳羿进书房读书写论文,月影窝在沙发上读《月光吟》。

欧阳羿翻过这本《月光吟》,厚厚的本子,文字和图片,除了月就是嫦娥,他被震惊,人们对月的描述比他想象的多得多——这还只是月影整理到的——对月的歪曲更比他想象的离奇得多,一小部分月的诗词读书时代读过,其他的他试着念,越念越惊讶,几乎到无法忍受的地步,那些文字里充满对月球理所当然的想象,荒唐又幼稚,千百年来,这些想象变成一层层纱,把月球裹得神神秘秘,变成某种落后的偏见,扯得人类脚步缓慢。欧阳羿激动了,一方面庆幸自己走出来,一方面懊丧连家人都没法改变。

欧阳羿提议月影看看另外一些书,他搬出一堆书,关于月球研究的专业论著,关于月球的科学图片、科学杂志,与月球相关的论文,有其他科学家写的,他自己写的。他将书一本一本摆在桌面上,摆一本轻抚一下。月影拦住他,光看这些封面我都头疼了,这是你的世界,我没法攀登你的这些高峰,还是好好读我的《月光吟》。

欧阳羿抱着那堆书,失望地走向书房时,月影看着他的背影,胸口有一朵柔软的绒花缓缓开放,她跟闺密说,那个背影真不懂事,可是真可爱。

月影很喜欢欧阳羿读那些月球书时的样子,捧着书,书桌上放一个笔记本、一支笔,半垂着头,帅气的脸,却带着老教授般板板的样子,这样子给她某种温暖的安定感。

翻开《月光吟》,月影就像进入另一个世界,那个世界和外界有一条透明的间隔带,像蛹缩在茧中,她缩在那个世界里,又宁静又充实,又简单又神秘。不知为什么,欧阳羿看不上《月光吟》,但着迷于阅读

《月光吟》的月影。认识月影不久后的某一天,他们谈起"月影"这个艺名,月影诵读了一首《竹里馆》,她想象一个长发纷纷、衣袂飘飞的身影在月光下竹林中弹奏古琴,琴音里出现一个月光化成的银白身影,携了弹琴人的手,在半空起舞,如梦如幻,双双化进月光。

欧阳羿惊讶于她的想象,认为毫无根据,她已是成人,怎么还会有这种想象?欧阳羿更惊讶的是,自己却莫名其妙地握住月影的手,念着诗、胡乱想象的月影,让他起了拥住她的冲动。

直到今天,每每月影读《月光吟》,欧阳羿一面觉得妻子不理性,一面又觉得她迷人。

四

父亲来电话提醒欧阳羿,再过一个月就是中秋了。父亲重视中秋,甚至超过春节,不单是父亲,老家整个乡的人都重视,月影和欧阳羿是同乡,每年总让欧阳羿争取回去。今年国庆节和中秋节凑到一起,他不单方便回,还可以待上足够的时间,父亲是知道的,但他似乎很担心欧阳羿突然不回,反复提醒。

欧阳羿明确告诉父亲,和往年一样,没有特殊的事一定会回去。

"多特殊的事也得回。"欧阳羿这话让父亲不放心,他说,"月娘庙重修工程要结束了,今年中秋有隆重的拜月典礼。"

拜月典礼。欧阳羿脑子里浮出小时候那些中秋,每户门前放着八仙桌,摆满供品,燃香点烛,村里人跪于桌前,仰头望着月,诚心诚意又诚惶诚恐,默默念叨,将所有难处、所有愿望都抛给月娘处理,相信月娘慈悲,一切都将过去,或一切都将到来。也有孩子对月娘懵懵懂懂,或疑惑不解,或怀疑反感的,都被大人拉着扯着跪下,脖子后遭一巴掌,头低下去,这样一个中秋又一个中秋,一年又一年,不知哪一年,就开始对月倾诉起来了。儿时,欧阳羿是安静听话的,独独每年拜月都要跟父母闹一场,小的时候是疑惑又好奇,追问月娘的故事,不停挑漏洞,直到父亲母亲无话可说,用吓唬堵住他的追问,大一点,他直接说出怀疑,搬出书本里学到的零星知识,再不肯跪。当然,最后都由父亲母亲向月娘求情,请月娘谅解孩子无知。

不擅长想象的欧阳羿突然想象今年的拜月典礼,将集中在月娘庙拜月,成片的供桌,成片的香火,成片跪下的人影,对着月娘庙里那个精致的塑像,成片仰起的虔诚面孔,嗡嗡的祈祷声。欧阳羿脑门发涨,一股凉意从后背爬蔓而过,接着又是一股热气。

欧阳羿不想回去了,今年。

晚饭后,月影沏好两杯茶,欧阳羿喝了口茶,说:"爸生气了。"

"因为月娘庙?"

"我中秋不想回。"

月影慢慢啜着茶,说:"我要回去。"

"那样跪在供桌前,看着月球。"

"我要拜月娘。"月影说。

"月影,你真相信嫦娥?"欧阳羿放下杯,绕桌子转了一圈,问,"我的论文你是读过一些的。"

"相信嫦娥和读过科学论文可以没关联的。"月影说。

月影又开始绕了,这种绕氤氲成烟雾,笼住她,使欧阳羿看不清她。长时间以来,他一直理不透她的绕。

"怎么没关联?"欧阳羿在月影旁边坐下,"现代科学已经充分证明……"

"羿。"月影喊住欧阳羿,"我知道你想说什么。"

欧阳羿的动作和表情扭来扭去,找不到适当的安放方式。

"有些东西没法追究彻底。"月影盯住欧阳羿的目光,那目光里的迷惑让她又无奈又心软,"这么说吧,我们早承认了嫦娥,她像你老家寨后面那座山,就在那里。"

欧阳羿晃着头。

"嫦娥成就了多少事,关于她的各种故事、诗词、文章、戏剧,被寄托的各种安慰、寄托、祝福,被赋予的各种意义、想象、内涵——天,我怎么也说起论文话了?总之,她没法不存在了,就算原先没有,也被制造出来了。"

"是被幻想出来的。"欧阳羿坐直身子,有种终于找到叙述路子的欣喜,"古人对月无法理解,用编造故事的方法完整这个世界。夜里的月球确实美,所以和月相关的故事都是美的。"

欧阳羿叙述他对嫦娥的看法:

"嫦娥是古人打造的全民女神,以供诗人、多愁女子、善感男子想象,这样的女神只好放到月上。她不能无缘无故到月上去,所以吃下了灵药,如果后羿在,成了圆满夫妻,就俗了,所以只能自己奔月。得对月上那些影子有所解释,所以有了吴刚,女神当然不能跟吴刚在一起,所以吴刚只好砍树,而且永远无法砍倒。"

"故事很美,不过,分析起来背后也有其逻辑原因的。"欧阳羿总结。

月影望着欧阳羿,很久没出声。

"结果是,月球越来越难以被了解。"欧阳羿说。

"你真有意思。"月影笑笑,说,"又真没有意思。"

月影又绕了,欧阳羿又听得用力了。

"你想简单了。"月影用手指轻敲着杯沿,"我不知怎么说,反正,从古到今,这个故事让人世的生活有意思很多。"

"也让人愚蠢了。"欧阳羿感觉又找到了辩论方向,"盲目地崇拜,战战兢兢地猜测,让人止步不前。"

"用你的话说,现在了解真相了,"月影双手一拍,"又怎样?"

"探索。"欧阳羿一只手高高挥起,扬出某种激情。

"然后呢?"

"造福人类。"欧阳羿错觉他在某个报告会上。

月影突然想起闺密打趣他们夫妻俩的话:"你们真是相敬如宾。"这是在做什么？两人这样一本正经,这样忧心忡忡。月影想笑,但笑涌到喉咙时哽住了。她不想再辩下去,却忍不住接口:"什么是造福我不懂,只知月亮变成月球后,很多东西没意思了,很多人就需要那么点意思。"

欧阳羿盯住月影:"因为对月球客观的研究,有科学的表述,这种表述也是一种美,正确的真实的美。"

"这是你们这些科学家看到的,不是尘世看到的。"

欧阳羿还想说什么,月影在沙发上躺下去,长长地伸了个懒腰,一股说不清的倦意袭击了她。这么多年,他们夫妻间类似的讨论很多,每次都同样的一本正经,有时候,辩着辩着,她突然想放开一切道理,跟丈夫撒撒娇,甚至是撒撒泼,但他认真的神情让她规矩地敛着自己的不规矩。

当然,很多时候欧阳羿让着她,但有种不跟她计较的轻视感。感觉到这个,她就忍不住微微愤怒,甚至是失望。这份愤怒和失望不单是对欧阳羿的,还有对自己的,正是这样的欧阳羿吸引了她。当年,她算计这场婚姻的好处时,欧阳羿这些特性成为重要的考虑因素。

五

欧阳羿斜瞄着手机,筷子上的肉掉了。

连续几天,父亲都在晚饭时来电话,让他中秋回家,看到父亲的号码,欧阳羿后背就绷紧。现在他又下意识地等父亲的电话。

月影说:"回去就是,往年不是都回的吗?"

"今年不一样。"欧阳羿说。但他觉得理由很弱,他也弄不明白为什么会反感到这种程度,因为集体拜月娘?父亲过分的催逼?

像为自己辩护,欧阳羿说:"到时那么多人虔诚地拜月娘,我做不到,接受不了那种蠢行为——"

月影看了欧阳羿一眼,欧阳羿抿抿嘴:"我不是说你们——到时我扭着反而不好。"

月影低头吃饭,她感觉又有辩论的苗头,这让她涌起一股荒谬感,她说:"叉烧肉很好,这只是你第二次试手,说明你有做菜的天赋,可以继续哦。"这句话让她莫名地柔软与踏实。

这些天,欧阳羿用各种理由敷衍过父亲:近来手头有论文要写,思路不能断;拜月娘典礼那么大型,缺他一人不算什么;有父亲和月影代表够了;到时看情况……

手机响了,父亲说:"你们得赶在十四晚之前到,带些高档月饼和水果来。"这次,父亲将重点放在怎么回上,不再有商量的余地。

"以前都是十五到的。"欧阳羿说,说完才意识已顺着父亲的思路走。

"有要紧事。"父亲说,"十五那天太赶,再说,你得准备一下。"

"要紧事?"

"回来就知道了。"父亲含糊地说一句。

欧阳羿追问父亲,在拜月娘这样的活动上,会给他什么要紧事。

一番追问后,父亲松口:"你得在拜月典礼上发言。"

欧阳羿脖子一伸,嘴巴咧了咧。

"乡里老人理事会安排的。"父亲语气柔和了,"要好好谈,说说月娘,说说修月娘庙的事。"

"在拜月娘典礼发言?我?"

欧阳羿笑起来,开始只是很惊讶,呵呵地笑,越笑越深,笑一层一层地渗进皮肉,笑声一拨比一拨响,他忍不住了,放开了笑,最后几近狂笑。

月影瞪住欧阳羿,她从没见他这样笑过。

"欧阳羿!"父亲喊,连名带姓。

"在那种典礼发言?"欧阳羿住了笑,"我研究月球,看到的了解的很多根本没法跟你们说,我对嫦娥发言?对荒唐的拜月表示点什么……"

欧阳羿住了话,他注意到月影的目光,意识到父亲的沉默。

"到时话好好讲。"父亲说。

"爸,我的意思是——"母亲去世后,欧阳羿对父亲说话柔软了。

"这是乡老人理事会决定的。"父亲说,"挑乡里有声望的老辈,有出息的年轻人,在典礼上讲一讲,你被挑中了。"

我是有出息的?欧阳羿下意识地想。

"叫月影听电话。"父亲说。

欧阳羿疑疑惑惑地把手机递给月影。

"爸,是我。这样,能成吗?"月影语气里透着欣喜,"好,我准备。"

"我也有重要的事。"月影把手机还给欧阳羿,笑眯眯的,"不过我对我的事很满意——你管自己的事,写个发言稿?这可跟开讲座不一样。"

欧阳羿夹一块肉嚼着,嚼得极慢,他开过无数讲座,对无数陌生人讲过研究成果,对着乡亲讲话,从未有过。看着他长大的老辈人,和他一起长大的同辈人,不太认识他的小辈,坐一起听他讲话。他手心旋起一团热气,顺手臂蔓上脖颈,蔓上脑门,弄得他目光灼灼发亮。他摇摇头:研究月球的科学家在拜月娘大典讲话,荒谬。

但欧阳羿仍控制不住想象:台下是父老乡亲,一大片,仰着脸,成片目光漫来,接住他的目光,等待他的每句话。

欧阳羿起身,坐下,两手搓在一起,似乎已到了典礼讲台上,却找不到一句话。父亲不止一次跟他描述,作为乡里唯一的科学家,他名声多么多么响,他只是笑笑,那个名声很响的人好像不是自己。现在,想象的场景扑面而来,那种感觉突然实在了,他又迷惑又沉醉。

"打腹稿吗?"月影拍拍欧阳羿的手背。

欧阳羿猛回过神,双手抹了抹脸,眉眼和脑门发烫。

对着父老乡亲,讲什么?讲小时候的中秋,母亲让他对月娘举香、磕头,求月娘保佑平安又聪明?讲母亲将他的书包放上供桌,书本与知识得到了月娘的加持,所以他成绩极好?讲中秋拜月娘,演绎嫦娥的故事是传统文化?要提倡这种文化,让家乡人把难处和希望对月倾诉,把孩子的书包和衣服放上供桌,在修月娘庙这样的事情上花费金钱和精力?

让他们继续愚蠢?

"我不回。"欧阳羿说。

月影说:"我自己回。"

六

月影不在客厅,往常欧阳羿下班时,她会准备小点心和茶等他。

月影房间里有声音。

他们租的这套宅三室两厅,房间都不窄,一个是卧室,一个是欧阳羿的书房,高大的书架、各种模型、各种图片,他读书写论文都在里面,另一个房间是月影的,摆满箱子,大大小小,木制的、皮制的、塑料制的,绕墙壁叠放着。

那些箱子收着月影私人的东西:她无数次演出的戏服、舞裙、发饰、鞋子,演出后留下的海报、照片、视频,与她的艺术相关的书籍、图册、文章,各种戏剧或舞蹈的造型摆件,其中嫦娥占了绝大多数,木雕的、泥塑的、陶制的、铁铸的。分门别类,收得极有条理,可以和欧阳羿书架上那些书的整齐度媲美,这点,欧阳羿一直弄不明白。平日生活中,月影很不拘小节的,用心安排的小资生活也带着凌乱感,随处散放的小饰品,乱搭的围巾,随心而插的花,各种创意架子或创意小沙发四下摆放,连博古架上的摆件也又杂又乱,用月影自己的话说,凌乱美,独独那些箱子整齐得有些刻板。

欧阳羿走向月影房间,把门轻推开一道缝,月影对窗背门,在那圈箱子中间舞动。月影很少在家跳舞,她说平时在中心教学生或排练,时间足够了。偶尔起了兴在家里跳一跳,只是随意舞舞,一身黑色紧身衣裤,今天她着了带长水袖的舞蹈服,跳得极投入,水袖飘飞,黑发随翩翩的腰身飞扬。

欧阳羿木在门边,飞舞的水袖把他带进时光深处,第一次见月影的情景。那年国庆他回家,被小城的高中同学拉去看国庆晚会。那种繁花似锦的晚会是他避之不及的,那同学一向也不喜欢的,那次却很热心。"因为月影。"同学说。晚会有月影的演出,她是小城艺术团有名的花旦,演戏、跳舞,月影是她的艺名。

晚会上,月影跳了一支《月光吟》,满月之时,嫦娥在月宫中徘徊舞蹈。她银白的衣裙舞成月光一片,在热闹的舞台上冷成一道影子,凄美、幽婉,那一刻,欧阳羿第一次发现自己喜欢舞蹈,身体内涌动着说不清道不明的东西,打破了他一贯的冷静理智。

晚会后,主办方请一些地方名流吃饭,欧阳羿和同学在被邀之列,同学使了小小的心计,和月影坐在同一张桌。欧阳羿和月影对上了话,两人像窗子,对彼此缓缓打开,发现对方有个奇异的世界。

月影一个旋转,看见欧阳羿,微微一笑,继续舞,舞完一段,微微发喘,笑问:"还成吧?"欧阳羿朝她走去,拥住她:"又有节目?那么急,要在家里练?"

"确实接了个节目,比较急,重要的是这次舞台很特别。"

"有我一张票?"

"就看你赏不赏脸了。"

月影将在拜月典礼上饰演嫦娥,跳《奔月》,那时,她就是月娘的化身。这是父亲前两天交代的要紧事,乡老人理事会决定的。

欧阳羿猛地退开,好像月影身上突然长出什么尖锐的东西:"在典礼上演月娘?这意味着对拜月娘最大的支持。"

"我本来就支持。"

"这不是简单的表演,这是拜月大典。到时,他们会更认定嫦娥。"

"我喜欢嫦娥。"

"她是个故事人物,或塑造出来的角色。"

"塑造得好的故事人物和角色太多了,嫦娥不是这样的。"

又绕回某个点,月影烦躁地呼口气:"我说过,不是信不信,某种意义上说,嫦娥是存在的——好吧,只是对我和爸这样的人来说。"

"某种意义上。"欧阳羿弄不透月影这几个字,她又含混了,他看不上这种含混,这种含混是自欺欺人,是对真相的回避。他抿紧了嘴。

月影耸耸肩,一副随你怎么想的样子。

欧阳羿有种尊严受损的不快。

"我们在探讨事情,一切该是清晰的,都有数据作为支撑的,相关的论文客观地分析过了……"

"羿,你去吃点心,我再练一会。"

月影转了一圈,高高甩起水袖,欧阳羿默默退出。

直到睡觉,月影都对欧阳羿爱理不理,欧阳羿也便埋头读书,上床时还想着今天读到的某种观点。

第二天一早,月影就约了闺密,吃着茶点,把昨天夫妻俩的争论细细讲了,闺密咬着唇忍住笑:"所以,这是你们之间的吵架?"

月影闷闷的,他不会有别的吵架方式,像别人那样的吵架,他认为是好笑的,我倒希望像别人那样吵一吵。

闺密笑:"我应该说你们好玩,还是骂你们没事找事干?比你和我之间还客气。"

"我烦透了客气。"月影扬高声调。

闺密敛了笑。

月影的手指在桌面上划拉着:"我累了,这么多年,不单是这事,很多事情都这样。他说好听是清晰理智,说不好听是无趣,他觉得我很多事情太暧昧,甚至不可理喻。"

"你们可以不谈夫妻外的事。"闺密说。

"不是夫妻外夫妻内的事,是整个感觉。打个比方吧,像以前谈恋爱和现在谈恋爱,以前互相写信,甚至写诗,现在打电话发微信,有时文字直接用表情代替,以前下雨共撑一把伞慢慢走,现在开汽车风吹不着雨淋不到,以前在月下想象某个故事,现在坐在电影院里共享别人的故事。差不多就是这种感觉——你可能觉得我无聊,但近来因为这个,我和他好像远了。"

"记得你当初怎么说的?"闺密夹了块糕点。

"这是我要找的人,很适合我。"决定和欧阳羿在一起时,月影在闺密面前"分析"他:简单到不像生活在这个社会的人,只记得他的月球和论文,不会胡思乱想,对花花世界反应迟钝。可列为结婚对象,有不错的工资,又不太懂花费,这是很重要的保障,她想继续搞"艺术",没有稳定的收入,他会是很好的保障,和他一起,她可以很轻松地保持"自由"和"艺术"。重要的是,欧阳羿愿意这样。

"你很势利。"当时,闺密说。

月影点点头。

"聪明的艺术家。"闺密说,"可对爱人的描述,你太冷静。"

月影不出声。

"这是你选的。"闺密碰碰她手背,"也是欧阳羿选的。"

月影晃晃头,我再这样是又过分又矫情了。

"这可是你自己评价的。"闺密鬼鬼地笑。

月影瞪了闺密一眼,说:"中秋我自己回老家。"

"两人严重到这种程度了?"

七

十四下午,欧阳羿和月影同时进家门,父亲指着欧阳羿笑骂:"看你敢不回来!"

月影说:"要不是他读一篇什么论文,我们凌晨就可以出发。"

欧阳羿看了月影一眼,嘴角扯了扯,月影冲他扮鬼脸。早上月影是一个人出发的,欧阳羿在书房,月影在门上贴了张字条,让他中秋自己买点好吃的。动车开的时候,欧阳羿给月影电话,让她到小城动车站后等他,他赶下一班车跟她会合。

月影想问他:"放弃你的原则了?"顿了顿,出口的话变成这样,"有人情味了。"

月影在小城动车站等了两个小时,欧阳羿提着行李袋朝她走来,满脸愧色,他说父亲又打电话,他不得不来。

"这么说,你答应完成那件重要的事了?"月影笑。

欧阳羿不出声。

"你这算参与了吧?"月影追问。

"不是参与。爸骂我忘本,怎么跟忘本扯上关系了?"欧阳羿支吾着。

"对父老乡亲讲话的机会不多,爸很有面子的。"月影紧盯住欧阳羿。

欧阳羿的脸涨红了,红到眉角,怎么低头都掩饰不住,喃喃的,那种小心思和尴尬那么明显,带着天真的神色,月影心软了,她挽了欧阳羿的胳膊:"这是最正确的决定,想想看我一个人回家,爸会是什么样子,你忍心吗?"

晚饭时,父亲提起那两件要紧事,月影说:"我的事爸放心。"欧阳羿捏着筷子出神,父亲用手指敲敲桌面:"你的讲话呢?讲个话算什么事?你不是总讲课的吗?"

父亲去厨房拿沙茶时,月影对欧阳羿说:"你别乱讲。"

欧阳羿微笑:"我不可能乱讲。"

晚饭后,父亲带他们去月娘庙,说:"看看修得多好。"

村里很安静又很热闹,一路走去,几乎没看到人,灯光从屋里透出,薄薄的,屋子里是热闹的,外出的人大多回来了,平日冷清的屋子里透出略显夸张的兴奋气息。夜色浓了,月未升起,巷子很暗,但仍透出衰败的气息,手指触碰到墙壁上干燥的苔藓,脚踝被野草划拉着,没有鸡鸭猪狗的叫声,没有孩子欢蹦而过。这些年回乡过年过节都有这感觉,几个人走得很沉默,脚步声过分整齐。

月影被沉闷的气息压得发堵,她拍掉手上的干苔藓,找话题:"大部分人都到了,村里热闹多了。"

"过年过节回来绕一绕,也就这么热闹一阵,过后又各走各的路,像人起了虚火,闹得嗓子发哑、嘴角冒泡,过后身子更虚。等节过了,村子就像经了大病。"

欧阳羿说:"这是趋势,农村日渐凋零,城市日渐庞大,不单单是物质上的区别,好资源和人才在不停地拥向城市,城市的进步速度越来越快,农村失去新鲜血液,留下的仍抱着老观念,距离越来越大,农村永远跟不上。举个简单例子,城市在建科技园区、人才培训中心,农村在做修月娘庙、拜月娘等事情,再不理性是不可救药的……"

"你的学术报告完了吗?"父亲顶了一句。

月影暗中碰碰欧阳羿的手,他咬住了后面的话。再次陷入沉默,一路出村。不远处一片亮色,彩色的灯光勾勒出月娘庙的轮廓。

月娘庙这次确实大修了,梁柱翻新,墙壁地砖重修,月娘塑像重漆,在原先主殿的基础上,两侧建了侧殿,成为主殿的一对翅膀。欧阳羿低声说:"比建学校用心多了,供一个泥塑。"父亲含含糊糊听到前半句,转脸看着欧阳羿。

月娘庙里人不少,欧阳羿和月影一一招呼过,父亲把欧阳羿和月影带到左侧殿,墙壁上有块长方形凹陷,父亲说:"这是放芳名榜的,明天当着所有人的面,把芳名榜嵌进去。"欧阳羿和月影对视一眼,看到彼此浓重的疑惑。父亲举手挥了半圈:"这样才配得上月娘,以前寒寒碜碜,这次是下了大本的。"

"看看这些雕刻,是县里最有名气的老师傅重修的。"父亲把欧阳羿和月影引回正殿,像个热心讲解员。欧阳羿问:"重建方案是老人理事会通过的?"

"老人理事会照乡里人的意思办事。"

欧阳羿要说什么,月影用力朝他使眼色,欧阳羿顿了一下,隔村一个小学同学过来,把话题岔开了。这个同学在外卖手机,聊起手机更新换代太快,不知会发展成什么样,说不定手机都没机会卖了,因为欧阳羿是科学家,有探问他的意思。欧阳羿开始分析目前一些科技,发展比民众想象的快得多,正极大地改变生活,有很多旧东西该甩掉。

那个同学揪着眉,叹气:"累死了。"

"追来跑去。"父亲插了一句,"有什么意思?"

月影也插话,问欧阳羿那个同学:"什么时候到的?"

于是谈到回城,得赶什么时候走,要赶回去开店。

……

欧阳羿他们聊了很久,父亲再没插一句话,回家的路上又是坚硬的沉默。直到月影煮了银耳莲子汤,几个人坐下来喝,父亲开口了:"说回家就这么一两天,还总扯外面的事,外面的日子就千好百好?家里的日子就不成样了?"

父亲起身盛甜汤的间隙,欧阳羿冲月影耸耸肩,意思很明显,老人家的任性,他很明白,也宽容。月影半侧开脸,她突然很闷。

八

整理供品时,父亲问:"小孩子的衣服在哪儿?"

月影拿出两套小孩的衣服,让欧阳羿递给父亲。

欧阳羿莫名其妙地接过衣服,像捧着什么怪异物质。父亲拿过去细细端详,浮起谜一般的微笑。

父亲好些天前就交代月影,要两套小孩衣服,冬夏各一套,刚出世的孩子能穿的。

"男孩女孩?"月影问。她猜想哪个亲戚家添了孩子,父亲想送礼。

"男孩女孩都能穿的,刚出世的孩子不用认。"

父亲拿了两张红纸片放进装衣服的透明袋里,纸片上写着欧阳羿和肖立君两个名字——肖立君是月影的原名,附着他们的生辰八字。

"衣服今晚要上供桌。"父亲提醒,"过两天你们带回城,放在床头。"

欧阳羿和月影结婚好几年,一直没有孩子,父亲认为这次拜月典礼是最好的机会,向月娘求个孩子。在父亲的叙述里,可以感觉到他对孩子的想象已经真实可感,他坚信明年这个时候,欧阳羿和月影回来,怀里会抱着他的孙子。

"太搞笑了。"欧阳羿拎起一套衣服,盯着自己和月影的生辰八字。

"放好。"父亲喝道。

父亲呵斥欧阳羿不懂事,别以为念几本破书就没高没低了。

父亲开始讲述一系列具体事例,哪个寨哪户人家婚后无子,求了月娘,生了龙凤胎;哪个人长病不起,喝了从月娘庙求来的符水,壮得能扛水泥包;哪个人多年一事无成,向月娘许了愿,生意红火;刚出生的孩子啼哭不止抱到月娘庙转一圈,吃得甜睡得稳……

"这种事情不是当事人的心理作用,就是传来传去传变形的,甚至是胡乱编造的。就是这些'传说'误了事,耽误了寻找正确的解决途径。"欧阳羿激动起来,"月娘?你们知不知道月球上——"

父亲慌乱地挥着手,几乎要捂住欧阳羿的嘴。

父亲抚着两套衣服,交代月影摆在供桌最前角。

"爸说有要紧事,除了要我讲话,更要紧的是这事吧?"欧阳羿问。

父亲愣了一下,说:"这事不重要吗?"

"我不同意。"欧阳羿摊开双手,"爸,我是研究月球的。"

月影看见父亲张着嘴喘气,眼睛像被什么烫伤了,一缩一缩的,红通通,她两次对欧阳羿使眼色。外面有人喊父亲,父亲缓了口气,走出去,和人在院子里谈着什么。

"用不着这样。"父亲出门后,月影冲欧阳羿摇头,"照他的意思做不难。"

"不是难不难的问题,这已经脱离常规了。如果我们真有问题,该去的是医院。"

"去医院是你的办法,这是爸的办法。"

"月影,你就算同意爸一些看法,也不会糊涂到这种程度吧。"

"你干什么这样较真?"月影搓着双手,"有些地方你那样聪明,为什么这事就没法开窍。用你喜欢的理论话说,那是爸的世界观。"

欧阳羿摊摊手。

"我也不知该怎么说,算了。"

月影将衣服收好,记着父亲交代的流程,怎么燃香,怎么祈祷,怎么拿衣服接一些香灰。

父亲回屋,再次交代欧阳羿:"今晚这事做好了,好好跪下,月影你看着。"

"爸,这种事不能强迫我。"欧阳羿说,他担心到时在众人面前,父亲硬要他举行什么求子仪式。

"别再扯你的鬼道理,我把你供进城市,供成不晓人事的木头。"父亲也担心,照欧阳羿的性子,到时众人面前不肯拜月娘,他说,"你就是个人,跪天跪地,有什么委屈的?"

"愚蠢"两个字到了嘴边,欧阳羿含住了,憋得两腮鼓起。

乡老人理事会有事要商量,父亲出门前让欧阳羿好好理理脑子。

"怎么跟爸也辩起来了?"父亲一走,月影沏茶,得跟欧阳羿好好谈谈,她不想把中秋节搞坏了,她说,"只是种仪式,有时候,这些仪式很重要,会让日子变得不一样,不能用'对不对''有没有用'来看的。"

"对我来说,这是原则。"欧阳羿一副苦恼的样子。

月影忽然扬高声音:"我烦透了你的原则和进步。"

电壶里的水一跳一跳地响。月影放下洗了一半的茶杯,失去沏茶的兴趣。她整理今晚的舞服,检查发饰、鞋子、化妆品、舞裙配饰。

月影背对欧阳羿,轻掸舞裙上的皱褶,手和舞裙缓缓挥动,轻柔古意,欧阳羿的胸口涌起温软的东西,那东西促使他走近月影,拥住她。

欧阳羿的怀抱很结实,干净清爽,月影喜欢待在这个怀抱里,她手搭在欧阳羿环着自己的手背上。月影又有了跟他好好说说的欲望:"人世很多东西是弄不清的。就说我那本《月光吟》,我很着迷,因为美,美哪里分什么愚蠢和聪明?说到底,活了这么些年,我在这世上就得了那点东西,所以舍不得放下我的'艺术',虽然我的'艺术'已经很凄凉了。"

月影身子里有什么东西一刺,她被自己的虚伪冲得脑门发痛,她没有"资格"教训欧阳羿。自市剧团凋零潦倒,她离开剧团后,她的"艺术"就失去了根,她流落成培训中心的老师,这些年,是欧阳羿支撑了她的"艺术"。很多时候,她的公益演出其实是为了结心愿,那些舞台上,她可以演最纯粹的嫦娥,跳最想跳的舞。

月影用探问、打听的办法,弄清了欧阳羿的工资、生活方式、性格习惯,一番计算后,认定了他。闺密说她和欧阳羿一个东一个西,一个水里一个树上。月影说她正是看中这一点,对她有很大好处。

"你说欧阳羿理性,骨子里你比他现实多了,浪漫的艺术家。"闺密批判她。

拥住月影时,欧阳羿突然很想让步,月影说出烦透了几个字的时候,他脑门一震。

"羿,没必要想到原则性。"月影说,声调柔缓了。

"月影,晚上我会鞠躬,如果确实得跪,我就当对月球跪。月球为人类挡过多次灾难,对人类是有大贡献的,也是我的研究对象,我的理想,我跪它不过分。"

月影转身,看着欧阳羿认真的表情,忍不住捧住那张脸:"你真呆,也真可爱。"

欧阳羿目光躲闪着,他发慌,给父亲钱的事还没说。

九

午休后,欧阳羿决定将那件事告诉月影,这个时候,月影心情比较好。这些天,欧阳羿越来越后悔,没在第一时间把事情告诉月影。

"月影,跟你说件事。"欧阳羿开了一盒月影喜欢的糕点。

"洗耳恭听。"

"爸年纪越来越大了。"欧阳羿声调低下去。

月影看了欧阳羿一眼:"爸精神不错啊!他哪里不舒服吗?"

"他挺好的。"欧阳羿支支吾吾,"是我觉得他年纪大了,他的事——"

"怎么这样说话?"月影咬了一口糕点,"可不是你的风格。"

"我把修房子的钱给爸了。"欧阳羿脱口而出。

月影稍愣了一下:"噢,爸想修房子了?"

欧阳羿点头。

"好呀,你不是早让爸修了吗?昨天顺便带来的吧,怎么不提一下?"

"上次爸回来时就给了。"欧阳羿说。他报出给父亲那张卡的钱数。

月影放下茶杯。

关于房子,在欧阳羿和月影之间是挺重要的话题,像家里隔段时间就得订购的茶叶,这话题时不时提一下,不算大事,但一直在,因为两人没走到交叉点。

欧阳羿算过,在城里买房子没必要,付高点的租金,租像样的小区套房,同样住得很舒服。

月影需要自己的房子,说那才叫家。她梦想家里有自己的房间,摆放她箱子里那些东西,戏服舞裙挂着,海报照片贴出,饰品摆着,她无数次想象,她在那个房间中央舞蹈,四周拥着她的东西,完全属于她的空间,活着一个烟火之外的月影。

欧阳羿租了足够大的房子,给了她足够宽的房间,但她那些东西一直装在箱里,欧阳羿让她摆出来,她不肯,觉得不安心。

"像随时会搬走。"月影说。她有种说不出的漂泊感。

欧阳羿认为月影是心理作用,月影不辩。

房子的话题两人时不时会提,但很少正式当成一件事商量,月影感觉时候未到。欧阳羿工资虽然不低,但想在那个大城市买足够好的房子,很需要一点时间的。结婚这些年,他们一直在存钱。

欧阳羿把钱给了父亲,修老家的房子。

修老家的房子是早就提的,月影不反对,她和欧阳羿父亲看法一致,把房子修完整,谢了神明,算有个交代。修好第三层,简单装修,用不了多少钱。

欧阳羿把钱都给了父亲,这些年积下的所有钱。

欧阳羿真的想让父亲建全村最好的房子,他一向理智,最会客观计算,算不出这事的必要性?这件事的决定完全不像他,欧阳羿陌生了,月影突然有些没着没落。欧阳羿一直是确定的,可以一眼看到底的,她靠着他,像靠一棵极大的树,确信树的根足够深,不管怎样,她确定树会一直在,知道会长什么样的叶,结什么样的果。

现在,月影疑惑了。

月影蜷在沙发一角,长时间不动,不出声,她在生气,更在思索,关于欧阳羿的,他是她一直认识的那个人?月影开始整理欧阳羿的一切,似乎得重新梳理,真正的他才会出现。

欧阳羿经历简单,婚后不久,月影就从欧阳羿、欧阳羿的父亲、村里人、欧阳羿同城的同学处收集到足够材料,理出清晰的脉络。

欧阳羿对学习的痴迷是天生的,村里的淘孩子四处混跑时,他捧着书坐在院子角落,读得忘了日出日落,很小就懂得求人从镇上带书。父母认为家里出这么个读书坯子是月娘保佑——父亲庆幸,他出生时,想也没想给了羿这个名字,他认定这是最讲究的名字,两个姐姐捧他为宝。与拔尖的成绩相反的,欧阳羿得了个外号,呆瓜。留在城市工作后,他在村里的名声响了,那样的成绩,念那样的大学,留在那样的大城市,一切自然而然。他回村,被问起工作,他细讲了,没人懂,都觉得莫名其妙,好好的人研究那么远的月,月娘庙就在乡里,故事从小听到大。

父母和两个姐姐那么拼命撑他出去,走的就是这样一条路?

欧阳羿回家时,村里人嘴里夸着他,软软的话里隐着生刺刺的东西,家里人白供了他这么个人,有些可怜他父亲的意思。

这些信息了解时零零碎碎,像四散的拼图碎片,完全没有形状和意义,这时候收拢、拼接,突然现出她从未意识过的面目。她盯着欧阳羿,开始问他话,有一搭没一搭的。

　　"你常跟村里人解释你的工作?"月影问。

　　欧阳羿仔细看月影的脸,看不出她是不是还在生气。

　　"解释他们也不懂。"欧阳羿给月影沏茶,"有些人点头说明白了,其实还是不明白。"

　　"村里人连你的工作都不明白,感觉怎样?"月影盯紧欧阳羿。

　　"感觉?"欧阳羿迷惑不解。

　　"想让村里人明白?"

　　"他们不会明白,特别是在这个有月娘庙的地方。"

　　"你的工作,除了行业内的人,怕真正明白的人很少。"

　　"一向这样,走在前头的人总是少数的。"

　　"有很多还是机密,不能说的吧,所以没法真正解释的,对不对?"

　　欧阳羿闪过警觉的神情,这种神情连月影也极少见。

　　"月影,我们出去走走,小时候我喜欢一个人到后山坡待一待。"

　　月影说:"小时候老师给我们出的作文题:我的理想。很多同学会写自己的理想是科学家,现在孩子估计很少这样写了。"

　　欧阳羿不出声。

　　"那时,我们对科学家有很多想象,很浪漫很美好。"

欧阳羿煮水、沏茶,两人喝茶、吃糕点,屋里出现长长的安静。

"修全村最好的房子,乡里人都会看着。"月影拈一块糕点时突然说。

欧阳羿动作停了,茶壶悬在半空。月影看见他凌乱的表情,握茶壶的手微微颤着。

欧阳羿起身,说出去走走。

月影咬住嘴唇,自己过分了,她没想到自己对那笔钱这样在乎,会这样揭欧阳羿的短。她想冲出去,对欧阳羿说她没资格这样理所当然。

晚饭时,欧阳羿跟父亲提起修房子那笔钱,父亲回家几个月,房子还没动。父亲双手在膝上搓了搓,说:"一直没看下好日子。"

月影感觉父亲的表情不对。

父亲突然讲起大半年前碰到的一件事,让他想通一些东西,放下一些东西。欧阳羿和月影记起母亲去世后,父亲状态曾经很差,大半年前突然好起来。

父亲叙述那件事时,欧阳羿和月影一直很飘忽,弄不清真假:

"那晚,我睡到半夜,月娘来了,全身带着月光,在窗边招手,我跟出去,月娘在面前飘着,我一路走着,一直到奔月山脚下。月娘拂了下袖子,我看见你妈,在月娘身边,又年轻又好看,她说她很好,去了另一个地方,比人世好,让我在这边好好待着,说我在人世还有段日子,时间到了自然也会过去那边。说完你妈就不见了。月娘让我在月光下待一个时辰,然后月娘也走了。我在月光里待了两个时辰,回家后,我整个人清醒了,安心了。"

欧阳羿和月影两人对望着,不出声。

"我知道你们不信。"父亲说,"你们就相信自己想的。"

父亲到他房间捧出一个小盒子,极小心地拈出一截木枝。凑近了才发现是一枝花,除了那截花柄,整朵花是透明的,半个拳头那么大,已经风干,花瓣像轻薄透明的绢纱。欧阳羿和月影伸出手指,父亲往后缩,麻利地将花放进盒子。月娘走之前,衣服在草上拂过,留下这朵花,说代表母亲。父亲将花带回家,摘下那瞬间,花就干了,一直保持着鲜活的样子。

父亲把盒子放回去,交代谁也不许碰。欧阳羿和月影还没回到现实中。

"月娘是我们的恩人。"父亲说,"不会亏待你们。"

父亲说完出门了。

欧阳羿和月影听见父亲的脚步声在门外远去,恍恍惚惚,怀疑刚才听到和见到的一切。

十

月影提起父亲加入乡老人理事会:"这样热心,看来修月娘庙的事,爸真是很看重。"

"看太重了。"欧阳羿揉着太阳穴,"还扯出那么离奇的事,连见月娘,见母亲,得奇花的事也扯出来了。"

"可那朵奇花我们是看到的。"月影迷惑起来。

两人再次陷入恍惚,怀疑起刚才的情景,同时扭头望父亲的房间,那个盒子,父亲交代不许动。月影细细回想,说:"刚才那朵花是真花制成干花的样子,没见过那样的花。"

父亲和一个阿伯回来,请欧阳羿写一副对联,贴在今晚棚子上。写完对联,阿伯让欧阳羿一起去理事会商量拜月典礼的事。

"我加入理事会?"欧阳羿惊讶极了。

那个阿伯说欧阳羿在理事会该有个位置,现在才说已经太晚,失礼了,主要是考虑到他工作太忙。

欧阳羿莫名其妙。

"我理不了这些事。"欧阳羿说。

"他就不去了。"父亲拦住,"事太多。"

月影发现阿伯邀欧阳羿去理事会时,父亲脸色变了。

欧阳羿没察觉。

父亲和阿伯走了,欧阳羿说:"怎么想起让我参加理事会,我像是热心公共事务的人?"

"你是最热心的,研究月球,为人类进步做贡献。"月影开玩笑,"隐形热心公益者。"

"别乱说了,这事很没道理。"

"我也想不透,会不会是因为你将上台讲话?"

"这个猜测有道理。"

说起讲话,月影想起自己的事情,说想看看台子。两人去月娘庙,往那个方向去的人越来越多,扛供桌的,挑供品的,捧水果糖叠成的彩塔,扶着彩纸折的花篮造型的,盛会之前的喜庆味越来越浓郁。

月娘庙前面的棚子又高又结实,像城里文化广场公益演出的舞台,努力给人以隆重感。台下摆满塑料靠椅,晚上,这些椅子将坐满四乡八寨的人,成片的目光和脸将对着台上。欧阳羿莫名地的紧张。

月娘庙正殿从大堂到天井摆满桌子,桌上已陆续放了些供品,晚上这些拼在一起的桌子会变得很绚丽。桌子都是欧阳羿那个村子的,他们村里的人才有资格,奔月山就靠着念月村。相关的传说,就像这个乡的经典,一代代相传下来。

传说嫦娥就是在奔月山飞上月宫的,那座山低缓秀丽,山上有块巨大的石头。而嫦娥就出生在念月村,灵性善良。那个传说里,细细描述了长大后的嫦娥如何美丽,有着上天赐予的法力,怎样用法力解百姓之苦之难,在一个月圆之夜,怎样浑身绽出白光,站在那块石头上与月对视。渐渐地,她变成轻纱一样,往月宫飞升而去,那一瞬间,整个乡充满银色的光辉。

这个传说里后羿的形象极弱,只说他是个远方而来的青年,壮实端正,极有正义感,在嫦娥为百姓解苦解难时,追随左右,做些力所能及的事。嫦娥奔月后,他在石头上默坐三天,然后离开。

老辈人喜欢讲嫦娥的故事,父亲也不例外,欧阳羿发笑,父亲就举种种异象,作为月娘显灵的证据:自古以来,整个乡风调雨顺,没有发生过大型的台风、洪水祸害的情况,就算闹干旱,奔月山边那条河仍然有水流淌,这个是可以查县志乡志的。另一个,乡里出生的孩子都是健康的,从未出现过身体有问题或脑子有问题的。这点欧阳羿百思不得其解,的确,乡里没有过不正常的孩子,他从小到大没发现,后来查问过,也从未发现。

老人理事会在右侧殿谈事。欧阳羿和月影绕着供桌走,除了正常的供品,还有各种奇奇怪怪的东西:店铺宣传单、钱包、仿真手机、化妆品、仿真方向盘、名片、书包、衣服、剪发用具、美容用品……

欧阳羿看见自家供桌上摆着两套小孩衣服,下意识地伸手,月影握住他的手。

欧阳羿指着供桌:"什么都压在这里了。"

"就是图个意思。"

欧阳羿摇头:"要真有用,太容易了,也太受制了,不是很搞笑吗?"

"都当得很真,也都没当真,其实最当真的人是你。"

"真是没道理。"

"人世就是有很多没道理的道理。像晚上的月光,对于现代社会,特别是大城市,月光看都看不到了,可以说没什么作用,可世上要没有月光会多么无趣,不是吗?"

欧阳羿不说话。欧阳羿不说话的时候,月影就有许多话说。她问:"你说重要的是科学发展,跟得上时代,这样又可以做什么呢?"

"我说过无数次,这样会脱离愚蠢,人会过得更好。"

月影指着供桌边忙忙碌碌的妇女:"她们懂了那些有什么好处?在她们的日子里,这个节很忙,也很兴奋,她们不会想让月娘变成月球。"

谁也没法说服谁。月影说:"我们够夸张,又辩起来了。"

"我们不太像夫妻。"这话月影忍住了,有些东西她怕揭了盖不上。她想起闺密的一句玩笑:"你们真像主流电影里那种高大上的夫妻,相敬又模范,一起忧国忧民。"这话变成刺,扎着她,月影弄不清那根刺在哪,抓摸不着,只能任由不适感影子般随着她。

父亲来找他们,说芳名榜送来了。

"晚上芳名榜上墙,你和月影看看。"父亲又说。

"我们看那个做什么?"欧阳羿问。

"爸,芳名榜上有你名字?"月影问。

父亲点头:"尽点心。"

月影低声说:"爸捐的不会是几十几百,我猜会有几千。"

"拿他没法。"欧阳羿叹。

父亲走出月娘庙,示意他们跟着。往月娘庙后走了一段,父亲转身问欧阳羿:"记得我和你妈的事吗?"

欧阳羿点头,他离家上大学前,母亲带他去月娘庙上香,讲了那件事,欧阳羿跟月影讲过。

那时父亲很年轻。一天晚上,父亲到隔乡看电影后,回家时经过一个村子,村前空场上有个女孩,坐在板凳上看月亮,剪影一样。父亲立住了,女孩该也是刚看完电影,走到这放下板凳看月。父亲起了跟女孩搭话的欲望,他想了想,过去问她认不认识身后村里某个人——他猜得没错,她是这个村的——顺便看清了她,极大的眼睛,极长的头发。事后,父亲打听到女孩的家。女孩成了欧阳羿的母亲。

欧阳羿明白父亲的意思,父亲认为他和母亲的事是月娘促成的。欧阳羿不明白的是,父亲这时提这事做什么。

后面的故事父亲母亲没跟欧阳羿讲过。现在,父亲说起来。

成家后,父亲母亲深夜偶尔会出门,拉了手,半蹑着脚走出村子,到田地里看月。从月牙到圆月,每种样子的月都看过。他们有喜事会出去,有烦心事也会出去,两个姐姐出生后,他们一次次求月娘赐个儿子。后来有了欧阳羿。欧阳羿满月后,他们专门选了月圆之夜,抱着欧阳羿去田野,相信月光会让欧阳羿充满灵性。

讲完这些事,父亲转身回月娘庙,把欧阳羿和月影留在疑团里。

十一

父亲回家时,让欧阳羿和月影看手机里的一张照片。欧阳羿瞄了一眼,是月娘庙的芳名榜,疑惑地看着父亲,父亲让他细看。

欧阳羿看到自己和月影的名字,接着看清后面那个数字。他脸色变了。月影接过手机,呆住。

"全捐出去了?"欧阳羿呆问。

很怪,欧阳羿脑子里闪过这两天村里人看他的目光,冲着他的微笑,和他打招呼时的表情,一切似乎大有深意,他们早知道了,父亲替他捐了这么大一笔。

月影脑门一蒙,她闭了下眼睛,看见她的房间一点点远去,属于她的,可以给她另一个世界的房间。房子未修,钱就还在,她一直存着希望的,她知道欧阳羿的父亲想法跟她一样,她准备节后跟他一起说服欧阳羿。简单修好老房后将还剩下不少的一笔钱,再存段时间,就可以为一套不错的房子交首付。

月影跑出去,她很想跑一跑,像小时候,胡乱地跑,毫无目的。

很小的时候,月影就经常跑,绕着村里的巷子,从这条巷出来,进了另一条巷。中秋那天是最好的,可以不干活,母亲不会骂人。从一个又一个家门跑过,节日让她胸口涌动着喜意,村里人在洗水果、包软饼、叠金塔、备香烛、做糕点,这个日子不一样,可以任性,可以买平时舍不得买的糖果,没有理由地高兴,会对以后的日子充满希望,会相信越走越好,藏着的愿望会活过来……

灯笼是早早备好的。有点钱的人家到镇上买画了嫦娥的灯,她的灯笼自己糊自己画,嫦娥的裙带和头发画得极长。月升时,她提了灯笼,一路走过,满巷中秋的味道,满巷跪着祈祷美好的人。

这一夜是被允许出村的,成群的孩子赤了脚跑。某个大男孩和大女孩凑到一起了,闪进竹林,或在远远的沟边、池塘边坐着,没见提灯笼,也没见玩什么游戏,孩子们扔石子吓走他们。

月影跑出村子,往奔月山的方向去。说准确点,只是疾走,一出院子她就放慢了速度,如今不敢真正跑了,她记着村里人的眼睛。

坐在那块石头上,月影抱住双肩,为什么这样跑出来,看到那个消息后,钱说到底是欧阳羿的,被他父亲安排了,自己这样生气,对欧阳羿?对他父亲?对自己?月影头埋在膝盖上,似乎这样可以阻断飞散的念头,念头却变得纷纷扬扬,她想记起什么时候开始不再没有目的地跑,什么时候懂得要安排日子,什么时候需要一个房间了。曾有个不需要房间的月影,她的世界不用收在箱子里,影子一样随着她,她又安心又自傲。

月影抬起脸,惊恐地盯着双手,她发现某些东西正变轻变薄,渐渐裂成丝状,纷乱成轻飘飘的一团,飞离她的双手,她还一直以为好好抓着的。

欧阳羿的父亲还在抓着那些东西。月影的思绪跳跃起来,他是不是抓住了?不知道,但他很用力。

　　欧阳羿来了。

　　"月影,对不起。"欧阳羿坐下,"已成事实。我们再凑钱,其实,租的房子——"

　　月影开始讲述一些往事,像自言自语。

　　六岁第一次看戏时,月影——那时她叫肖立君——就迷上了嫦娥。嫦娥的故事从小听过,乡里所有的孩子都会无数次听那个故事,但嫦娥在戏里立体了。第一次饰演嫦娥成功后,肖立君有了艺名——月影,从此,外人只知月影不知肖立君。月影加入市剧团,她的《嫦娥奔月》成为剧团的保留剧目,她兼跳古典舞,跳遍历史和传说中的美女,仍是嫦娥跳得最好。很多东西越来越热闹,剧团越来越萧条,戏剧的味道发了黄,似乎只适合放在回忆里,品嚼委婉善感、暧昧多情的耐心越来越稀薄。月影第一次惊觉不可能永远待在剧团。月影进了城。她不想放弃嫦娥,仍演出,教学生,她的嫦娥在城市格格不入,她的古典不够新潮。她只能养活自己,勉强。

　　很勉强的时候,月影遇见了欧阳羿。靠着他的支撑,她继续"艺术",挑演出,演纯粹的嫦娥。

　　市剧团解散了,乡下出现很多草台班子,传统剧目仍在,唱腔身段潦潦草草,仍有人演嫦娥,灰头土脸的嫦娥,观众是稀稀拉拉的老人和沉默的神像。

欧阳羿看着月影,不明白她说这些什么意思。

"我也不知道为什么说这些。"月影揉着太阳穴。

欧阳羿迷惑的样子让月影胸口一突一突地痛。

月影再次把头埋在膝盖上,她仍爱着《月光吟》,仍着迷于舞蹈,可是不一样了。

"我总教训你日子要怎样,人世要什么。"月影对欧阳羿说,"真好笑。"

"你怎么了?"

月影指指身下的石头:"奔月石,相信吗——噢,当然不信的。"

"自古以来,没有人看到。"欧阳羿认真地说,"这是传说。"

"羿,你比我诚实。"月影说,"但是很多人想相信,他们需要。"

"我不需要。"欧阳羿极干脆。

月影笑笑:"可你喜欢看我跳嫦娥。记得吗?最爱我在月下跳。"

欧阳羿和月影露营时,月影在月光下跳舞,不放音乐,她心里自有音乐,欧阳羿通过她的舞蹈想象音乐。欧阳羿说看此舞会忘记世界。

"你其实需要的。"月影对发着呆的欧阳羿说,"你和我一样不诚实。不过,你不是故意的。"

"月影,你想说什么?"

"羿,我想一个人待一待。"

欧阳羿看看月影的眼睛,点点头,慢慢走下山。

十二

欧阳羿从山上下来时,父亲在等他,让他去月娘庙理事会。

"怎么想到让我进理事会——因为捐的钱多?"欧阳羿又要批判了。

父亲说这次拜月典礼惊动了上面,县上有领导来,电视台也来了人,晚上典礼前要剪彩,欧阳羿被推选为剪彩人之一。

"月影呢?让她一块过去。"

"县领导参加这典礼?"欧阳羿表示怀疑。

"到月娘庙了。"父亲有些得意。

欧阳羿有兴趣,领导是可以说得上话的,领导出面引导民众,别在修月娘庙和拜月典礼上浪费精力和金钱,引导他们关心更有用,更能带动农村发展的活动。欧阳羿打了腹稿,准备见到县领导谈。

副县长跟欧阳羿握手,对这位科学家表示极大的敬意,评价他是家乡的骄傲,感谢他做出的贡献——他已看到芳名榜。

欧阳羿将腹稿一股脑地说了,以这样的话作结语:"这里人的意识很落后,才有这种荒唐观念和活动,会形成恶性循环。"他忧心忡忡。

副县长拍拍欧阳羿的肩膀,长时间不说话。

欧阳羿想再说什么,副县长请他喝茶。

喝下那杯茶后,副县长和镇上的领导聊起来了。

副县长示意欧阳羿听大家谈,他们在谈月娘庙和拜月典礼。

月娘庙修建至今已有几百年,珍贵的古迹,民间自发重修古迹,是值得宣扬的好事。拜月自古就有,月娘庙的拜月活动更古朴、隆重,是很有特色的民俗文化。镇文化馆馆长相信可以申报国家非物质文化遗产。到时会有经费,月娘庙将得到更好的保护,拜月典礼将得到更好的传承,还可以以典礼为依托,做成拜月旅游节。

副县长当场将这个任务交给镇文化馆馆长。

欧阳羿看见父亲闪出来,才发现他一直凑在旁边。父亲以理事会长辈的口气开始说话。他的意思是,月娘庙和拜月活动不用申报什么,这些都在乡人骨子里,像过活吃饭那样自然,不是什么遗产,也不用保护,这是我们的日子。拜月得诚心诚意,弄什么旅游节是做戏。

几个领导对视,镇文化馆馆长给父亲端茶:"老人家,这不是哪个乡哪个村的事,这是文化。"

父亲还想说什么,所有人的目光和注意力将他排除在外,那圈人继续他们的话题。他们将话题编织成紧实的圈,圈外的话挤不进去。话题内的人志同道合,灵感的火花烁烁发亮。

有人提到这个乡周围的山,山不算高,但很清秀,有各种野果,有好看的野花,草树鲜翠。有人补充:不少山脚有水,或小溪,或小湖,特别是奔月山一侧那条河,太美了。有人应和:奔月山有奔月的传说,念月村有嫦娥的故事,月娘庙主殿是古迹,形成极好的文化资源结构、完美的文化景点,早该开发了。有人提建议:在奔月山或月娘庙附近造些仿古亭子之类的,乡里弄几个农家乐。

都沉浸在关于嫦娥、拜月景点的前景里,甚至提到怎么命名,好像这个景点的开发已经提上日程。

"这种所谓的景点现在太多。"欧阳羿没忍住,往话题圈里插话,"编造点故事传说之类的,弄些粗糙的仿古建筑。没有真实的历史依据,不是真正的文化,只想把人引来,一个骗过一个,制造大量的无效旅游。当然,有人也靠这个赚了钱,但实质上是投机性质,不会长久,也会带出坏风气。"

周围突兀地静下,欧阳羿看见父亲盯着他,所有的脸都朝向他,表情难以描述。

"欧阳羿先生是科学家,肯定是有更新奇的点子。"县电视台记者灵机一动,说,"建一个更不一样的景点。"

周围一片恍然,一片放松。

欧阳羿搜索着词语。

"没错,大科学家,专门研究月的。"副县长身边一个瘦瘦的年轻领导双手一拍,"跟这个景点很合适。"

镇文化馆馆长腰身兴奋地一挺:"月球研究与嫦娥,传统与科技,绝妙的对比,绝妙的组合。"

圈子再次因为共同的话题变得密实，欧阳羿被拉在圈子里，他是重要的部分，但不必他发言。他们有了新的方案。

建一个以月球为主题的科技馆，和月娘庙形成呼应。关于月球科技馆，让欧阳羿的科学家朋友多出创意，做到最专业最新奇。关于资本的，他们看中几个做生意的乡里人，让他们带老板来投资。副县长让镇长和镇文化馆馆长做具体的项目方案，报到县上。

父亲再次挤近圈子，欧阳羿下意识地想拦住他，但最终任他插话。父亲说："这样会引来很多人，诚心的还好，不懂的人来乱走乱看，会坏了月娘庙……"

有人向旁边一个老人使眼色，那老人拉开父亲，说有些什么事要安排。那一刻，欧阳羿突然想将父亲拉回来。他忍住了，父亲想劝的话不会是他想劝的。月球科技馆的想法他觉得不错，但认为应该是公益性的，向所有人开放，而且该放在镇上，受益的人更多，让科技馆为月娘庙添新奇的办法让他有吞苍蝇的感觉。

月娘庙外摆了几张桌，理事会的人和领导一起晚饭。有人提醒欧阳羿，今晚讲话提一下关于旅游景点的想法，一个是民俗文化，一个是现代科学，肯定会碰撞出火花，先给乡里人鼓鼓劲，也把消息放出去，说不定会吸引投资者。

欧阳羿缩了缩，退出那个圈子，趁众人不注意，抽身去找月影。

十三

月影果然立在村子外竹林边。每次回老家,月影都喜欢去竹林,月影娘家村边也有竹林,她从小就找机会一人待竹林里。她说在竹林里常有两个状态,一种是什么也不想,一种是想很多很多事,说那种感觉很好,好像逃到日子外面去了,又好像在竹林她才真正走进日子里。天晚了,估计竹林里黑了,月影只立在竹林边。欧阳羿走到她身边,她才回过神。

"还生我的气?"欧阳羿碰碰月影的胳膊。

"你应该知道不是。"

"别想太多。"欧阳羿和月影并肩站着,"你很多事想得太绕。"

"有些东西没了,我其实知道的,还是假装不知道——又绕了——月娘庙开始了吗?"

欧阳羿讲了刚才月娘庙的事。

"对拜月典礼,他们的支持和爸他们那些乡里人不一样。"欧阳羿说。

月影说:"他们要利用嫦娥,但他们不记得嫦娥了。"

"你还跳《奔月》吗?"欧阳羿不知自己想不想月影跳《奔月》了。

"当然,我跳《奔月》跟别人有什么关系?"

八点,典礼开始。

理事会老人高声请剪彩人,欧阳羿往台上走,周围有点虚幻,月起了,台上灯光太亮,感觉不到月光,但月的影子很美。他回头看了台下的月影,那瞬间,他突然意识到,一向喜欢清晰的自己正是喜欢月影身上那份朦胧感,月一样,说不清的神秘,似乎可以很轻易看清楚又永远看不清楚,像他自己一向"嫌弃"的,又含糊又绕。欧阳羿第一次对自己起了疑惑。直到剪彩结束,欧阳羿仍沉陷在疑惑里,这种不确定感让他恐慌,他很想跟月影谈谈。

领导讲话了。

领导宣布,根据接下来可能会有的发展计划,要制作一本宣传册。已有思路,乡老人理事会负责收集传统材料,念月村、奔月山、月娘庙的传说,拜月娘的民俗,自古以来修月娘庙的始末等。月影负责艺术宣传,收集关于嫦娥的戏剧、舞蹈、电影、电视等各种资料、照片、奖励等。欧阳羿收集与月相关的科学知识,人类对月的认识历史,世界上对月的研究,包括资料、书籍和照片。三部分内容集合在一起,先申报非物质文化遗产。

然后用这些资料招商引资,将有机会建成极具特色的旅游点,传统文化与现代科技相结合,响应国家提倡的美丽乡村的号召。

……

欧阳羿几次想起身,说从未答应参加旅游宣传,月影也没有。月影拉住他。

拜月典礼开始，领导和理事会老人走进月娘庙。因为摆满供桌，月娘庙只容下一小部分人，其他人立在月娘庙外。主事老人一声高喝，跪下的人群波浪一样，从月娘庙到月娘庙门外的空场，欧阳羿拉着月影趁机退到外边。所有人跪着，欧阳羿立着，突兀又孤独。三拜之后，月影对欧阳羿悄声说："我替你跪了。"这一次欧阳羿没有反对。

　　首拜之后，回到台下，几个有名望的人上台发言，欧阳羿前面有三个人，发言都很精彩，也很正常。欧阳羿上台时很干脆，月影想交代句什么的，没来得及开口。

　　欧阳羿开始讲月球，月球的结构、月球与民间想象完全不同的样子、月球对地球的影响。他说月球是一个已经死亡的天体，只有寒冷和寂静，没有空气没有水没有生命没有风，但有丰富的资源，如果能利用，对人类将是极大的福音，很多国家都有发展战略，现在需要的是踏实的科学探索，而不是迷信，更不是利用其当成噱头……

　　领导很不满，欧阳羿没有顺他们的思路说。

　　乡里人很不满，欧阳羿对月娘不敬。

　　月影突然发觉，这么些年，她和欧阳羿没有一起生活过。这种意识让她后背发麻。欧阳羿讲话刚结束，她去换舞服，没有和他碰面。

　　月影在台上定型那一刻，全场安静如月光，包括欧阳羿在内，都被她带进那个传说，她就是嫦娥。月影自己也被带走了。

　　这是她的广寒宫，晶莹寒冷，永远安静，永远美丽，身后永远随着自己的影子,她舞着,搅动如瀑如绸的月光,搅出满天浪漫。

  嫦娥终于走到路的尽头,长长的时光里,嫦娥可以活在任何传说里,如今,再没有传说,月亮变成月球,嫦娥失去了广寒宫。

  月影银色的水袖舞成一片月光,她的身体一层一层变轻、褪色,逐渐透明。一阵银色的旋转后,月影——嫦娥融进月光,消失了。

  空空的舞台上,月光遍地。

  欧阳羿听见那首歌谣,那是月影的奶奶小时候唱给她听的,月影经常在月夜哼唱:

> 月光光
>
> 歌亮亮
>
> 月娘俏又俏
>
> 月光光
>
> 梦香香
>
> 故事绵又绵
>
> ……

被囚禁的老兵

一

　　日光从天窗进来,屋内暗淡的阴凉滤去了灼热,这列倾斜的光柱变得温宁。老兵在光柱下编着箩筐,白色的竹片沾染了日光的暖黄色,蝶翅般扑扇着,轻微的啪啪声呼吸一般均匀。老兵习惯坐在这个位置,吃饭、喝水、编竹器、写字,连发呆也对着这列光柱。发呆的时候,他长久地看着光柱里飞扬旋动的浮尘。小时候,他喜欢伸手去抓这些浮尘,或者对着光柱拍手,看浮尘瞬间活泼起来,一玩就是大半天,乐此不疲。他问过父亲,光柱里为什么有这些浮尘。父亲告诉他,所有的地方都有这样的浮尘,只是屋子暗,光柱照进来,看得到而已。但他不相信,固执地认为那些飞舞的浮尘是在暗屋里待烦了,有日光进来,被吸引到光柱里去的,直到现在他仍这么认为。

　　老伴青坡嫂进来时,老兵手头的竹叶已经许久不动。她说:"又呆了,你要看到外头看,满天满地的日光。"说完才又发觉自己说漏了嘴,这么多年,她还是改不掉这个习惯,就像老兵从不会忘记提醒。"那怎么成?"他说。

青坡嫂不说话了,往他的搪瓷水杯里放些粗茶枝,冲进开水。

"其实,屋里这光柱比外面的有趣。"老兵安慰老伴。

"喝茶了。"青坡嫂说,"茶叶都没了,只剩下茶枝,看得见茶色,慢一点吞也有点茶味,将就吧。"

老兵啜着茶,极慢极慢,微眯了眼,说:"茶味还算浓,水烫一点,多泡一会,也和茶叶差不多了。"

青坡嫂提起水壶给老兵添水时,一阵突如其来的酸麻袭击了她的胳膊,水壶落回桌面,弄出不小的响声。"老了,都老了。"青坡嫂说,"几年前我就挥不起斧,砍不了竹,昨天把一根竹子拖进门用了半天时间,不知哪天连根竹子都要拖不动了。"

本来总是这样,青坡嫂砍竹,拖回门前,破片,由老兵编制物品。这几年,砍竹的事交给侄子大平,大平隔一段时间就空出半天,砍好一大捆竹子,堆在屋外一侧,需要的时候,青坡嫂再逐根拖进院子,破片的工序也得老兵参加了。

"等我出去,竹子我去砍,只要有把好斧头。"老兵自己添了水,说。

青坡嫂坐下,揉着发麻的胳膊:"好,等你砍竹,我该把这些当真话听的。"

"不记得我砍竹子的手艺了?"老兵认真起来。

"我知道,当年寨里砍竹手艺最好、工钱挣得最多的。"青坡嫂笑着,"说合的媒人把你吹上了天,把我骗进这个家门。"

"媒人没说半句假话。"

"好,句句是真话。"青坡嫂蹲在地上,摸着老兵编了一半的箩筐,"又编这个,我说过几次了,编些精巧的竹篮,做些竹椅子,就是小孩玩的竹马竹牛也是好的。竹箩竹筐竹粪箕没人买了,就是地也一天天长了草荒起来,哪个还用得着这些东西?你以为外面都像你,几十年一个样……"

青坡嫂意识到说漏嘴的时候,老兵已经立在她身边,他端着搪瓷水杯,极缓地蹲下身:"你把我编的竹器拿去卖?黑市?这是我的任务,给公家编的,你老糊涂了?"老兵放下水杯,将编了一半的箩筐扯过去,双手遮护着。

"是哪个老糊涂了?"青坡嫂很快定定神,拍打着那只酸麻的胳膊,"竹器当然是上交公家的,你得知道公家要什么东西,现在公家种田少了,都去——对,大平说都去发展经济了,发展经济不用竹箩筐竹粪箕。"

"要精巧的竹篮、小孩玩的竹马竹牛?"老兵疑惑地看看青坡嫂,她也看着他,轻轻点头,眼神静静的,他看不出什么,仰头看天窗。想不通的时候,老兵就这样仰起头去看天窗,小时候就有这习惯,在屋外他则直接看天,很多时候,脖子发酸发麻了,仍想不通透。这些年,他想不通透的时间愈来愈多。青坡嫂不管他,扯过箩筐接着编起来。

"不成,公家没让编小玩意儿。"这是老兵最后的结论,他摇摇头,起身,喝茶。

"你再执着吧,早晚有一天盐也买不上,靠喘气喝水过日子。"

青坡嫂这句话老兵没听,他顺屋墙慢慢走动,屈起两根手指,在墙壁上敲敲打打。

"别敲了,敲得我无安无落。"青坡嫂放了箩筐,端起老兵的搪瓷杯,连喝几大口茶水。

"这儿的缝大了,风往里一涌一涌地挤,早晚成一个洞,人都能自由进出了,得弄点泥糊糊。"

"人?这屋里还有什么人?你要肯自由进出我该谢天谢地了。我让大平弄点水泥糊上,要不,你这纸片样的老头,人没走出去,先冻死。"

老兵继续走,继续敲,在窗前停下,摇摇窗上的木条,说:"松了,木条也太旧,告诉上面的人,该加固了,这牢房不像样子了。"

"好好好,隔壁王婶新修了阁楼,倒有不少木板木条,我去讨些来,把窗子钉死了,最好整个屋都钉一层,反正你都把自己钉死在这'牢'里了。还是操心一下这间屋吧,比我们两个还老,快要站不稳了,总有一天倒下,把我们压在里面,倒一了百了了。"

青坡嫂不止一次指给老兵看,屋外四面墙壁撑着大大小小的老杉木,屋子像一个弯腰拄着拐又落了枕的老人。

老兵会用心地看,偶尔点点头,说:"等我出去……"

"以后再说吧。"青坡嫂总截断老兵后半截话,老兵也顺势把那半截话丢掉,他重视的是屋内,只要裂了缝,或窗上的木条摇晃了,必得修好,以保持"牢房"的完整,和几十年前一样牢靠。窗子在几十年前钉上木条后再没有拆开过,只是一次次换钉新木条,都是老兵要求的。青坡嫂说老兵跟这间屋是孽缘。几十前他就是在这间屋被抓走的。

那个晚上,老兵在这间堆杂物的屋子里编一只竹箩,编至深夜,他停下来,抬头看着天窗发呆,像数星星入了迷的孩子。隔间女人青坡尖喊了一声,他以为是她从噩梦里带出来的,但接着她的尖叫变成一串,一声比一声高,夹杂着解释、恳求和质问。她在提醒他,按之前说好的,她要求他这些天睡在杂物间,有什么风吹草动,她的声音就是提醒,他该站上窗边的椅子,翻出窗口,让夜掩盖着他逃走。前一段寨里已经有些暗色的言语,影射了老兵,青坡嫂心里有底,早有心理准备的。她细细安排,细细交代着老兵,老兵摇头否定,逃到哪里?逃得了?青坡嫂更急地摇头,先逃了再说,避过风头,可能少受些苦。老伴可能说得对,但老兵听到尖叫后搬开青坡嫂准备在窗口下的椅子,准备打开杂物间的门,门瞬间被撞开,一阵风扇得他跌跌撞撞。

风带进一群热气腾腾的人,他们有热气腾腾的年龄、热气腾腾的眼神、热气腾腾的声音。他们将老兵围在一个小圈子里,呼喝着将圈子往里缩,伸长手扒住老兵,好像老兵拼命想逃走,其实老兵一直很安静,让那一群手揪住他。那群手将他压在墙角,四处翻找起来,他侧着脸,从几条腿的缝隙间望出去,希望他们不要弄坏那个完成了一大半的竹箩。

没有收获让他们的怒气灼热起来,他们呼喝着将他推出屋。他看见女人青坡被拦在院子一角,散着发,呼唤了他一声,带了黏稠的哭腔。他朝女人点点头,甚至挤挤脸以表示他的轻松,但她没看到。他想,她该知道收敛一点的,他们的儿子不在,这是值得大大高兴的,让他们发泄一下失望的愤怒吧。

被押着在村寨的巷子间游行时,他瞥见青坡总不远不近地跟随着,隐在人群后,勾着脖子,时不时低头咬一下手背。他想,她为什么不待在家里?这样跟着做什么?跟着也就跟着了,这个样子做什么?说了她肯定不信,他突然很轻松,好像身上紧绑着的绳子替他承受了什么东西,他几乎想微笑一下,松展松展脸上的皮肉。

他们把他关在大队的队间里,两个人守着他。夜深,他们拉着黏稠的呵欠咒骂他,他看看他们,和他儿子一样的年龄,半大的孩子,自以为揣了灼热的梦,哪知道这个梦其实扭曲得没有面目,也没有热度。他觉得该把这个想法告诉他们,作为已经走过这些路的人,他该转头为这些孩子指指脚下的坑。他开口了:"阿弟……"他们厉声斥责了他。他重新开口:"小将……"其中一个对另一个说:"去喊队长,这个叛徒要开口了。"

队长来了,年龄稍大点,身后跟了几个半大孩子,仰了下巴。老兵失去谈论想法的欲望。

"说,为什么当叛徒?"队长将椅子极快地拉到他面前,弄出很大的声响。

"叛徒?"他抬起疑惑的脸。

"狡辩!你是国民党!"

"噢。"他几乎微笑起来,不觉得有什么奇怪的,差点想问怎么了。

"你是国民党。"他们同时呼喝起来,强调这个事实似的。

他点点头:"我想杀日本鬼子,他们太过分了。"

"不是问这个。"

"他们杀人,老的少的,善的恶的,杀了很多人。我刚好挑番薯去舅舅家,看到了,躲在阁楼的草堆里,什么都看到了,那样杀人。"他的眼睛鼓突出来,肩膀抖颤起来。

"不是问这个,谁让你谈这个?"他们高声阻止他,声音有些变形。

他的五官锐利起来,包括脸上那道疤:"他们杀人,那样杀人……"

那天晚上,他们停止审问。

后来,队间关押的犯人多起来,他们还得挪出地方办公,老兵被押回家里的杂物间,他们用木条将窗口钉死,门上加了锁,门外站了人。

隔些天,他们会审问他一次,他总说:"鬼子杀人,那样杀人……"弄得那个队长挥拳挥脚的,锁门而去。女人青坡嫂央了门外的孩子——说到底,那两个孩子还远远沾着亲戚的——送水进来,老兵就对她说:"……所以我去参军,我看得下去吗?"

"我知道,我知道。"青坡嫂往他嘴里喂水,希望能堵住他的话。

现在,老兵抚着窗口那些旧木条,勾着腰立了那么久,久到青坡嫂担心,他或许又要说什么了。青坡嫂不想听,几十年,够了。她收拾了水壶,说:"把这个箩筐编全吧,以后编些小玩意,这是上面要求的。我去跟村主任要张批条。"

二

老兵看见老伴在桌上摆了四个白面包子、半碗红烧肉,惊得四下看。

"吃吧,这些东西来路正正的。"青坡嫂拿起包子大咬一口,享受地半眯了眼。

"怎么来的?"老兵指着面包和红烧肉,像指着不明物体。

"怎么来的? 包子是我蒸的,红烧肉是我做的。"青坡嫂又咬一口包子,向老兵展示了一下包子里的芝麻馅,说,"别处找不到的口味。"

老兵看着老伴,疑虑重重。

"明天是平顺的祭日,你忘了。"青坡嫂停止咀嚼,"我们儿子走多少年啦。"

平顺走很久了。老兵再次仰头看天窗,外面的天漆黑一团。

"吃吧,我蒸了包子,买了肉,明天上山看看儿子,今晚我们两个老的先弄一点吃。"青坡嫂将一个包子塞在老兵手里,往他面前挪挪肉碗,"记得吗?儿子喜欢这样说,你们二老先弄点吃,我不急。"

"对,平顺总这样。"老兵夹了一块放进嘴里,似乎向儿子做着证明。

青坡嫂往老兵碗里夹肉。

"上山看儿子,上面批了吗?这些东西是你偷偷做的?"老兵突然问。

"该死,倒忘了这个。"青坡嫂自语着。

"看儿子还要批什么?连儿子也不能看,有这样的理吗?你别管,上山就是。"

"那不成。"老兵不吃了,"跟上面好好说,一年就去这么一两回,和平顺说说话。"

"好好好,我这就去请示——你吃,多吃些,记得这味,明天好告诉平顺。"青坡嫂推了碗,开门出去。

青坡嫂进了村主任的家门,村主任一家吃着饭,村主任的女人双手忙了一阵,塞过一只碗,碗里半碗饭,卧了一个煎鸡蛋,盖了小半碗炒瘦肉。"吃,青坡嫂你吃。"她一只手压着青坡嫂的肩,用了力。

青坡嫂推让不得,突然说:"没事,我们今晚也吃肉,红烧肉。"

屋里猛地静下去。

"是这样的,"青坡嫂笑笑,"明天是平顺的祭日,我买了东西,晚饭先弄点吃。又得麻烦主任了。"

村主任放下碗,说:"我现在就写,青坡嫂,东西你吃着,边等。"

"前段时间老头编的箩筐卖出去两担,又卖了一篮鸡蛋,买了两袋面、几斤肉、一些纸钱,手头还有一些。"青坡嫂不知自己为什么说这些,说完就端起村主任女人塞的碗,大口吃起来。

老兵认"上面"的批条,做什么事得有批条才安心,青坡嫂找得到的"上面"就是村主任。从很多年前开始,青坡嫂就一次次往村主任家里跑,央他写"批条",上山看儿子是每年的大事。开始村主任不肯写,说:"这不是笑话吗?那件事结束了,让老兵兄出来好好过活吧,现在还写什么批条,要我和他一起耍小孩过家家?"青坡嫂的脸色难看了,立起身,说:"他是正经的,耍不起这个。"

"写什么?你说。"村主任开始找纸找笔。

写完后还得盖章,老兵要认图章的。写的次数多了,村主任就有些烦,说:"青坡嫂要不你让你侄子大平写,他识文断字的。图章好说,你让他用番薯刻一个,沾了印泥一印,老兵兄哪看得出什么?再说,我总用村里的公章盖这些批条总不太好。"

"试过了,他只认主任的字,麻烦了。"青坡嫂低下头去。

村主任于是继续写,但总用公章确实不太好,青坡嫂让大平用木头刻了一个,放在村主任那里,专门给老兵的批条盖章。

不知从哪年开始,村主任不再抱怨老兵的糊涂,给老兵写批条再没有嫌过烦,青坡嫂一进门,他就准备纸笔,主动得让青坡嫂过意不去。青坡嫂只记得那年村主任找老兵谈过话,原本的意思是让老兵出来,由他代替"上面"宣布老兵自由。他说:"既然老兵兄认我的批条,我这个人他更会认了吧。"

"若能这样,我给你磕头。"青坡嫂弯下腰,但她又摇了头,说,"难。"

村主任独自进了老兵的"牢房",午饭后进去的,青坡嫂准备好晚饭时,村主任才出来,说不清他的表情,他对青坡嫂说:"以后老兵兄想写什么批条,尽管找我。"

没人知道那天村主任和老兵之间谈了什么。

青坡嫂端晚饭进门时,老兵抱着膝盖蹲在床边。

"谈半天说了些什么?"

老兵拿碗盛粥,不开口。

"为什么不出去? 主任开口了。"

"悔过书还没写好,没写好……"老兵放下碗,一只手拍着桌子。

"不说了,吃饭吧。"

青坡嫂吃完手里那碗东西,村主任才把批条给她,顺便从桌底下摸了一袋茶叶:"这是埔上的炒茶,粗点,但耐喝,我喝着不错,老兵兄的口味该和我差不多。"

青坡嫂又推。

村主任说:"这是给老兵兄的,又不是给你的。"

青坡嫂接过茶,冲村主任和他的女人点点头,想说句什么,终没有出声。

青坡嫂很早就备好东西,装在竹篮里,让老兵换了件衣服,出门前,看看老兵,伸手将他歪歪扭扭的白发按了按,说:"这双拖鞋太烂了,把那双布鞋换上吧,别看是从垃圾堆里捡的,还好好的,洗过后还有五成新,现在的年轻人,太糟蹋东西。去见儿子,像样点,免得他在那边担心。"

老兵按老伴的要求换了鞋,拉了拉衣襟,甚至要求老伴弄点水,将两人的头发再弄服帖点。青坡嫂笑了,倒像当年要回娘家。

走到村口,侄子大平跟上来。老兵惊恐地立住,看看他,又看看青坡嫂,说:"我们去看儿子。"

"二叔,我一块去看看平顺。"大平晃了晃手里的东西,几个橘子,一包饼干,一包茶叶。

"我们只是去看儿子。"老兵仍惶恐着,再不肯迈步。

大平低下头:"二叔你别这样,一些事让它过去好吗?我也是个老人了。"

老兵只是看着他,目光让大平难受。

"他是上面交代来的,跟着我们去。"青坡嫂说。

"押我们去的。"老兵点点头,终于又开始走,扶着老伴,走得小心翼翼。

大平在后面立住,仰起脸,朝天深深呼气。青坡嫂走回来,凑近他低声说:"大平,你二叔怎样你又不是不知道,别往心里去。"

"二婶,是我对不住二叔。"

当年那个晚上,大平走在他们中间,和他们一起呼喝着,向老兵家奔去。看见半闪在人群后的他,青坡嫂双眼一睁,到嘴边的一句话终没有出口。大平往后缩了缩,向他们提示,老兵可能在杂物间。于是,他们往杂物间一拥而去。

将老兵押去队间的路上,大平自告奋勇作为押解人,紧紧走在老兵的身后,直到他被推入队间。

大平后来找过青坡嫂,说被他爸他妈大骂一顿,他委屈地认为自己不该被骂的。"你们不懂。"他坐在青坡嫂面前,比画着双手申诉,"这是为了二叔好,像二叔这样的,肯定会被推出来,只是时间早晚的问题。我先提出,由我们造反队来,是最好的,要是别的造反队,事情就难说了。"

"你二叔是怎样的人?你说。"

"二婶,你跟我发火没用,我说什么也没用,这是保护二叔二婶。"

"这是保护你自己,大平。"青坡嫂用手指梳着头发。

"二婶,现在平顺又不在,他在做什么,外面怎么传,二婶不会不知道,二婶觉得我这办法不算好办法?"

"大平,别让你二叔受苦。"青坡嫂沉默了半天,拍着侄子的胳膊说。

"二婶,只要我有办法。"

"二叔,这是最好的办法了。"大平对老兵说。在他们审问老兵无果后,大平向队长自荐由他去试试。

大平的意思,据他说代表了他们整个造反队的意思,让老兵站出来,宣布加入他们的队,老兵代表战斗的光荣历史,他们则代表充满希望的未来,这将是一支有生命力的队伍。

大平要来一杯水,端给老兵:"二叔,这是最关键的时机,你得做出选择,错过了,以后就不一样了。"

"我不会选择。"老兵说,"这种选择有必要吗?大平,我斗得太多了,不想再斗了,你们这种斗和以前不一样,没必要。什么是战斗,你们不懂。"

"二叔,在别人面前别说这种话,千万。你放心,你可以不出面参加具体活动,只是作为一个标志,一面旗帜。他们看中二叔脸上这道疤,这是杀鬼子留下的,有很多话可以说,有很多东西可以发挥。"

"我不想说,也不想让人说。"

"二叔,为什么不说?这疤是光荣的印记,该纪念的,我们这个队的名称都可以往这方面靠,没错,就叫光荣的纪念。"兴奋将大平的脸烘照得发亮发热,他举着双手,"二叔,你将是这个队的精神领导。"

老兵喝着水,半垂着头,没半点反应。

"二叔……"

老兵再不说一句话,后来,大平追问的时候,他说怕不小心说错什么,让他们拿去做什么把柄,最可怕的是去当什么旗帜使。"那样一来,我的罪更深了。"老兵叹着气,心有余悸的样子。

他们终于失去耐性,推开大平,再次继续之前的审问。大平看了他一眼,不出声地退出去。大平对青坡嫂说:"我尽力了,二婶,二叔什么话都听不进去。"

"是他说的你们都听不进去。"青坡嫂说。

从那时起,大平在的时候,老兵就不自在,他代表了他们,几十年来大平对他们两人的照顾也没法改变老兵的看法。大平对青坡嫂说:"二叔是惩罚我,没有比这再重的了。"

看到平顺的坟了,老兵停下来,再次转头向大平强调:"这是我的儿子,我们只是看看儿子。"

"也是我的堂兄,二叔。"大平说,灰白的头垂在胸前。

青坡嫂放下篮子,开始摆放包子、猪肉。老兵将东西往篮子里收:

"不能摆供品,你糊涂了,你怎么带这些上山?"他附在青坡嫂耳边,"这些东西该在家里摆着,儿子会知道的。"

"二叔,摆吧,我也带东西了。"大平将带的东西一样样列在坟前,老兵看看他,把篮子重新推给青坡嫂。

青坡嫂摆出纸钱的时候,老兵又扑过去拦:"你又买这些东西做什么?"这一扑太用力,他趴倒在地上,青坡嫂和大平忙拉他,却拉不起来了,他就那么趴着不动,肩膀一阵阵抖颤,呜咽被泥土闷住了,又浊又散。

"老头,你做什么?儿子看着哪。"青坡嫂拼命扯他,骂着,一只手却猛地捂了嘴,没捂住哭声。

"让二叔哭吧。"大平说,"二叔,你放声哭,山上现在没人。"

老兵却很快收了呜咽,缓缓直起上半身,扶着膝盖站起身。他绕着儿子的坟走过去,走得极慢,边走边拔着坟头上高高的荒草。他的嘴唇一直在动,但没有声音,大平和青坡嫂坐在不远处,看着,呆呆地想,他在说什么呢?

三

上坟回来,老兵就病倒了,盖着两层老棉被,仍在发抖,一直说着胡话,青坡嫂和大平坐在床边听了半天,没听清一句话。青坡嫂浸湿了毛巾,搭在老兵发烫的额头上,不停地换毛巾,不停地出门换凉水。

大平一直在煮青草水,他将灶间的小土灶搬进这屋,说在这里起火屋子也许会暖些。煮好的青草水盛在碗里,大平和青坡嫂扶起老兵,在他半醒半睡间灌下去,灌了一碗又一碗,他脖颈间还是热得烫人。青坡嫂把手伸进他肩背,又干又热,没出汗的迹象,她不停地趴在他耳边问:"老头,有尿吗?"没得到回答,她疑惑地看看大平,喝进去的青草水哪去了?大平低头去吹炉里的火。

屋外的雨声愈来愈密,从午后到现在没停过,湿气和寒气从泥巴墙一丝丝渗进来,屋内的空气饱胀着寒凉的水汽。青坡嫂握着从老兵额上揭下的毛巾,忘了浸水,呆呆听着雨声:"大平,雨又大了,好像还近了。"

大平直起身,点头:"这雨烦人——不对,二婶,是漏雨了,不是雨近了。"两人借着暗黄色的灯光看了一遍,屋角有雨水啪啪滴进来,青坡嫂让大平去灶间拿桶。

大平拿了一只桶、一个盆子,说:"盆子预备着,照雨这么下,还不知这屋子要漏几处。"

"大平,你还是回家让阿聪给赤脚洪打个电话,烦他跑一趟,过来看看,这么下去不成。"

"我这就去,锅里刚煮好的青草水,你再给二叔喝一些,多喝点水总没错的。"

"外面黑,路又滑,走好,雨衣和斗笠在屋门外。"

屋里又多了两处漏水,青坡嫂刚找了盆子接上,大平来了,抱着一个保温瓶:"家里还有一块挺像样的瘦肉,我刚煮了瘦肉粥,每个人烫烫地喝一碗。"

"你又弄这些做什么?"

"家里有煤气炉,比这炉灶快多了。"

"别老往这带东西,弄得你在家里难做,阿聪也不好说话。"

"好歹我也是家长,是当公公的人,吃点东西也要看人家脸色?别操心这个,先给二叔吃点垫肚子,赤脚洪来了,肯定要开药。"

"这样的雨,赤脚洪来得了吗?又下大了。"

"怎么来不了?我有那样娇气。"赤脚洪推门进来,晃着头,甩甩头发上的雨水。

"先吃碗热粥。"大平迎上去。

"看了病再舒舒服服地吃吧。"

赤脚洪搭了一会脉,翻翻老兵的眼睛,打开药箱,说:"得先打针缓缓急。"

打过针,喂下一些药水,青坡嫂像得到什么保障,拿去老兵额上的毛巾,给每人盛了碗瘦肉粥。

赤脚洪喝着粥,环顾着屋子,几十年来,这屋子他不知来过多少次,很熟悉,比上次来更旧更破烂了。他摇摇头:"不成,这屋再不能待,寒气潮气太重,还这样。"他指指盛雨的桶和盆,"要刚好漏到床上怎么办？九十岁的老人了，营养又跟不上。"

"他是怎样的，你又不是不知道。"青坡嫂说，"只能把被子都搬了来，周身塞好，挡挡寒气。"

"被子太老，都是冷硬的，只有重量，压得人不舒服，该打张新被了。"赤脚洪猛然意识到最后半句话不靠谱，低了头大口喝粥。

屋里的漏雨声和屋外的下雨声变得极清晰。

"老兵兄优抚金的事有着落了？"喝完粥放下碗时，赤脚洪问。

"听说像二叔这样的，终于有政策落实了，也许明年就能领到了。"大平眉尾带了喜色，但很快淡去，"不过，也说不定的，这么多年了，谁说得定？"

青坡嫂不出声地收着碗，好像这事与她无关。这两年，大平跟她提起这事的进展，她只是笑笑："噢，那就看吧，我没有力气留着盼头了。"

多年前，这件事是青坡嫂奔波着的，她在合作社买东西时，打听得很清楚，退伍老兵有优抚金，不算多，但每个月都发。这消息真真的，某乡某寨有老兵已经领着了，特别是抗日过的，算有功的，说不定还会更多。青坡嫂给一双水鞋付钱时忍不住笑起来，售货员以为说错了价钱。青坡嫂当即追问："老兵到哪领钱？"

"没人知道。"

"没事，总能问出来。"青坡嫂很乐观，那天午饭后，她去找了村主任,这是她认识的最直接的,也是唯一的领导。村主任抽完一支卷烟,再卷一支,抽完,说:"我去问问。"从那时起,碰到村主任青坡嫂就问他怎样了,村主任总是摇头。后来,村主任碰到青坡嫂就远远点下头,然后转身选另一条路。大半年后的一天,村主任碰到青坡嫂时迎上来,青坡嫂已绽了满脸的笑等着。村主任说:"去乡政府问问吧。"

"去乡政府问谁?"青坡嫂回过神时,村主任的背影已经远得模糊了。

青坡嫂在乡政府里窜来窜去,先是碰到一片漠然,然后惹来一阵厌烦,接着又引起了警惕,得到很多"没听说""不知道""你去问问""我去问问"之后,青坡嫂说:"那我去镇政府问问吧。"青坡嫂经常到镇上卖鸡蛋,镇政府的大门她认识。

"这点事你找镇政府做什么?"乡政府的人紧张起来,"镇政府的人忙得很,没法管你这点小事。我们去问问吧,你回去等消息。"

几个月后,青坡嫂又进了乡政府:"我来问问有没有消息。"

"不是让你回去等吗?"

"我家没电话,你们也不知我住哪个寨哪条巷,我怕有消息送不到。"

那边沉默了一会,说:"你记个地址、姓名吧。"

回家后,青坡嫂对大平忧心忡忡地说:"我看不靠谱,我说地址、姓名时,那个人划拉得多快,他记清楚了吗?记在一张纸上,塞在桌上那堆纸里,我走的时候也没见他收好。"

"我看难。"大平摇摇头。

难是难,青坡嫂还是等了很长时间的消息,一天和邻里闲谈,说起这事,一个婶子说青坡嫂直脑筋:"你得再去问,难不成乡政府的人真会找上门给你消息?"青坡嫂于是又去问,当然得到的还是"等消息"。

青坡嫂终于去了镇政府,没有告诉那些乡干部。镇政府比乡政府更难绕,青坡嫂愣是在那几层的小楼里找不到对应的部门。后来,大平托了镇上一个朋友,把青坡嫂带进去,终于问到几个字——民政局。

这次像真找对了,对方好像很清楚有这回事,一开口就问青坡嫂的名字,问老兵的名字,一副准备办事的样子。青坡嫂放心了,但她竟一时无法回答,她小时候阿爸阿妈是取了名字的,但因为她白,寨里人只喊她白妹,嫁给老兵后,寨里人又只喊她青坡嫂,因为她娘家在青坡。老兵呢,当然也有名字,但他打仗回来后就丢了名字,所有的人都喊他老兵。家里的户口本很久没看了,青坡嫂额头上渗出了汗,一紧张忘得更彻底。"我能喝杯水吗?"她问。办事的人愣了一下,点点头。青坡嫂喝了半杯水,终于说出自己和老兵的名字。

"哪支队伍的?"对方又问。

青坡嫂又待了一下,反问:"问这个做什么?我哪里知道?"

对方不满意了:"这是程序,不问怎么知道他是不是真是退伍老兵?"

青坡嫂不懂得什么程序,但她懂得对方的意思,胸口涌起一股气,她忍着,说:"他就是参过军,杀过日本鬼子,这件事我们全寨人都知道,连邻近寨的也知道,不信你去问问。"

"没有这么证明的。"

"那该怎么证明?"

"让他本人来,说清楚哪年参的军,属于哪支队伍,把证件也带来。"

"哪有什么证件? 就是有也早毁了,什么东西能留下来? 他真是退伍老兵,这还能骗人吗?"

"没法办。"

对老兵提这件事的时候,青坡嫂很小心很委婉,但她话刚停,老兵就摇头,不停地摇:"我不去做证,我现在不是兵了。"

"你以前是。"

"那是没办法,现在我不想当兵了。"

"不是让你当兵,就是去说清楚,好领点优抚金。"

"我不该拿什么优抚金,没资格。"

"这是你该得的,没什么资格不资格的。"青坡嫂眼睛凑近他。

"我不想要。"老兵稍偏开脸。

"你要不要吃饭,要不要活?"青坡嫂的声音尖成一根针。

老兵终于去了民政局,青坡嫂和大平陪着,拿着青坡嫂从村主任那里开来的批条。"这是'上面'的任务,你得配合调查。"大平拿着那张条立在屋门边宣布,于是老兵穿上外衣、布鞋,走出屋门,由大平"押着"。

老兵不习惯外面的日光,他戴着草帽,仍眯了眼,走一步停一步,一只手不停地抹额头,好像汗流不止。

"二叔不舒服,我去找辆摩托车带你?"

老兵转脸惊恐地看着他。

"好了,自己走。"青坡嫂忙向大平使眼色,"这是配合调查,得走着去。"

老兵愈走愈慢,忽然蹲下身,额头抵住膝盖号哭起来:"我是老兵,杀过人,用枪,还用刀,杀……"

"别去了。"青坡嫂将老兵往回扯,"大平,别去了。"

老兵被青坡嫂和大平搀回家。

"二婶,二叔的优抚金不要了?"关了杂物间的门,大平在院里走来走去,"至少是一种添补。"

"让你二叔这样去,我宁愿不要,再说,也不一定就拿得到。"青坡嫂说,"我多种点番薯,多养几只鸡就是了。"

"大平,想想有没有别的法子。"好一会,青坡嫂又说,"他们就要一个证明,哪个不知道你二叔就是老兵?连名字都改成老兵了,还能假?因为这个拿不到优抚金,说不过去。"

"都知道二叔是老兵,可哪个知道他在哪支队伍?二叔又从不提。再说,就是有人知道,肯替二叔去说,不一定办事人员就相信,空口无凭,最好有张什么证之类的,二婶知道的,证比什么都要紧——不过,二叔哪来什么证?"

"哎呀,我糊涂了,忘得这样干净。"青坡嫂突兀地惊叫起来,"好像有那么一张,不过得找找,太久了,你二叔放在一件衣服里,包好了塞在阁楼杂物堆里。"

那个下午,青坡嫂和大平用半天时间掀了阁楼杂物堆,当青坡嫂举起一团黑硬的东西时,两人也凌乱成杂物的一部分。

失去形状和质地的军衣,几乎无法展开的证件。

办事员在揭开粘成一片的几折纸时,青坡嫂踮了脚,提了嗓:"没错吧,当时政府发的证。"

办事员终于展开那张即将成碎片的纸,看了一眼,看看青坡嫂,又低头看一眼。

"不是我们的队伍。"办事员说。

"嗯?"青坡嫂看办事员,然后看大平。

"你看看是什么党。"

大平凑过去看了一下,接过那张纸,扯着极力想说什么的青坡嫂出门。

"你二叔傻,怎么就入了那个党?"一路上,青坡嫂喃喃念着,将这句话带回家,带给老兵。

"我要参军,要杀鬼子,知道吗?"老兵扔下编着的箩筐,绕着青坡嫂转圈,"党跟这个有什么关系?要杀鬼子,我要参军——我得到枪,还带了刀,噢,刀和枪……"老兵抱着头蹲下去。

"不说,再不说这个了。"

在老兵面前不说,青坡嫂还是去民政局面前说,她将老兵的话转给他们,让他们评评理,说若是他们,那时找谁去。

没人回答她的问题,她就一直问。直到人家说,可能会有政策的,回去等等吧。青坡嫂于是等下去,一年半载去问一次,像人世里最要紧的事。后来,她跑不动了,便由大平去跑。

现在,大平说有点眉目了,没有力气的青坡嫂突然很想大哭一场。

"就算有,估计也不会多。"赤脚洪说。

"不管多少,若真领到了,第一个该先付你药费,都不记得欠下多少了。"青坡嫂用力揉捏了下鼻子,说。

赤脚洪放了碗,收拾着药箱:"再说吧,领到了请我吃顿焖猪脚是正经。"

"说正经的,是得先还些了,我明天跟阿聪要点,先给你送过去。"大平说。

青坡嫂摇头:"大平,别,这些事都让你难做了,你也是六十多的人了,管不了许多的。"

"先看好老兵兄吧,这次他若好就好,若不好能不能挨过去就难说了。"

四

青坡嫂端粥进门时,老兵刚刚睁开眼。青坡嫂放了东西,扶老兵起身,指着天窗进来的那柱亮色,说:"今日的天好,停了两天雨,院里也干了,有力气走走?"

老兵抹了下脸面,今天脑门轻松不少,身子也清爽了:"我自己下床洗脸。"

"算你贱骨头耐熬,赤脚洪说,若好便好,若不好……"

老兵的一双眼睛从毛巾后露出来,看着青坡嫂。

青坡嫂咳了一声,说:"喝粥了,瘦肉粥,拿了这块肉,大平该又被儿媳说难听话了。"

"儿媳妇说他做什么?"老兵漠然地问。

"说了你也不明白,多吃点吧,补补身子和精神。"

喝过粥,青坡嫂扯开老兵刚拿起的竹片,说:"该出去放风了。"

"这么早就放风?"

以前一般在半晌,或晚饭后的黄昏,青坡嫂忙家里家外的活,那些时段大平也清闲点。今天青坡嫂想让病后的老兵活动活动。

"你病了好些天,一连几天没有放风,今天可以在外面多待,想待一整天都成。"青坡嫂扶了他出门。

大平已经来了,待在院子一角捣鼓一个录音机,他冲老兵和青坡嫂点点头。老兵冲他弯了弯腰,很放心的样子。这么多年,老兵"放风"时总是大平守着,他代表了"关押"。大平还年轻的时候,把这样的"看守"当成重负,有时他忙着自己的事情无法分身,老兵便不肯放风,说没有"守卫",不能私自逃出"牢房",青坡嫂只能让大平尽量挤时间过来"看押",让老兵不定时出门活动,晒晒日头。大平在一年年老去时习惯了老兵的放风,说也成了他的放风,他搬一把椅子坐在院子一角,或卷烟抽烟,或修理锄头铲子,或端一盆花生剥壳,手头忙着事,心里闲闲的。

"放风"的老兵在院里走来走去,四处摸摸看看,像一个没见过世面的好奇孩子,偶尔会看一眼大平,眼神怯怯的。大平不看他,他慢慢自在起来。

院子用细竹围成密密的篱笆,青坡嫂按季节在篱笆上蔓了苦瓜、角瓜、黄瓜,篱笆边种了豇豆,种了花草。老兵"放风"时,她就蹲在篱笆边打理这些瓜菜花草。老兵逛几圈后就在青坡嫂身边蹲下,青坡嫂推过一把极矮的木凳,说:"这些是上面让种的。"几十年前,这句话青坡嫂是必说的,老兵听了就点头、微笑。他坐在篱笆边,低头试图找出蚯蚓、虫子。他总是讲起小时候的事,怎么捉住虫子,绑了线,让它在地上爬着耍,逗引鸡一晃一晃地追,怎么把蚯蚓挖出来又埋进土里,言下之意,还想重温一下这种玩法。青坡嫂就笑他:"你以前还小,现在这双眼睛还想看见这些东西?"他也笑笑,拿了小铁铲松土,给瓜菜加肥料。每每这时,青坡嫂就觉得日光停了,日子也停了,她真想这么停下去,总忍不住抬脸看看天,毫无理由地笑起来。

但日子没停,日光也没停,日头很快顶在脑勺了,青坡嫂扶着篱笆起身,拍着手说该做饭了,让老兵别老坐着,再走走。

老兵惊醒般地仰起脸,说:"我该进去了。"

"这么多天没出门,再晒晒日光,让屋子也通通风,赤脚洪说潮气太大了,大平在这看着。"

"该写悔过书了。"老兵颤颤地往屋里走,青坡嫂还在后面说什么,他已经关了杂物间的门。

青坡嫂跟进去:"你想回屋也行,别写那个,写几十年了。编竹凳吧,前段时间做的那两张竹凳倒很好出手,亏得那两张凳,才买了油和肥料。"

老兵半跪在床上搬床头的铁盒,纸、笔和写好的字一直装在盒子里,青坡嫂的话他没听进去。他将小方桌推到天窗的光柱下,搬了椅子,埋头写起来。

"我说别写了。"青坡嫂烦躁起来,"你向哪个悔过? 有什么好悔过的?"她想扯开他的纸。

"我该悔过。"老兵猛地抬起脸,瞪直了眼睛,"这事没做成,我就出不去。"

青坡嫂放开纸,慢慢退出去。

老兵用的一直是铅笔,糙黑的手握了笔,极用力,半个人趴在桌上,像刚学写字的小儿。要写的东西,在脑里旋搅,发酵了几十年,词句想得很快,但写得很慢:

我参了军,杀了日本鬼子,不记得杀了多少,有时枪开了,枪子乱飞,不知道倒下去的死没死去,杀红了眼,哪记得清?他们该杀,谁都知道他们是什么样的人——不对,他们不是人,他们杀我们的人,我亲眼看见,后来还听过那么多,大人小孩,男人女人,那么多,好像杀的不是人而是鸡鸭呀——不对,我们不会那样杀鸡杀鸭,他们不当我们是人,也不当我们是畜生,不知当我们是什么。所以我们杀他们,除了杀掉他们,还有什么办法?

天啊,我杀了人,我也成了杀人犯,怎么逃也逃不掉的。我们的人也死了,也记不清多少,我只觉得死得更多,一个一个倒在我身边。我也该倒下去的,因为我杀了人,我认罪。

不过,能怎么办呢?我想不通,我问了很多人,没人告诉我。要是再回去,我还是得参军,还是得杀,还是会变成杀人犯。

怎么杀的人,我没法再想,可是我该想的,这是我该受的。老天给我脸上留了这道疤,就是要我记得,我……

老兵放下笔,上半身扑在桌上,双手抓着桌沿,好像要把桌面掀起来。那个过程已经写过无数次,逼着自己再写,重复,但每每触到这里,笔头还是无法继续划拉。

那场战斗已经失去了战斗的样子,只剩下往前的念头,眼睛里全是火的烫和血的红,敌人扑上来,老兵他们也扑上去,枪还匆匆忙忙开着,看清对方眼睛的时候,刀就亮出来了。老兵说那时世界已经没有了人,没有了感觉,只剩下念头,杀的念头,你死我活的。老兵那一刀砍出去时,对面凄厉的叫声让他睁开眼,他看到对方的脸,鼓突的眼、带血的面颊,仍维持着惊叫形状的嘴,老兵手一抖,砍在对方大腿上的刀竟拔不出来。老兵说,那一瞬,他想到了人。这念头一起,他全身颤抖起来。他和那个日本兵对视,觉得整整有一天那么长,他好像第一次看到对方有人的身体,有人的脸面,他想放过这个人。

"我想放过他的。"后来,老兵无数次陈述,"他是个人,已经被我砍伤了,真想放过他的。"

老兵咬牙拔出刀,他的打算是这样,拔出刀后立即转身走开。刀离开对方身体那一刻,老兵又听到一声惨叫,事后,他一直弄不清楚那是对方发出的,还是自己发出的。随着那声尖叫,老兵感到脸上一股锐利的凉意,凉意极快地转为灼热,他的一只眼睛被血糊住了。老兵大吼一声,手里的刀刺出去,他未被血糊住的一只眼睛看到对方倒下的身体,沉重而肮脏,他松了手,刀插在对方的胸口上。接着,老兵也倒下了,他想,自己肯定也是沉重而肮脏的。

老兵不相信自己已经醒来,直到看到夜的浓黑,触碰了身边冰冷黏腻的尸体,一列硬邦邦的灼热从左眉角爬到右眼下方,他找回了真实感。结束了。老兵想,又绝望又欣喜若狂,一切都结束了。

"结束不了的。"在后来的岁月里,老兵无数次重复,"我自己骗自己,事情改变不了的。"他将写下的东西念出来,念得身子瑟瑟发抖,嘴角发颤,念一句停下来喘喘气,整个人摇摇晃晃的。青坡嫂不让他念,要拿开他写的东西,他撑开眼皮盯着青坡嫂,盯得她不得不走开。他终究念不下去,让青坡嫂念。青坡嫂接了纸折起来:"我吃饱了撑的,念你这些东西?这是过去的了,蒙了灰,破了烂了变成了尘土,你做什么还要这么收拾起来?"

"你念。"老兵看着青坡嫂,做好准备的样子,"我听着。"

"我不念。"

"我要还是不敢听,不敢念,就没资格出去,是有罪的。"

"我让大平念。"青坡嫂开门出去。

大平是极不愿意念的,说念了那些东西,总会好几天睡不着。他说:"二婶,你喊别人念吧,我念着觉得自己也该写写悔过书的,我本想缩了头缩了身子过日子,无风无浪的,二叔太较真了。"

"别说你二叔,说到底,你也是较真的。别提你二叔那些东西了,这么多年,大平你做得足够了,睡不着做什么?"

大平在屋里念着,青坡嫂想,说不定晚上又得喊赤脚洪过来,额头该又烫了。

五.

老兵一直在恢复,赤脚洪又过来一次,说老兵身体底子还是好,这关顺利得他都想不到。

"还没到时候,我还得……"老兵喃喃说。

"该打嘴的话,九十岁的人了,说话还小孩似的口无遮拦。"青坡嫂把粥推到他面前,"好好喝粥吧,最后一点瘦肉了,大平再拿来也不能接了,早上我从他屋后过,他儿媳妇正说难听话呢——赤脚洪,你的诊费和药费不知得等到哪个年月了,我老脸老皮的,也不好意思开口了。"她提了半篮鸡蛋给赤脚洪,"这算不得什么,不过还算新鲜,听说现在城里人都稀罕这种家养鸡蛋。"

"青坡嫂你这是打我脸了。"赤脚洪背着药箱,走出院门后猛地关上门,隔着篱笆说,"你现在不该操心这个,我家也养了鸡的,家养鸡蛋还是吃得上一些的。对了,这些你和老兵兄多吃点,就不用总找我赤脚洪了。"

青坡嫂大笑:"不想找了,还是少跟你来往好。"

后来,青坡嫂嘲笑自己话说快了。隔天她就去找了赤脚洪,还由赤脚洪的儿子用摩托车送回来。

那天中午,青坡嫂端粥进门时说:"我把菜切了放粥里熬,吃菜粥吧,没心思弄别的了。"

编着竹椅的老兵抬起头,发现老伴走得一歪一歪的,忙接了粥锅,问:"风湿又犯了?"

"不止,前段时间雨不停,湿气重,腰腿总麻麻的,我管得了吗?十多年都这样,惯了。要命的是早上下田摔了一跤,脚扭了。"

"伤得重?"老兵低头看青坡嫂的脚。

青坡嫂拉起裤腿,脚踝处裹了厚厚的纱布,鼓得高高的,她晃着头:"正说不要找赤脚洪了。"

"别下田了,总扭着不好,骨头又老了。"

"不下田吃什么?"青坡嫂说,"骨头老是老,还是怕饿怕冷,还不是为了这两把老骨头?"

老兵不出声了,埋头喝粥。

"要是太淡,配点乌榄。"青坡嫂推推碟子。

"今晚吃什么?"老兵突然问。

青坡嫂愣了一下,老兵很少问这个,她笑了:"一时倒饿不死,菜园里还有青菜,灶间还有点豆腐。"

"还有鸡蛋吗?"

"噢,你不说我倒忘了,留了半篮鸡蛋的,前天赤脚洪没收,还放在家里,一向自家少吃,刚刚想起来可以煎两个的。"

"我不用。"老兵说,"今晚你自己弄一个吃,以后你每天吃。"

青坡嫂哧地笑了,说:"变得这样有良心,好,今晚吃鸡蛋,该吃就吃吧。"

端晚饭时,青坡嫂刚进门,老兵就迎上去接装饭菜的竹篮。放了篮子,他又趴回桌前,继续写悔过书。一看那个,青坡嫂的语气又差了:"又在弄这个,这几张竹凳你要做到什么时候?"

"这件事得先做了,怕没时间了。"老兵笔没停,说。

"吃饭,不吃命都没了。"青坡嫂摆了碗盘。

有两个煎蛋,老兵看着老伴吃下一个,把自己那个夹进她碗里。青坡嫂夹回他碗里:"你做什么?吃吧,也就这半篮鸡蛋了。昨天把老母鸡都卖了,几只鸭子也卖了,买了一床新被,剩下的也就够买几只鸡崽鸭崽了,要等鸡崽鸭崽再长成生蛋,可有的等了,还得有命等。"

老兵仍把蛋夹给青坡嫂:"我不饿,整日这么坐着,吃多了积着不消化。"

"还不消化?"青坡嫂鼻子一哼,又把蛋夹到老兵碗里,筷子一戳,塞进粥里,"你还有积食的命?赤脚洪说你这把老骨头缺营养,像菜没了肥料,要蔫。不单没肥料,还湿冷过度。今天有些日花,新被我晒了,一会抱进来,床上那堆破棉絮就塞在老床四周,挡挡风。本来还想买件毛衣的,但没办法了,下次吧。前寨淑芳婶给了我们他儿子的两件旧毛衣、几双旧袜,还有双旧鞋,都还是好好的东西,知足吧。"

"新被你盖,衣服我也不用,毛衣你套在外衣里面,我整日待在屋里要什么衣服鞋子?"老兵小心吃着鸡蛋。

"想气死我就这么拗着来吧。"青坡嫂收拾着碗筷。收拾过后,她并不走,趁老兵转身时拿被子盖了床上的纸笔,坐在桌边,拿起竹器编着,有一句没一句地谈,不让他有写悔过书的时间。

青坡嫂时不时腾出手捶腰,谈到这几年腰背腿脚愈来愈不行,一年酸疼的时间愈来愈多,这么下去,干得动的活愈来愈少。话头一开,她的抱怨就止不住,忘了平日和老兵说话的界限。她说连老天也不顺人意,今年分到的两棵青橄榄收成倒是很好,寨里几个人帮忙收了,喊大平带到镇上,价格却降那么多,要不是别人都白帮忙,连工钱都算不过。去年价格倒好,可只长了那么一点,还被人偷去好些。稻子和番薯种不动了,自家吃的都不够,去年一整年就卖那么点花生,卖卖鸡蛋和鸭,编的竹箩筐又很难卖出去。现在好了,母鸡和鸭都卖了,接下来的日子——青坡嫂顿了一下,深呼一口气,晃晃头,再说吧,往前走着看看。

青坡嫂突然意识到老兵久不出声,停下手里的活,抬脸,老兵在桌边坐着,双手搭在膝盖上,目光散散的。

"我说得过分了,再怎么样,总有口吃的,这两年我们领着一点低保,好歹也能凑点数。"

"你卖东西？做生意？"老兵敛了目光,转过头,惊讶地看着青坡嫂。

说错话了。青坡嫂手上的竹叶飞快地扇动,没时间答应话的样子。

"你一直在做生意,青橄榄和花生种了卖,鸡和鸭养了卖,竹箩筐做了也是卖的?"

"不卖我们吃什么?活得到今天?"青坡嫂放了手里编着的竹器,声音变得又糙又高,"你就会活在自己的年月里,扯你那说不透的心结,由着我拖扯你,大半辈子了。"

老兵仰起头,天窗一团浓黑,夜又厚重又沉默。

青坡嫂给老兵端一杯水:"我说气话的,我腰又酸,脚又痛,火气就上来了。我们不谈这个了,睡吧,赤脚洪说你得睡足觉,吃足饭,盖足被,晒足日头。"

"那是真的?"老兵不动,看青坡嫂。

沉默了一会,青坡嫂点点头:"外面往前走好长一段了,早让做生意了,也不是说只是做生意什么的,反正是能按自己的意思挣日子,过日子了,全都这样,你放心。"

"有批条吗?"

"人太多,批条打得过来吗?有公示的,好多年前就贴了,大平家的电视机说了,隔壁陈婶的收音机也说了。"

老兵脖子垂下去,双手仍搭在膝盖上,腰半弯,许久不动一下。

"快睡吧,我明天去村主任那拿批条——我叨这些有的没的做什么?"青坡嫂收起竹片,给老兵整理床铺。

"好事啊。"老兵抬起脸,笑起来,"怎么就让这么走了?我不知道,不过总归是好事,各各过日子,正正经经干活,好。这么着,我出去后就能这么过日子。你放心,等我出去就好了,我种田、养猪……"

"像一个人该活的那样活一次。"青坡嫂在床边坐下,说,"种几亩田养人,种几畦番薯藤养猪,种点花生榨油,种点青菜配饭,养一群鸡,养一群鸭,平日存点小钱,生病时吃几包药,台风大雨时修修屋顶,和人家红事白事来往得了,买得起几件顺眼的衣服。年头不好时,也得熬熬日子,家长里短的也和女人吵吵,骂骂看不惯的人情世事,抽烟或喝茶,有一样改不了的瘾……你这些我能倒着念了,念了一辈子,说什么这就是你要的日子,现在路到尽头了,你过了吗?"

青坡嫂一只手扯着老被角,忍着不去擦拭眼角。

其实,青坡嫂只说对一半,老兵这些话她是说得一字不漏,但这是老兵后大半辈子的话,很久以前,老兵对日子的安排不止这些,后大半辈子里省去了一些内容。青坡嫂很清楚,但她从不提,也不让自己记得,那些内容是在他们的儿子平顺死去后省掉的。

很奇怪,想起儿子,老兵最先想起的是儿子几个月大的样子,抱在女人青坡的怀里。那时,老兵鬓角发硬,年轻得无所畏惧,一眼望过去

■ 什么都没发生

世界全是日光,他即将离开,冲眼睛红肿的青坡笑:"哭什么?我是去打鬼子的,又不是去做贼,几年就回来了,说不定一年半载把鬼子赶走了。赶走了我就回家过日子,自己做自己吃,一年存一点,等我们平顺长大,娶媳妇,生孙子。"年轻的老兵捏捏儿子面一样软的腮,"说不定这小子是个有出息的,提携我沾点光,老了晒着太阳还能跟老伙伴吹吹牛。"

老兵果真几年后就回家了,那天晚上从死人堆里爬出来,他跌跌撞撞摸了很长一段路,昏倒在一片树林里,醒来时,鸟声和地上光斑一样,一跳一跳的,又干脆又清朗。老兵就那么躺着,高高的草半裹着他,他有一种天下太平,时间停止的错觉。起身时,他起了一个念头,并且只剩这个念头——回家。他脱了军服,往家的方向走。他对自己说,找不到部队了,鬼子杀光了,和自己人倒成一片,血肉都混了。他应该回家的,除了回家,他还能做什么呢?

他一路听着自己那支小队的消息,全部战死。他还听到,日本投降了。那些声音很遥远,遥远得似乎跟他无关,但让他顺利地回了家。回到家,他按一路听来的消息说,自己人都战死了,他是漏掉的一个,鬼子要走了。

回来后他种着田,过着日子,儿子能顺着他的大腿爬上他的肩膀了,但不对头,他弄不清哪里不对。他一直对青坡嫂谈那样的生活,他说,该像人那样活一次。然后,他开始描述像人一样的日子。青坡嫂提醒他:"这样的日子现在就能过。"老兵摇头:"有些事还没完。"

"什么事没完?"

老兵沉默,任青坡嫂气得骂起来。

再后来,老兵进了这间屋子,像人那样活一次的话仍挂在嘴上,只是挂在嘴上而已,他总是这样开始叙述:"等我出去……"

"没时间像人那样活一次了。"青坡嫂说,收拾了碗筷一拐一拐地出门去。

六

青坡嫂隔天送早饭时比平日晚得多,她进门时老兵没看到她的脸,看到弯得拱起的腰,一歪一歪地拱进门。老兵走过去接了篮子。青坡嫂拱到床边,一只手撑了床沿坐下,终于稍稍抬起脸,看见老兵还立在门边,挽着篮子,脸色不对。

"我还死不了,昨晚腰突然痛起来,骨头该进土的了。"青坡嫂朝老兵招手,把粥提过来。

"赤脚洪看了吗? 怎么回事?"

"看了又怎样? 骨头生锈了,神仙也没法,还不是老毛病?"

老兵盛了碗粥放在青坡嫂面前,极少见地给她夹了花生米:"这次怎么这样严重?"

"以后会更重。"

老兵低头喝粥,喝得呼呼响,额头渗了细密的汗珠。

"大概真要死了。"青坡嫂放下碗,看着老兵,"这两天全身没一处舒展,昨晚我梦见平顺了。"

老兵放下碗。

"我要是死了,哪个照看你?这两天大平身上也不舒服,一直在床上躺着,我要去了,这门可能再没人来开了。"青坡嫂指指那扇摇摇晃晃的旧门。

"你不会死。"老兵给青坡嫂添了一碗粥,"我们还要……"

"吃鸡蛋吧。"青坡嫂把碟子往他面前推,"老天安排,能由着你说?你要真想我过两天舒心日子,就走出这个门,过几天人的日子。"

"还没到时间,我的事还没了,出不去。"

"你的事早了了。"青坡嫂再次放了碗筷,"这么说吧,你的事在他们那里算不上什么事,早把你放了。那年,是大平来说的这件事,想想,好好想想。"青坡嫂手撑了桌沿,上半身从桌面上探过去,多年来无数次失败的尝试没有消退青坡嫂的希望,她再次引导老兵的记忆。

大平是半夜敲响院门的,他扯了青坡嫂打开杂物间的门,拉着老兵:"二叔,出来走走,闻闻外面的味道。二叔,先把你关起来对你是好的,有我在,至少没吃太大的苦头,要是落在别的造反队手上,就难说了。二婶,你说得对,我是想弄点功劳,保保自己,可说到底也保了二叔。"

"大平，我没再说你什么，你二叔不是关着了吗？日子也不短了，又拉他去哪儿？"青坡嫂攥紧了大平的胳膊，"他是你二叔，你阿爸的阿弟。"

"二叔想去哪就去哪，不用关了。"

老兵不动，青坡嫂立到老兵身边去，也不动。

"造反队倒了，散了。"大平在门边跳着，"没人关二叔了。"

"还有别的造反队。"青坡嫂说。

"没了，都没了，听说上面变了风向，都在放人，平反，要不是我们那个造反队不成气候，像二叔这样的，肯定也能得平反。"

"平反了？"青坡嫂扑到大平面前。

大平摇摇头："二叔是造反队私自打倒的，上面没备案，连案都算不上，也没什么平不平反的。"

"没人管着了？"青坡嫂晃着大平的胳膊，"现在就能出去？怪不得好长一段时间没人来审什么了。"

"现在就出去，二叔。"

老兵摇摇头："我的事还没完，悔过书还没写好，我不能出去。"老兵走回桌前，点了煤油灯，拿出纸笔，俯下头写起来。

青坡嫂的引导总把老兵引向与她意愿相反的方向，像每次提起的那样："老兵匆匆放下碗筷，我把事了了，然后出去，好好过日子。"他到床头摸纸笔。

青坡嫂拐着身子过去拦,没拦住,老兵已经推开碗筷,铺开纸。

"还有完没完?"青坡嫂扬高声音,咳嗽起来。

老兵仰起脸,受了惊吓的样子。

"再没人来把你放出去了。"青坡嫂手指点着那些纸,"也没人来看你这些东西,除了你自己,没人记得,你就是墙角一张蜘蛛网,还是破的,没有人去踩,连蜘蛛都去织新网了。忘了,全部人都忘了这些事。"

"怎么能忘?"老兵也点着那些纸,"不能忘的,我杀了人。"

"那是鬼子。"

"鬼子也是人。"

青坡嫂揪住老兵胸前的衣,喊起来:"你要把我也拖死吗?你放心,我离死也不远了。平顺已经死了,你还要怎样?"

"平顺。"老兵立起身,"让平顺来一下,我有话跟他说。"

青坡嫂一拐一拐走到床前,扑倒,将脸埋进被子里。

老兵在屋里绕起圈,等待儿子到来。多年之前,他就是在这个房间,这样等待着儿子平顺。儿子一连几天在寨后小山坡的歪脖子树下静坐,吃了晚饭就去,上工一样准时,现在,老兵让青坡嫂将他喊来。

平顺进门后随手把门关上了,老兵沏好了茶,坐在桌边,是要好好谈谈的意思。平顺喝了茶,继续沏茶,但不出声。

老兵先开口:"平顺,这些天怎么了?"

"阿爸,你站出来吧,不止一支造反队想请你的,你战斗过,有说话的本钱,拉一个队别人不敢怎么样。"平顺突然放下茶杯,紧盯着老兵。

老兵不看儿子,用心喝着茶:"平顺,以后别再提这话,这些都是胡闹,你该好好过日子。"

"阿爸,你觉得现在有办法好好过日子吗?"

老兵沉默了一会,说:"阿爸可能没办法,你是能的。"

"阿爸既知道没法好好过日子,就该站出来,先下手为强,有多少人想把你按下去,他们不会让阿爸再安静多久了。"平顺双手按在桌面上,立起身,双眼闪着光。

"平顺,你弄错我的意思了,我没法好好过日子跟别人无关,我也没想什么站不站的,他们按我做什么?"

"阿爸,你想得太简单,不是你想怎样就怎样,你会被斗的,你这样的,他们怎么可能会放过?"

"我不想再斗了。"老兵走到儿子面前,将双手放在他双肩上,胸口突然一动,想不起多久没这样近距离地看过儿子了,"平顺,你也不能参加,别成天把'斗'字放在嘴上,你该像人那样活着。再说一次,别斗了。我更不可能斗,我杀了人。"

"那是小鬼子,阿爸怎么就想不通?"

"现在不是什么小鬼子,是自己人。"老兵声音往上拔。

"你不斗,别人会斗你的,阿爸,你会死的。"

"平顺,你想严重了。"老兵重新坐下沏茶,"就是真会死,也是该的。"他招呼儿子坐下,看来,想真正和儿子谈谈不是那么容易。但平顺不想再坐了,他喝了老兵沏的几杯茶,说:"阿爸,你要保护好自己。"转身开门出去。

当夜,平顺就跑了。后来,老兵和青坡嫂才知道他跑到隔镇找要好的同学。隔天,老兵和青坡嫂暗暗借问,没一点头绪。老兵想出门去找,青坡嫂说:"这么出去反惹人疑,再说,你到哪里找去?"老兵茫然地看着青坡嫂。青坡嫂说:"他早想跑的,就是找到了他会跟你回来吗?回来又怎么样?只能先由他去,等你这边风头过了再想法,这两天对你说东说西的话又多了。"

再听到儿子的消息,是儿子去世了。那时,老兵已经被关在队间,被审了几次,审问中也有关于儿子的。不知是哪个人进来,说平顺死了。老兵很久没出声,好像这句话进入他的意识再加以理解需要极长的时间。

"平顺死了。"进来的那个人又说,老兵双腿一软,想说句什么,但喉咙被什么塞住了,怎么也发不了声音,哽得他脖子一伸一伸的。

"让我去看看。"又过了很久,老兵咳出这句话。

老兵扶着儿子的头,想扶他坐起来,儿子的脸满是泥巴和血迹,他冲昏昏沉沉的青坡嫂嚷:"也不晓得给平顺洗个脸。"不知谁端来一盘水,放了条毛巾,老兵将儿子放平,给儿子擦脸,额角到下巴,眉眼到鼻嘴,耳边到脖颈,擦得极细心。边和儿子细声谈着什么,断断续续的,周围的人只听到些零零碎碎的字眼:"过日子,生活,以后……"

带平顺回来的几个人蹲在旁边,一个抓住了老兵手里的毛巾:"阿叔,我们和敌人战斗,平顺很勇敢,他的腰被棍子敲了一下,往后倒,后脑碰了一块石子。他也算是英雄……"

"啪!"老兵突然扬起手,抽了儿子一巴掌。

周围蹲着的几个人往后退,青坡嫂则扑上去,尖声号起来。

"让你别斗的。"老兵又抽了儿子一巴掌。

青坡嫂扑到老兵身上去。

老兵扶住青坡嫂。

"别倒下,还有日子得好好过的。"老兵背对儿子,再没转身看一眼。

有一段时间,老兵不肯跟青坡嫂到山上给儿子上坟,他在屋内绕着光柱转圈,像现在一样,等待儿子回来,要与他好好谈谈。他就那么转下去,半天也不停。

"谈什么呢?"青坡嫂问。

"谈谈日子。"老兵说,"他该像个人那样过过日子,他不懂事,太傻。"老兵转得更急了。

青坡嫂搬了两张椅子,自己坐下,拍拍另一张:"说吧,好好谈谈那样的日子。"

老兵坐下,表情开始放松,眉眼带了笑意,身体变得舒展,他又谈起种田,卖东西,积点钱,谈闲时怎样喝茶,讲讲古人古事,讲讲世事人情。

有时,青坡嫂会顺水推舟,说:"是该和外人来往来往,喝喝茶,我去喊隔壁陈叔和老乌兄,你出来,一起到正屋尝尝新茶,阿聪孝敬大平的,大平专给你留了半斤。"青坡嫂说着要去开门。

老兵恍然回神,猛立起身:"还没到那时候,事还没了,我没资格过日子。"他转身去摸找纸和笔。青坡嫂有时跳起来骂他几句,有时开了门出去,捂了脸,蹲在门外,半天不动。

七

傍晚,青坡嫂进来时,大平扶着。大平让青坡嫂躺着,由他给老兵送晚饭。青坡嫂摇摇头:"你一个人去送,他不自在。"大平低了头。青坡嫂忙说:"大平,二婶没别的意思,就是你二叔这人,死脑筋,现在该说脑筋是坏了,你又不是不知道。"大平笑笑:"我扶二婶去。"大平一手搀着青坡嫂,一手挽着装饭菜的竹篮。放了东西后,又去提了水,拿了蚊香。

大平点了蚊香,倒好了水。青坡嫂勾着腰坐床边,对老兵说:"洗脸吧,我侍候不动了。"

"老兵说,你别动,我自己来。"

"也动不了了。"青坡嫂说,"我是等死了。"

老兵紧张起来,把拧得半干的毛巾扔回洗脸盆,在桌边坐下,拿起笔,俯下身又写。他显得很急,好像这样能争回一点什么东西。

青坡嫂望望大平,头垂下去,整个人缩成一团。大平让青坡嫂先吃饭,青坡嫂不出声,他便将蚊香往老兵脚边挪挪,在桌边坐下,面对着老兵。

老兵头顶的灯泡蒙了很厚的灰尘,灯光蒙蒙的,比以前又暗淡了一些,但总算是灯泡。之前很多年,他们一直用着煤油灯,老兵凑在灯下写悔过书时,俯得极低,鼻尖几乎要触着纸面了。大平跟青坡嫂说:"二叔和一些年轻人一样,近视了。"青坡嫂对近视没概念,干脆地一挥手,说:"反正眼睛是坏了。"大平就动员青坡嫂用电,青坡嫂想了想,说:"一个月得多卖不少鸡蛋。"大平说:"这个省不得,二叔的眼睛这么下去,真会坏。"他说电费由他出,拉几个灯泡用不了多少。青坡嫂又想了想,决定只在老兵待的杂物间里拉一只灯泡。她说,我每天早早睡觉,要灯泡也没用。大平最终让人拉了三只灯泡,灶间、正屋、杂物间各一只。近几年,阿聪交电费的时候,就顺便把老兵这个户头的电费交了。

大平凑近老兵。前些年,老兵多在用过的日历纸背面写,近些年,大平的孙子上学了,他把孙子用过的作业本拿来,老兵就在背面写。笔一直用铅笔,也多是大平的孙子用过了丢掉的,极短,老兵自己用竹枝接长了写。铅笔芯写得很钝了,字又挤在一起,大平看不清他写的什么,只看见模糊的一片。他问:"二叔,你知道你在写什么吗?"

老兵点点头:"怎么能不知道?"

青坡嫂说:"他那是写的吗?他是一个个刻在胸口的。"

大平想想也是,每次他自己念悔过书给他和青坡嫂听,几乎都不看手里的纸。

"二叔,你记得自己写的,又写了这么多次,别写了吧,够了。"

"快好了。"老兵急起来,手又不听使唤一样,动作笨拙,别别扭扭的,这么多年了啊。

屋里静了半天,青坡嫂扶着床沿缓缓起身:"大平,你扶我回屋,我去躺了,让他这么写着吧,我管不了了,说不定明天就起不来了。你也不必给我们收尸,这么多年难为你了。你一把火烧了这屋子,就算把我们葬了。"

"我要交悔过书。"老兵突然扔下笔,说,"你让人来。"他想起身,但腰直不起来了,脖子也没法灵活地抬起,双手撑着桌沿,僵成一个姿势。大平忙扶住他,让他先坐下缓口气,再慢慢抬起。他只是说:"你让他们来,我悔过书写好了。"

"我能让哪个来?"大平看着青坡嫂,没人想再揭这事了。

多年前,青坡嫂和大平想尽办法想让老兵相信一切结束了,要他走出"牢房",曾让大平央过当年那个造反队的人,让他们到老兵面前,向他宣布,他已经无罪,可以走出牢房。他们耳根忽地烫起来,瞪住大平,确定他不是故意提旧事之后,他们的目光软下去,脸侧开:"事已经过去了,以后也别提,你自己让老兵叔出来就是,还来问我们做什么?"

"我二叔一根筋,不肯出来,认定自己还没得到释放,你们去了,他可能就信了。"

"这事哪个还当真?去了不就当成一件真事了?你们给他开个门不就成了?"

"不成,我二叔当真了,我开门他也不出来,说他的事还没了。"

"他脑子坏了吗?"他们的语气差了,受到愚弄的样子。

"他的脑子是坏了。"大平声音低下去,脖子往下垂。

他们最终进了杂物间,拿着青坡嫂找村主任讨来的一张纸,盖了章的,宣布老兵释放,并当下打开杂物间的门。

老兵不走,只是看着他们,又疑惑又迷茫。

"我们可以过日子了。"青坡嫂说,指指面前几个人,"他们,你忘了?"

老兵摇头:"还不到时候。"他抱出装了悔过书的铁盒,拍着,说:"还没写好,就是写了,我还不敢念出口,不,一个人的时候不敢念,有些东西不敢想,就是敢去想了还是闭着眼睛的……"老兵絮絮叨叨着,打开铁盒,掀着那沓悔过书,又狂乱又迷茫。

"听不懂他说什么。"他们说。离开了杂物间,脚步匆忙而慌乱。

后来,大平再去喊他们,再没人肯来。

"这是去打自己的脸。"他们说,不看大平。

现在,青坡嫂说:"再央一次吧。"

"二婶,这种事没人想再揭,他们也都是白了发白了胡子的人,都不想往回看。"

"这次是你二叔自己提的。"

大平沉默了一会,突然说:"听说刘盛发回来了,当年他是头,若他肯来开个口,二叔肯定更安心,其他人来过了,你也知道,二叔不听他们的。"

"他肯来?"青坡嫂手撑着床沿想起身。

"难说,当年他出门经商后,听说做得不错,但他几乎没回来过。现在年纪大了,才想着回家走走吧。要他再掀以前的事,怕不容易,谁心里都有个坎。"

青坡嫂说:"总要试试。"

"我喊不动他,当年我就是他的一个小跟班,我想,他也不想见到我。"

"我去,拼着这身老骨头,撕了这张老脸皮。大平,明早你带我到他家门口。"

"等二婶好了再去,他这次回来可能不走了。"

"怕我们没多少日子了。"青坡嫂说。

刘盛发起身扶弯腰的青坡嫂,但他想不起她是谁,虽然她报了自己的名字并提示是因为娘家而得的名,他只记起有那么个地方。青坡嫂感叹着岁月把她埋得这样干净,并说起了老兵。她感觉他挽自己的胳膊僵了一下,嘴角往下拉。青坡嫂忙说这次是来麻烦他的,了一件旧事。

刘盛发抽出胳膊,侧开脸:"还有什么旧事?青坡婶喝茶,让老兵叔有空也来喝杯茶,别的不提吧。"

"他来不了,还被你关着。"

刘盛发弯腰伸手拿着茶叶,手缩回来,腰却仍弯着,有片刻保持着那个别扭的姿势。他缓缓直起脸,看着青坡嫂,她没改口的意思。

"青坡婶,以前是我们气盛,但那种环境,你也知道。有必要再掀吗?"

"我不是气话,他还被关在杂物间,你们没释放他,这么多年,他一直在'坐牢'。"

刘盛发背过身,青坡嫂挪动困难,看不到他的表情,只看到他微颤着的肩背和灰白的后脑勺,她胸口多年来堵着的一团东西突然软了,她说:"盛发,今天就是请你去跟他说一声,他时日无多了。"

"我记得——记得当时有让人放他出来的。"刘盛发喃喃着,仍没有转身。

"是他一根筋,说悔过书没过关,事没了,不能出来。"

刘盛发蹲下去,胳膊圈住脑袋,止不住了,往事冲撞得他的脑子嗡嗡作响。

当年,他们就让老兵这么蹲在面前,审他,他总不跟他们的思路走。他们采用轮流战术,一个人审了,另一个接着审,相信疲劳会使人软弱。然而就是半醒半睡间,老兵还是那些话。他冲他们点头,说:"我悔过,是的,我该悔过。"他们拿起笔,几乎有些兴冲冲。老兵抹了把脸,像要透口气,说:"我杀了日本鬼子,记不得几个了。"他们放下笔,不耐烦地提示:"不是说这个,这有什么好悔过的?"老兵点点头:"我还没真正悔过,那些也是人,我是杀了人,连几个都不记得,我该记得的,我连人命都不记得。"他拍起自己的脑袋。他们拍起桌子:"你绕圈子吗?不是说这个,你去当兵,你是国民党,你为什么不站在人民一边?"

"人民?"老兵迷茫地抬起脸,又摇头又点头,"是的,他们杀人,什么人都杀,你知道他们怎么杀人吗?我去当兵,想杀他们——哦,我是有杀人念头的。"老兵再次抱住脑袋。

"该死,又绕回去了。"审问的人喝了水,喘口气,重新引导,"现在你会重新选择吗?你会重新站队吗?"

"重新选择?"老兵念着,"可以重新选的吗?重新来还是那样,我还是会去的,我看到过他们那样杀人,看不下去……"

"又岔开了,你脑子有问题?你为什么站在敌人队伍里,你是对不起人民的。"

"是,我对不起人,我杀人,还不记得多少——不,不是不记得,是不敢记得……"老兵双眼通红,双手迷乱地挥舞,话变得含糊不清。

"没法审,你写悔过书吧。"

"写,我写。"老兵竟像得救般,急切地要纸和笔。

从那时起,刘盛发什么时候走进关押老兵的屋子,都只看到他的背影,趴在桌子上,不停地写,近乎疯狂。

"他还在写吗?这么多年。"他瘫坐在椅子上,问青坡嫂。

"还在写。"

"他怎么就不能忘?我们都忘了,他那么当真做什么?"刘盛发喘着气。

"忘了,你们倒轻松,当儿戏吗?一辈子呀。"青坡嫂喉头哽住,她竭力缓着呼吸,"不过,不是因为你们忘了,其实跟你们无关的。"

刘盛发从院门外就看到杂物间,他顿了一下,被他和大平扶着的青坡嫂往前探身子,他只能跟进去。歪斜的屋体,四面凌乱地撑着的旧杉木,窗子密密的木条,看起来是新钉的。刘盛发让大平扶住青坡嫂,他有转身要走的意思。

"他在里面待大半辈子了。"青坡嫂说。

刘盛发站住。

"他没多少日子了,你的发也白了。"青坡嫂又说。

刘盛发慢慢走进杂物间,他看到暗屋里一个更暗淡的背影,佝偻着,半趴桌上,俯头看什么。

"老兵叔。"刘盛发喊了一句,喉头发热。

老兵缓缓转过脸,缓缓起身,撑着桌沿,腰和脖子用了力,终没法挺直,就那么松垮地弯着。

"老兵叔。"刘盛发往前走了一步,又退回去。

老兵看着他,半歪着脸,脸正好在光柱里,皱纹里全是清晰的迷茫。

"刘盛发,我是刘盛发。"

刘盛发看到老兵眉眼一睁,恍然的样子。

"我来收老兵叔写的东西。"刘盛发指指桌面上那些破旧的纸,"老兵叔的事结束了。"刘盛发指着身后大开的门。

老兵看看门,又迷惑起来。

"老兵叔该出去了,过日子了。"刘盛发走过去收桌面那些纸。

老兵拦住他:"我来念,我敢全部念出来了,所有的事我都想起来了,敢一个人想着了。"

老兵开始念了,声音含了长长的岁月,又清澈又凝重。刘盛发立着,听着,不敢动一动。大平和青坡嫂立在门边,听着,也不敢动一动。老兵松了手,纸纷纷散落,他继续念着,然而声音愈来愈遥远。

翠绿的火焰

徐世宁的日子刚刚开始。

拆下第一块门板，徐世宁伸头往外看，日光未现，天色暗沉，扫过鼻头的风有点重。母亲徐凤子在里屋唤他，声音含含糊糊，意思是还早，让他再休息一会。徐世宁转头朝里"哎"了一声，继续拆门板，离开学校后，他每天都是这条街最早开店门的。徐凤子认为没必要，早也没顾客，店里又不是卖早点的，她让徐世宁多睡，年轻人最贪睡的。徐世宁整理着货品，转脸冲母亲一笑，第二天仍早起。

从学校毕业后，徐世宁接手了这家安宁百货，料理店里的所有事情。徐凤子告诉他，如果想继续念书就去上大学，她不算老，店里还打理得来。徐世宁双手搭在母亲肩上，说不想念书，想开店。他要把店一直开下去，经营成老字号，有着光灿灿的口碑，客人进店闭着眼拿到的货品都是放心的。他每天极早醒来，一块块拆下门板，在店门外站一会，街道又安静又干净，偶尔有几个早起的人，步子闲闲懒懒的，白

■ 什么都没发生

■ 314

天最初的亮色从远远的街那头浸过来,一层一层的。额头沾了清晨的凉意,人精神了,徐世宁退进店里,打扫地板,抹擦桌椅柜台,街上其他店面开门时,安宁百货已经通风透气,干净亮堂。徐世宁告诉徐凤子,顾客进了这样的店会心生欢喜。徐凤子抿着嘴笑,说他鬼。徐世宁一本正经了:"不是鬼,这是用心,用心了才有好日子。"徐凤子的笑灿烂了:"倒有些歪理,学堂里教的吧,念了书果真不一样。""学堂里不教这些东西。"徐世宁说,表情瞬间转为严肃。

徐世宁拆下第三块门板时,一个人朝安宁百货急急跑来,是柳焰。不等徐世宁问话,他挤进屋,抓住徐世宁的胳膊,先别拆。徐世宁将门板放好,边把柳焰引到桌边,边提壶要倒水。柳焰一向这样,毛毛躁躁的,时不时跑来安宁百货,报告令人激动或令人气愤的新闻,叙说他涌动的热情、想做的很多事。徐世宁听他谈,不声不响,负责给他倒水,偶尔评论一两句。

今天柳焰来得太早了,目光在店里跳来跳去,神情有点怪,他不坐,徐世宁也立着。

"快,检查一下货架上有没有洋货。"柳焰在货架间巡走起来。

"什么事?"徐世宁语调紧张了,随在柳焰身后。

"今天有游行。"柳焰猛地立住,"比较大型的,主题是抑制洋货,保护国货,会一家店一家店走过,这条街是主要路线。"

"放心,之前母亲是进了一些,但我打理店后都收起了,很多事我不参与,但我知道。"

"知道有什么用?"柳焰一只手搭在货架上,面对徐世宁,一副要好好谈谈的架势,"世宁,今天跟我们一起走吧,等游行队伍到店门口,你直接加入队伍,不必去学校集中。"

"我说过了,我不参与的,只想顾好这家店。"

"现在的形势你也明白,所有人都被拉进来了,世宁你不能这么躲着,太弱了。"

"不是躲,是选择,我选择想要的生活方式,这是我的自由。"

"自由?"柳焰举起双手,放眼望去,"你说的自由在哪? 世宁,自由是需要去争的,很多人,一起……"

"我知道你要说什么。"徐世宁截断柳焰的话,"我不想那么大的事,只想把生活安排好,经营好安宁百货……"

"你以为这家店还保得住吗?"柳焰双手半压着徐世宁双肩,"这一个月你感觉怎样,马志天不是普通的资本家,更不是单纯的生意人。"

"店是我家的,地契母亲收着。"

"要是还讲理,就不会是这种形势,世宁,规则碎掉了。"

"店是我家的,这是我的规则,马志天坏不了我的规则。"徐世宁抖了下肩,将柳焰双手抖落。

程蓝进门时,徐世宁坐在柜台边发呆,柳焰刚刚离开。

"我家的店今天要搬了。"徐世宁被程蓝这话扯回现实,这才看见心爱的人立在柜台前。徐世宁隔着柜台拉住程蓝,程蓝确定地告诉他:"我家店里的东西收拾好了,中午或下午搬走。"

徐世宁一只手插在头发里,不停抓扯。

程蓝家开茶叶店,跟安宁百货相隔几家店面,和徐世宁家的店一样,是这街上的老店了,程蓝的母亲和徐世宁的母亲一向要好,徐世宁和程蓝从小要好。去年,两家大人凑到一起,给两个人定了亲,定好今年年末成家。徐世宁对柳焰说过,程蓝和安宁百货一样,早在他的生活安排里。柳焰笑话他少年老成,还没活多大就把一辈子安排透了。徐世宁说这就是他要的状态。柳焰哧哧地笑。两个好友一谈到这话题,就往相反的方向走,只好放弃这种谈论。

"连你家也要搬了。"愣了半天,徐世宁从胸腔呼出一口气。

"我舅妈最近身体不好,表哥又出远门了,舅舅两家店顾不过来,另一家店面正要租出去,刚好给了我们,舅舅说那家店位置是不错的。"

"这不一样,那是你舅舅家的店,这里是你家的店。"徐世宁声调波动起来,"这家茶叶店从你爷爷那时就有了,两辈人的心血,怎么能说放就放?蓝蓝,我再去跟伯父伯母说说。"

"别去。"程蓝扯住徐世宁,"东西早收拾了,你忘了自己跟我爸我妈谈过多少次了?"

"我知道茶叶店对伯父的重要性,他不会那么轻易放手。"

程蓝放开徐世宁,到桌边坐住,长时间不出声,直到徐凤子起床出屋。程蓝和徐凤子告别,两人聊起来,声音低低的,满是伤感的味道。徐世宁凑过去,将话题重新拉出:"蓝蓝,不能轻易放,这么一家家地放,都守不住了。"

程蓝开始重述父母的话:"终究是老百姓,还能怎样拧? 这么拧着也不会有用,多一事不如少一事,算了吧。"好在程蓝舅舅家还有一个店面,算是退路,活在这种世事中,有退路该知足了。

"知足?"徐世宁声音猛地扬高,"逼成这样还知足,这是弱。"

程蓝瞪住徐世宁:"为了搬店,我看见我爸几次掉泪,从小到大,没见他哭过的,世宁,别这样说,还要让我爸怎样? 守到现在,我爸尽力了,其他几家早答应搬走了,这段日子你见隔壁其他店开过店门吗?"程蓝一只手捂在眼睛下面,堵住即将涌出的泪水。

马志天一个多月前放出消息,要收了这十多家店面。一个月前,他派人逐家买店。这街道是城里的黄金地段,周围住的尽是撑得住店的顾客,哪家店也不愿放手。马志天的人天天跑,软的硬的,有些店放手了。随着放手的店面越来越多,马志天的人越来越勤地涉足徐世宁家的安宁百货。十天前,随着程蓝家隔壁最老牌的银饰店的退出,只剩下徐世宁家和程蓝家。今天之后,将只剩下安宁百货一家。马志天的人早放出话了,这一个多月走的是柔和路线,之所以选择柔和,是因为建筑设计图还在做最后修改,短时间内不太急,一旦设计图完成,很多事情就很快了,会有别的方式。

他们说出"别的方式"几个字时,用了力气,然后长时间看着徐世宁,长时间不出声。这个时候,徐凤子被徐世宁安排在里屋,但她贴着屋门立着,一听到外面的沉默,整个人就倚靠住门板,脖子弯软。

程蓝的泪还是涌了出来,顺着指缝流下,徐世宁握住她的手。

"你舅舅家的店在哪儿?"

程蓝说了街名,徐世宁沉默了一会,说:"还挺远的。"

"以后,没法天天见了。"程蓝说。

"我会去看你的。"徐世宁握她的手稍稍用了力。

程蓝得回店再收拾些零碎,徐世宁送她到店门口,她转过头问:"你怎么办?这店怎么办?"

"当然是开着,开成最好的老牌店。"徐世宁冲她笑。

"蓝蓝她家也要走了。"徐世宁立在店门口,看程蓝进了她家的店,突然听见徐凤子的声音,她跟出来了。徐世宁转身进店,不让徐凤子有跟他说话的机会。

"我们可以重新买一家店的。"徐凤子紧跟住徐世宁,开了这么多年店,我们是买得起的。

"那不是我们的店。"

"我们还能怎么样?马志天他……"

"马志天没法一手遮天,看他能怎样。"

"世宁,你听妈的,忍一忍,有些事忍着才好走路。"

"想走某些路,有些事是不能忍的。"

徐世宁每天必整理货架。他手拿抹布,细细擦拭货架,检查每件货品的包装,细细摆放。他喜欢研究货品的各种摆放法,研究不同货品摆放时颜色的搭配,用他的话说,得选角度,展示货品最惹人喜欢的一面。店里所有货架这样过一遍,每天要花去他大量时间,一般在早晨开门后顾客进店前,或傍晚顾客稀少时段。这样的时间里,徐凤子坐在桌子边,绣着一些香包,店里的灰尘和时光一起安静了,空气又清凉又干净。

徐凤子有时停下来,捏着针,看着儿子的背影出神,嘴角突然抿出笑意:"这么天天又擦又摆,你也不累。"

徐世宁转脸冲徐凤子淡淡一笑。

"你说你一个后生仔,哪来这份耐心?"徐凤子的针又不紧不慢地动起来,"我们的店是街上最干净的了。"

"没什么耐心不耐心的,这是我们的店。"徐世宁弯下腰,在水盆里清洗抹布,"要让客人愿意来,来了愿意待着。"

不管货品是否有合意的,进了店的客人对徐世宁没有不满意的。徐世宁挂在嘴边的话是:不管生意成不成,一定让客人出门时记住安宁百货。事实上,进了安宁百货的客人,很少做不成生意的。总有那么一种客人,原先进店只是看看,在徐世宁的引导下,发现还是需要买些东西的,店里的东西都是家用品,总归会有用的。还有不少客人,想清楚要买什么,进了店直奔原定的货品而去,徐世宁也能让客人想起家里还缺什么。离开时,客人还认为徐世宁想得周到,是懂得过日子的人。

"我是个嘴笨脑拙的,倒生了你这个生意坯子。"徐凤子笑。

"妈,我不单是做生意。"

"不是做生意是什么?总之,这张嘴挺会哄人。"徐凤子摇摇头。

"也不是哄人。"徐世宁摊开双手。

"世宁确实不是哄人。"某次,柳焰进店正好听到母子对话,接上话头,"他是下了功夫的,扎实得很。"

徐世宁在外面下的那些功夫徐凤子多是不知的。

早在学校时,徐世宁就用课余时间学画画。毕业后,他学大街上那些广告,将安宁百货画在纸上,想了几句广告语,还画上店里不少较有卖点的货品,贴在那些美女海报旁边,去最热闹的街口给行人发送,有好几次,还惊动了警察,以为他发什么违规传单。那些假期,同学在公园闲逛,他在街头一站就是半天。他几乎跑遍城市的街道,走访各种各样的店,和各种各样的店老板打交道,暗暗学他们招揽生意,察看那些店铺的布置。他有了自己的一套方法,不时拉柳焰听他陈述想法,柳焰总将话题一拐,想反过来将他带进激情和形势,他不听。徐世宁还请柳焰帮忙,写了一沓问卷,让柳焰散给同学,回家调查母亲或帮工,内容大概是什么家用品最要紧,什么牌子最受欢迎,买这些东西时有什么要求等等。柳焰向徐世宁抖着那沓问卷:"你要我做的什么呀?!我发的可一向是……"

"别啰唆,让你的同学好好调查。"徐世宁把问卷塞到柳焰手中,"你有你的大事,我有我的大事。"

徐世宁的大事是对日子的安排,早在毕业之前就计划得很清晰了。柳焰说徐世宁清晰到让人抓狂,也让人羡慕,一边以鄙视的口气嘲笑他头脑简单,一边又感叹这种简单在这个时代是奢侈。

徐世宁的日子包括了程蓝、母亲、安宁百货,他对柳焰说,要用这几颗珍珠串成岁月。柳焰想笑,但嘴巴动了动,笑不出声,沉默了一会,说:"你倒挺浪漫的,某种意义上说也足够强大。"

除了对柳焰谈,徐世宁还对母亲谈,对程蓝谈。母亲和程蓝不出声地听着,脸上挂一层梦幻般的笑。近来一段时间,徐世宁越来越频繁地跟母亲谈起这个,母亲的笑被疑惑覆盖,时不时压抑地叹息一声,偶尔含含糊糊问徐世宁怎样守住安宁百货。

"安宁百货本来就是我们家的。"徐世宁的语调又硬又尖。

母亲叹气,叹得极长但小心翼翼,她喃喃地提到马志天。

"马志天也没法拿我怎么样。"徐世宁柔和的五官拧起来,表情拧得很陌生。母亲低下头去,缓缓拉着针线。

街那头闹起来了,店里几个顾客跑出去,徐世宁听见口号声,正是早上柳焰提到的内容,很整齐,充满怒气,徐凤子拉住想出去的他:"世宁,把店门关了吧。"

"我们货架上没有他们要清理的东西。"徐世宁握住徐凤子的手,"那些东西我早就收好了,妈,你别怕。"

"有时他们不会管那么多。"徐凤子忧心忡忡,"还是关门吧。"

"让店门开着,光明正大,关上反会引起怀疑,要是被砸了门,没问题也生出问题了。"

徐世宁和徐凤子坐在柜台边,声音一浪一浪涌进店里,越来越高,越来越近,店里的空气静成黏稠状,母子的呼吸变得困难。

声音忽然集中到某个地方,半晌不动,徐世宁跑出店门,人都围在斜对面昆记丝绸店门前,他想挤过去,徐凤子在身后扯住他的胳膊,他就立在店门边,伸长了脖子。

有人从那堆人里挤出来,脸色又神秘又慌乱,徐世宁拦住了借问。说是昆记丝绸店卖洋布,洋货都被搜出,在门口堆着,正准备烧。人群骚动起来,又忽地静下,不一会,徐世宁看见烟从人群中间冒出,隐隐听见昆记丝绸店老板娘尖厉的喊叫声。徐凤子又来拉他,徐世宁正想进门,看见程蓝跑来,脸通红,发乱着,直接跑进店里,立在柜台拼命喘气,边抹着额角的汗。

"我家的茶叶在半路上被查了。"程蓝声音带了哽咽。

"茶叶有什么好查的?"

"说是有人卖外国来的红茶,还有咖啡。茶叶桶和箱子都被打开了,翻得很乱,我爸说,店里的茶叶从来没有这样贱待过的。"

徐世宁将手搭在程蓝手上,但那只手止不住地颤抖。

"我来跟你说一声。"程蓝的声音反安定了,"茶叶都要查,百货店更要查,店里有什么东西得收一收。"

"收了,很早就不卖了。"徐世宁说。

"还是会检查会翻的,你们留心别让把货品翻坏了。"

"对,会把货品翻坏的,人多手杂,他们下手也没轻重的。"徐世宁走向干净整齐的货架,手在一列列货品上滑过,突然转过头,"还是把门关上,我站在店门外,跟他们说。"

徐凤子和程蓝去搬门板,声音已经涌到店门,一批人在昆记丝绸店烧东西,一批人朝安宁百货来了。

徐世宁示意徐凤子和程蓝将门板放下,自己伸着手将最前面几个学生引进店,像引顾客,边说:"店里都是国货,久不卖洋货了。"

柳焰从后面挤出,走到最前面,喊:"这一家是知道爱国的,一向只卖国货,货架一排排看过去就成,别翻坏了。几个人就够了,后面先别跟进来了,别吓坏老人家。"

柳焰的手势和话产生了效果,进店的学生安静了,后面的在门外等着。柳焰带着几名学生顺货架走过,细细察看货品。徐世宁随在后面,每每有学生的手触碰了货品,徐世宁双脚便往上踮,脖子往前伸,身子和目光勾得长长的。

细细走了一圈,没什么发现,柳焰手在半空中画了道弧线,那些学生跟着往门外走。徐凤子和程蓝对视一眼,长长呼出一口气。

"等一下。"突然一个方脸方身材的学生踏进店门,身后紧跟着三个人,着学生装,三人都戴了鸭舌帽。

"这些生意人点子很多的。"方脸学生说,"这样大方地让检查,货架肯定是很干净的。怕有些东西早提前收好了,整间店应该细查。"

柳焰细看那几个学生,很面生,上前解释:"刚刚都查过了,不要过分骚扰百姓。"

"我们就是为了保护百姓,更多的百姓,才有今天的游行。"方脸转身朝向店外的学生群,提高声音,"如果真没什么不该有的东西,不会怕搜查。"

店门外一片附和,学生们情绪激动了,柳焰提高嗓门嚷什么,话语淹没在学生们的呼喝之中。有学生往店里拥,更多的学生跟进来,柳焰拦不住,方脸向身边三个戴鸭舌帽的学生使眼色,那三个鸭舌帽各带着其他学生四下搜查。

"你做什么?别忘了我们是学生,我们游行的目的是什么。"柳焰拦在方脸面前,"谁给你的权力。"

"这是我们应该做的,不是权力。"方脸冷冷应声,"是的,别忘了我们游行的目的。"

"这是我的店,不允许你们……"徐世宁四下奔走,看着那些移动的人影和手,它们正四处翻找,碰触他的货架。手太多了,他拦不住,还不时顾看着惊慌失措的徐凤子和程蓝。

"在这里!"有人从店的角落提出一包东西,提到方脸面前,徐世宁不动了,眼睛不动,嘴巴不动,整个身体都不动。徐凤子要朝那包东西扑过去,程蓝拉住。柳焰奔过去,没夺下那包东西,东西被方脸和跟着的三个鸭舌帽裹挟出门。

东西倒在门口,烧起来。

徐世宁握住母亲的手,那原本就是要收拾掉的货品。

点火后,方脸再次进店,身后是那三个鸭舌帽。柳焰手攥成拳,朝他举起。方脸转身,对着店门外的学生:"这家店隐瞒了真相,这一位却说店主是爱国的,不会有什么关系吧?"

"封店门。"方脸大喊,随着的三个鸭舌帽跟着喊,店门外的学生被带动起来,一片封店之声。

徐凤子身子一软,昏倒在地。

程蓝和徐世宁将徐凤子扶进里屋,徐世宁边扭头盯着货架,无数双手在上面拨来翻去,他喉咙里发着怪叫声。店里满是人,柳焰磕碰着绕了一圈,冲出店门。洪军正从昆记丝绸店那边走来,柳焰朝他扑去:"老师,里面闹起来了。"

"查出什么了吗?"洪军反立住了。

"那是很久以前的东西了,以前的店主是个老人家,哪里懂得什么?"柳焰扯住洪军的胳膊,往店门的方向用力,"现在的店主是我朋友,他掌店后就把那些东西收起了,再没卖过。"

"你和这家店主是什么程度的朋友?"洪军突然问。

"很要好的,也是从我们学校毕业的,算我的学长,但比学长学弟间好得多——老师,里面有几张陌生面孔,行为很怪。"

"你是哪个系的?"洪军进店,立到方脸面前。

方脸愣了一下,喃喃说他是学校的。

"那些东西摆在货架上吗?"洪军问,指着店门外。

方脸摇头。

"店主主动收起的?"洪军问。

方脸点头。

"那包东西上落了灰尘吧?"洪军问。

方脸疑疑惑惑地点头。

"说明收起的时间应该很长了。"洪军说,"现已经在门外烧了,我们游行的纪律怎样定的?"洪军往方脸面前凑。

方脸退了一下。

"还想做什么？你到底哪个系的？听说还有几个特别听你话的。不太像我们学校的学生,请说清楚一点。"

方脸继续退,突然转过身,往店门外疾走,刚才那三个听他指挥的鸭舌帽随在他身后离开。

洪军一到,店里就安静了,他挥了下手,学生们纷纷退出。徐世宁从里屋出来,看了一眼货架,目光直了。他走到柳焰面前:"你们的游行就是这样的?"

"这是想不到的。"柳焰垂下脖子,那几个煽动的是陌生面孔。

洪军默了一会,说:"那几个人不太像学生。"

"专门混进游行队伍的?"柳焰猛抬起头。

"极有可能是马志天的人。"洪军沉吟着,"他们利用了这次游行。"

"我去找他们。"柳焰要往外跑。

"站住!"洪军大喝,"知道你在做什么吗?"

"马志天。"徐世宁咬着这三个字,慢慢整理着货品。

洪军说这次游行变复杂了,要借一点地方说话,徐世宁将他和柳焰带到阁楼上自己房间里。

关上门,洪军先对柳焰的冲动批了一阵,等柳焰冷静,洪军开始拆解目前的情况。看来,马志天的碧辉大酒店计划已经开始,刚一路走来，除了安宁百货这一家，其他十几家都搬了，没想到徐世宁这个年轻人还有点硬性子。碧辉大酒店绝不能建成，一旦建成，将成为最大的情报秘密交接地，会给太多人提供方便和地盘。组织的计划是，除掉马志天，这个人早就该除，从他手上流出的情报极多，而且掌握着极大的资本，甚至联合一些商家和黑道，控制市场。但他一向做得隐秘，社会上还挂着爱国资本家、慈善家的名头，难以下手。这次是个机会，以霸占民铺为突破口，把其他脏东西拉扯出来。

"老师，这事交给我。"柳焰说。

洪军不答话。

"老师，我是最合适的人选。"柳焰盯住洪军。

"这不是身手好就能解决的，暗杀是最下策。"洪军摇头，"我们在城里的组织网还很薄弱，一有行动会在最短的时间内被盯上。马志天最好是偶然被一个不相干的人除掉。"

偶然？不相干的人？柳焰紧盯老师洪军的脸，他看到洪军的目光聚成一点了，每每这个时候，表示洪军将有主意，跟着洪军以后，柳焰就是一次次盯着他这种表情，等待他各种指示，这些指示是柳焰走向理想之路的具体行动。

"目前就有一个极好的机会。"洪军目光收回来，说。

"徐世宁是最好的人选，被逼着搬店，已经拉锯这么长时间，现在马志天又派人闹大了，这事是个爆发点，可以再引一引，让事情再适当发酵。"

"老师这话当真的?"柳焰绕过桌子,几乎要扳洪军的肩膀。

"这是最好的办法。"洪军说。

柳焰退回桌子另一边,坐下,手按着太阳穴。

"世宁只想好好过日子,把安宁百货经营好,凡常生活是他的命。"半晌,柳焰说,"这种事他不会做的。"

"因为这样,马志天才更有可能激怒他,破坏了他的日子。"

"世宁只想好好过日子。"柳焰喃喃重复,"他有他的自由。"

"他已经不自由了。马志天正逼着他。"

"不能毁了他的日子。"柳焰抬起脸,眼睛赤红,"老师说过,我们做的一切就是为了日子,很多人的日子。"

"这是终极目标。"洪军凑近柳焰,一字一句,"但在此之前,得付出某些代价。"

"老师,这件事我去做,绝不连累……"

洪军转过身,背对柳焰,肩背凝固了。

柳焰打开门,咚咚咚下了楼,跑出安宁百货,边朝游行队伍狂奔,边随游行队伍高喊口号,将全身力气集中在喉头。

洪军慢慢走下楼,徐世宁仍在细心摆放货品,洪军轻拍了下他的肩:"是我们大意,让那些人混进游行队伍,看来马志天不会轻易罢休。"

"我也不会。"徐世宁盯着货品,语调无波无澜。

洪军走出安宁百货,游行队伍已经过去,安宁百货两侧的店都大门紧闭,洪军走过两家店,方脸带着那三个鸭舌帽从一家店面一侧拐出,洪军冲方脸他们使了个眼色,几个人转身,退去,无声无息。

店门刚开没多久——因为昨天的游行,安宁百货一整天没做成什么生意,徐世宁起得比平时更早——方脸他们就来了,一个一个走进安宁百货,好像这店是他们的地盘,徐世宁一看那方方的脸和方方的身材,手脚就有些僵硬,他上前,用身体和目光堵住他们。方脸朝身后几个人示意了一下,几个人退到门边,将门板一块块装上。徐世宁往里屋的方向望了一下,压着声音说:"我母亲还在睡觉。"

"希望我们能好好谈。"方脸自己找了张椅子坐下。

和之前马志天派来的人差不多,从老话题谈起,让徐世宁搬店,尽快搬,马老板是做大事的,不会计较,钱照样赔。

"这是我家的店,搬了我家都没了。""你得到的赔款完全可以在别处再买一家店。""我说过了,这是家,不能用买卖来说的。""不就是做生意吗?念书念酸念傻了吧?只要有钱,什么房子不能买卖?""我跟你们没法谈。""我们谈的耐心也是有限的,到我们不谈的时候你会后悔。""这是我的家,请你们出去。"

方脸没动,他身后的几个人僵立着。

店里静极，门被关了，光线暗蒙蒙。徐世宁起身，绕货架慢慢走。

徐凤子不止一次让徐世宁算了。"拧不过的。"她重复这句话，五官没怎么动，眼皮也不撩起，"就是换一家店。"徐世宁则重复："不是换的事。"他强调，安宁百货不是店，是家，是以后的日子。他跟徐凤子回忆二十年来在这里过的日子，分析这家店的所处的位置，这些年经营出的口碑和老客户，将会有的前景。

"哪还有什么前景？这世道。"徐凤子的五官仍无法活动。

每每这时，徐世宁就闭嘴不言，在货架中穿行，脚步缓到几乎静止。会走路起，他就穿行于这些货架之间。那时，货架还没有这么多这么高，他在货架间的通道奔跑，徐凤子只担心他摔倒，从不担心货品，徐世宁似乎天生懂得珍惜货品，从不把货品弄乱弄坏。但他好奇，跑着跑着，停在货品前，小手细细摩挲，入迷地看上半天。五六岁时，他已经能报出不少货品的价格，将客人准确地带到需要的货品前，不少女顾客忍不住将他抱起，故意就货品胡乱问他话，他奶着声音一本正经回答的样子让客人兴奋。

程蓝是有父亲的，街上其他店铺的孩子都是有父亲的，徐世宁向徐凤子问过父亲，每每这时，徐凤子的眼睛就望向别处，说他们跟父亲走丢了。

"走丢了？"徐世宁追问，"爸爸不是待在家里的吗？程蓝的爸爸就一直在店里，出门也只走几天。"

"我带你逃难,你爸就丢了。"徐凤子答。

徐世宁拧起眉头,咬住嘴唇,在货架间急急走来走去,背影像个小大人。趁他不注意,徐凤子极快地揉揉眼皮,揉揉鼻子。

绕了几圈,徐世宁走回来,仰脸问徐凤子:"我爸爸高吗?和程蓝爸爸一样瘦吗?脾气一样好吗?也爱戴一顶帽子吗?"

徐凤子从未回答过这些问题,找各种方式躲避,徐世宁哭过闹过,但随着一天天长大,他看懂母亲眼角眉梢的愁意,不再提这个问题。他学会当母亲的助手。程蓝的母亲看着他在店里奔忙,对徐凤子感慨:"世宁以后是能撑起来的。"当时,徐世宁刚过十岁,他对程蓝的母亲说:"现在就能撑起来。"话咬得又清晰又有力。

提到徐世宁和程蓝的婚事时,徐凤子对程蓝的母亲充满歉意:"世宁也没个父亲……"

"世宁比有父亲的孩子更懂事。"程蓝的母亲手盖在徐凤子手背上,"他没有怨。"

要不是在拐过一个货架时碰上那张方脸,徐世宁几乎沉入岁月,忘了店里还有这几个身影。

"时间不多了。"方脸说,声调和店里的光线一样,暗蒙蒙的,"到时,原先许的钱也没有了。"

徐世宁转身走开。

方脸说,这店里应该还有不少东西,昨天还没搜彻底,会再带人来搜的,彻底搜一次。

"你敢。"徐世宁跷起了脚,但压住语调,往里屋的方向望了一眼。

"现在这种形势,作为青年,你没有出力,还做着损国损族的事。"方脸话是咬出来的,"你是一个败类!"

徐世宁双手抖着,五官扯来扯去,扯出怪异的表情。

方脸旁边的几个鸭舌帽对视一眼,冲方脸微微摇头,使眼色。

"对付一个败类,是很多人乐意做的。"方脸的眉眼像冻结了,只有嘴巴在动,"也不必负什么责任,会发生什么可不好说。"他冲里屋的方向点了点下巴。

出了安宁百货,几个人默走一段,其中一个鸭舌帽立住,对方脸说:"你刚才过分了,有必要那样吗?"

"没错,过分了。"另一个鸭舌帽接口,"像昨天,东西已经烧了,还要封店,弄得老人晕倒,也是过了些。"

"你们忘记计划了吗?"方脸冷笑,"这是任务。"

"洪老师的初衷不是这样的,我相信。"一个鸭舌帽说。

方脸只是笑,冷笑。

徐世宁开了店门,久久立在门外,没看到那些身影。

"他们一直在那。"徐凤子悠悠地说。她不知什么时候起床走出来了。

"妈,你起这么早做什么?"徐世宁拉徐凤子往店里疾走。

"他们不会走的,只要我们不搬。"徐凤子喃喃说。

"你别睬这些。"徐世宁将母亲送进里屋。

徐世宁仍像往常一样,扫地、擦拭货架。安宁百货静着,整条街静着。

五天了,安宁百货没有做成一桩生意。

第一天,店里半天没进一个顾客,徐世宁望向门外,街对面是有客人的,他走出店外,看见方脸和他带着的几个鸭舌帽。左边隔着两间铺面立两个人,右边隔着两间铺面也是两个人,两边的铺面都是已经搬走的,街上的人大多走在街对面,偶尔有想往街这边朝安宁百货方向走的,那些人就打手势,将行人吓走。一连几天,那些人每天从安宁百货开店到关店,守得不透一丝缝,徐世宁发现,就算饭点时间,他们也是轮流去吃。

第五天,徐世宁关上店门后,徐凤子在桌边喝一杯水,喝着喝着,眼泪往杯子里滴。

"世宁,我们搬了吧。"

徐世宁抚住徐凤子的肩,不说话。

"这店开不下去的。"

"妈,你先休息,我去找柳焰。"

除了程蓝,柳焰也是徐世宁从小认识的。柳焰的母亲常到安宁百货,慢慢和徐凤子熟悉,聊得很好。柳焰家是大户人家,要的东西多,柳焰的母亲懒得一次次跑来买,就让徐凤子定期将一些货品送到家里。徐凤子在傍晚关店后将东西送去,每每到柳焰家,总被柳焰的母亲留下吃晚饭,两个女人喳喳喳地谈,把话拉得很长。跟着去的徐世宁就和柳焰玩,柳焰带他跑过花园每个角落,在家里每个进得去的房间穿行。徐世宁比柳焰大两岁,沉静很多,跟在柳焰后面跑,听他扯天扯地地说,每次分开时,柳焰总拉着徐世宁的袖子闹,不让他回家。

在柳焰母亲的建议下,徐凤子把徐世宁送到当时的新式学校。后来柳焰的母亲常说,柳焰越念越野,徐世宁不管念什么还是自己。柳焰反驳:"我也是自己,野也是我。"

徐凤子笑:"阿焰是有出息的,世宁只晓得过日子。"

"人,不就是过日子吗?"柳焰的母亲叹,"现在要过好日子不易呢。"

隔天一大早,柳焰就到了安宁百货。

"看到了?"徐世宁用下巴朝店门外示意。

"还是方脸带的那几个人。"柳焰手用力抓着柜台边沿,抓得柜台吱吱响,"那天洪老师轰走了,确是马志天的人无疑,他们想拖死你。"

"这倒是我没想到的。"徐世宁在柜台边绕圈,"这么下去,再固定的顾客群也要散了。"

柳焰冲出店,往左边跑了一段,那两个人消失了,往右边跑一段,刚才守着的两个人也不见了。柳焰重新走进安宁百货,他们这么不远不近地守着,也没法对他们怎样,这招很毒。

和安宁百货相隔几个店铺的拐角,洪军和方脸他们几个人半围成一圈。

方脸说:"可以再守几天。"

三个鸭舌帽望着洪军,面带难色。

"你们暂时先退一会吧。"洪军说。

方脸带着几个鸭舌帽退去,洪军进了安宁百货店。

"老师,那天带头搜东西的几个人守在店外。"一见洪军,柳焰就上前说,"一连五天,没有一个客人敢朝这边走。"

"他们刚刚撤了,我看他们走远才进店的。"洪军说,"这块地方马志天是必得的了。"

"这是我的店,看哪个动得了。"徐世宁用力抿唇,字一个个挤出来。

"为得这块地,马志天真是动了心思。"柳焰手指焦躁地叩着柜台,"这样的方法也想得出来,他想把安宁百货拖死。"

洪军摇头:"马志天不会花心思想这么细的事,他只要结果。但他在社会上扮演着有良心商人、慈善家的角色,肯定会要求手下隐蔽些。"

"照这样下去,可能真守不住了。"徐世宁悠悠地说了一句,突然瘫坐在地上,他双手张开,紧紧扣着地面,半闭上眼睛,喃喃着,"这是我家的店,有地契的,我妈收着。"

"世宁,你起来。"柳焰去拖徐世宁,望着里屋的门,"别让伯母看到。"

徐世宁双手用力拍地面:"凭什么?我就这家店,凭什么……"

"洪老师,这太过分了。"柳焰放开徐世宁,手又去抓柜台边沿,"那样的败类,堂而皇之的,现在这样的败类反而当道,披着一张皮,做着汉奸的勾当,我们却只能……"

洪军以坚硬的目光阻止了柳焰。

柳焰颓然地低下头,他拉着地上的徐世宁:"世宁,我帮你想法。"

"柳焰,我们谈谈。"洪军说。

仍是借了徐世宁在阁楼的房间。

"柳焰,你刚才想做什么?"门一关上,洪军的声调就严肃了。

"老师,这事我们可以解决的。"柳焰表情急切,语调急切,"除掉马志天本来就是计划中的,我们的特别行动队……"

"柳焰!洪军低喝,从今以后,不许从你口中再随便出现这些,平日教你的都丢了?"

柳焰坐下,两只胳膊支着脑袋,望一眼老师,将脑袋埋起来,洪军坐在桌子对面,目光越过柳焰,五官僵着。

"老师,世宁做不了这事,这事跟他无关。""这事现在跟他关系最大,现在没人能置身事外。""我们可以做得秘密一点。""我已经说了,不要再提这个,这是最高机密,不能用在这,一旦出错,后果不堪设想。""除掉马志天本来就是计划。""是计划没错,但该是个跟我们'无关'的计划,我们不能有一丝卷入的嫌疑。""反正就是利用世宁了。""徐世宁是在为自己争取权利,他已没有退路。""我可以帮他的,个人的,跟其他人完全没有关系。""柳焰,我很失望,你以为自己还单独一人吗? 马志天是个敏感人物,各方各面都盯着,都等着看谁先动手。"

沉默,长时间的沉默。

洪军将手放在柳焰肩上:"我们现在最重要的是自我保护,要做的是组织、发动,将种子播撒出去,细心看顾,培育好这些芽,让它们长出苗,长出叶,开花结果。我们需要更大的力量,洪流正向我们涌来。"

后来,柳焰对徐世宁说,洪老师真的很会说。

"这些天,你跟徐世宁多谈谈。"洪军说,"他的自由正受到严重限制,他的生活正被破坏,他只想过点普通日子,但这个权利也没有了。"

柳焰缓缓点头。

"这件事只做你该做的,别的不许插手。"洪军的一只手在柳焰面前的桌子上叩了叩,看着他。

良久,柳焰再次点点头,缓缓的。

"时间就在五天后。"洪军说。

柳焰仰起脸。

"五天后,会有另一场游行,那将是最好的机会。"洪军手指在桌面上划拉着,好像桌面上放着地图,他正规划一场战斗,最后,他手指总结性地点了点,说:"事情就在那一天发生。"

"让世宁到哪去?"

"让马志天出现。"

"马志天会来这?"柳焰不敢相信。

"会让他来的。"洪军语调渗出冷意。

"原来都计划好了。"柳焰喃喃着,声音收在喉咙里,"世宁早在计划里了。"

"这五天,你帮徐世宁好好酝酿一下。洪军交代,我估计马志天手下那些人不会轻易撤走,再这样拖下去,这家店的生意会难以收拾,徐世宁很清楚这个的。"

洪军开门下了楼,出店而去。

半晌,柳焰慢慢走下楼,对徐世宁说:"过些天,我要做点事情。"扔下疑疑惑惑的徐世宁,也出店而去。

接下去五天,方脸仍带着人不远不近地守着安宁百货,安宁百货仍然没有一个客人。

第十一天,清早开店后,徐世宁就立在店门外,望着几间店铺外那个角落,等那几个人影,他一只手抓着门沿,指甲抠得发红。这五天,徐世宁大部分时间立在这店门边,看着街上的人往街那一边走,慌慌张张地避开街这边的店,除了安宁百货,十几家店大门紧闭,像一列沉默的嘴巴。那几个人总是来得很早,及时拦住任何一个潜在的客人,徐世宁和他们对视,目光又安静又坚硬。

今天,徐世宁没看到那几个人影,等来了柳焰。柳焰握着一卷长形状的东西。

"早上会有游行。"柳焰说。他表情复杂,侧开脸不看徐世宁,只往里屋方向望,边把那卷长形状的东西放在柜台上,边问:"伯母这些天还好吧?"

"病了。"徐世宁说。

"病了?"柳焰低唤一声,"我把伯母接到我家去,跟我妈聊聊,别在店里闷坏了。"

"她不肯走的。"徐世宁抓着头发。

"世宁,早上会有游行。"柳焰重复。

"噢。"徐世宁盯着柳焰,良久,笑了,"又要接受检查吧。这样倒好,至少热闹,安宁百货这些日子多静啊,我都认不出是我家的店了。"

徐世宁绕着货架,手指在一排排货品上划过:"多好的东西,没人来,它们要闷坏了。"

柳焰绕到徐世宁面前,扯住他的胳膊:"世宁,等马志天来了,你就跟他吵,吵得越厉害越好。"

"马志天?在哪儿?"徐世宁反揪住柳焰。

"马志天会来到这里——安宁百货。"

"他敢!"徐世宁嘴巴撇了一下,声调有些变形。

"好,来了更好。"徐世宁的声音像受了凉,一下子冷却了,"我等着。"

"他来了以后,你只管跟他吵,他扰得安宁百货不安宁。"柳焰晃着徐世宁的肩,"别怕,其他的事我解决。"

"怕?"徐世宁双眼猛地瞪了一下,一只手极快地点着胸口,"我等着。"

"记住,只要吵。"柳焰再次晃徐世宁的肩,"能吵得他昏了头最好。"

两人沉默了一会,徐世宁突然问:"你怎么知道马志天会来?在今天。"

"别问,照我说的做就是。"柳焰五官放松了,"你只记得要保住的是安宁百货就成。"

临走前,柳焰将那卷长形状的东西放到桌子一角,半隐在一个花瓶摆件之后,交代徐世宁:"我现在要回学校,带着这东西不方便,暂时寄放在你这——世宁,我知道你不会随便碰人家东西,但还是要交代,这是我私人的东西,别动它,你当我小人之心好了。你知道,我参加一些活动,总有某些东西要藏起来的。"

"我不想看,别藏在我这。"徐世宁说。

"现在,安宁百货是最安全的。"柳焰说。

"藏阁楼上去吧。"

"不用,就放在这。游行时经过我就来取。"

徐世宁耸耸肩。

"世宁,别动那东西。"临走之前,柳焰再次嘱咐,"那是你不用涉及的东西,你只管你的日子。"

"我的日子由不得我了。"徐世宁冷冷地喃喃着。

柳焰走了,徐世宁目光粘在桌子那一角,那卷长形状的东西,隐在花瓶后面,他慢慢走过去。

"我不想看,可这东西太眼熟了。"徐世宁自言自语,说完才恍然意识到身边没别的人,他往里屋望了望,母亲的房间很静,他的手伸过去,碰了碰那卷东西,嘴巴猛地一张,良久,咽了口唾沫。

徐世宁极快地退开,在货架间极快地绕走。后来,他又走到桌子边,目光被那卷长形状的东西吸引。

"柳焰,我不是想看到什么,不是我说话不算话。"徐世宁冲门口的方向说,"可这东西我太熟了,你放这个在我家做什么?"

徐世宁握住了那长形状的东西。

徐世宁打开包着的牛皮纸。

柳焰的剑！柳焰是练过剑术的,不止一次在徐世宁面前表演过。

徐世宁双手抖颤,匆匆地把剑包好,放回原处。

"柳焰,你到底想做什么?"徐世宁哑着声音自语。

半晌,他双手抓住桌沿,拿额头磕着桌面,说:"徐世宁,你想做什么?"

徐世宁起身走到店门口,脚步又坚定又有力。

徐世宁立在店门外,等那些人出现,带着若有若无的笑意。

徐凤子唤了一声,徐世宁转过头,忙迎进去。徐凤子说好了些,躺得闷了,想出来走走。徐世宁顿了一下,突然说:"妈,你跟着我。"

徐世宁扶着徐凤子,顺货架缓缓走,细细讲解货品的摆法、色调搭配,哪个季节哪种货品热销,摆放位置有什么讲究,怎样看客人的需要,怎样猜客人的喜好,怎样让店整齐而又让客人有亲切感……

"你跟我说这些做什么?"徐凤子立住,看着徐世宁,"现在店都归你管,我是管不动了。"

"妈,你只是身体有些虚,养好了就没问题。"徐世宁目光落在货品上,"安宁百货二十年都是你撑着的。"

"现在归你了。"徐凤子说。

"妈还是可以的。"

"有什么事瞒着我?"徐凤子侧着脸寻找徐世宁的目光。

"哪有什么事?"徐世宁笑笑,"现在蓝蓝远了些,有时我要去看她,会走开。"

"我当什么事。"徐凤子笑了,"尽管去,我还看不了店吗——就是现在看着也没用了。"徐凤子的声音突然低下去。

出了安宁百货不久,柳焰碰到洪军,洪军点点头,转身在前面走,柳焰跟在后面。洪军在一个馄饨摊前停下,柳焰也要了一碗馄饨。

洪军的脸隐在馄饨缭绕的白雾后,含含糊糊,声音低沉而清晰:"准备得怎么样了?"

"该我准备的都准备好了。"柳焰说。

"要做得自然。"洪军说。

柳焰点头,低埋着脖子,脸几乎要扣到馄饨碗里去。

"老师那边呢?"猛吃一会,柳焰抬起头,满脸红通通,"世宁和他母亲的撤退路线怎样了?"

"都安排好了。"洪军极快地回答,"接应的人到时就守在附近,事情结束后,立即将徐世宁母子接走,想办法送出城。"

"不管事情怎样,安宁百货是保不得了。"柳焰说,"一定要送他们母子走。"说完,又猛地扣下脸。

"放心,他们会得到很好的安置。"洪军说,"徐世宁将会有新的生活。"

"世宁没想过要什么新生活。"柳焰喃喃自语,话随着馄饨被他嚼回肚子里。

徐世宁听到声音时跑出店,街道远处热闹了,游行的学生似乎比上次更多,那片激情的脸和声音一起涌过来,有种说不清的声势。街对面几家店铺的老板立在店门外,身体显出无力状态,昆记丝绸店的老板娘扒着门框,尖叫,丝绸店的老板斜着身将她扯进门。

刚往前迈了一步,徐世宁就被徐凤子喊住:"世宁,别去凑。"

"妈,你回店里。"

"我们把店门关了吧。"徐凤子扶着门框,眼睛瞪得发圆,脸色发白。

"我们店里没什么东西了。"徐世宁揽着徐凤子的肩,"妈,你回屋再躺躺,里面安静些。"

游行的人群到程蓝那家店门前了,徐世宁将徐凤子扶进店。

汽车彻底停住了,四周被游行的学生拥住,司机连续不断地按喇叭,声音消散在口号声中,似乎没人注意这辆汽车。马志天几次将帽子摘下又戴上,将车帘挑了道缝往外面看,说:"这些学生吃饱了撑着,也来瞎嚷嚷什么——别按喇叭了。"

方脸和马志天并排坐着,抿紧了嘴。

"这么嚷嚷就能救国救世了?可笑。"马志天烦躁地吐了口气。

方脸也将车帘挑了道缝,看到一片密密的身体,他抬起眼皮,看看街道边的店面,放下帘子。

"你不是'学生'吗?事先一点消息也没有?"马志天看着方脸,一脸不悦。

"这次游行是临时召集的,用他们的话说,要让当局措手不及。"方脸说,"我事先完全不知道,学生变得狡猾了。最近我一直在守那家安宁百货,正拖着它,很难分心。"

"一家小破店这样难搞。"马志天不耐烦地挥了下手,"你们办事的效率真是可以。"

"这家店不一样,店家咬死不放。"方脸说。

"你们这些天的拖起效果了?"马志天话里带了讽刺意味。

"很快了。"方脸显得很冷静。

马志天又将车帘挑了道缝,看了一眼:"这些学生还要嚷嚷多久,怎么都不动了。"

"这里是主要街道,有很多大店面,他们逗留的时间会长一点。"方脸说,"对了,那家安宁百货就在附近,马老板不如去走一趟,以您的威信,人一到,事情说不定就解决了。"

"就这点事,我亲自出马?"马志天的声调有些夸张,"要你们干什么。"

"我们当然有办法,只是要用什么样的办法。"方脸脸色平静,"第一是还有些时间,最重要的是顾及马老板的名声。"

"你们能不能有点眼色?"马志天再次将帽子摘下,扣在膝盖上,"一定得明着毁我声誉?这个时代,意外的事多了,你们是木头脑子?"

"明白,马老板。但这家安宁百货不太一样,暗得不太好。"

"不太一样?"

"这安宁百货有人撑着的。"方脸压低声音,"发动游行的中心人物不时往那家店跑,其他店都搬了,就这家店还扎着,不是简单的店主勒索或固执。"

马志天将帽子扣在头上,陷入沉思。

"马老板,过去一趟吧,反正现在走不了,也是干坐着。"方脸劝。

"照你说的情况,我去了事情不是更复杂?"

"今天这个机会是天赐良机。"方脸语调兴奋了,"正好趁乱,马老板进去说事时,我利用学生身份,鼓动游行的学生拥进去搜查。"

"搜查什么?"马志天疑惑,"你知道那店里有什么东西?"

"自然会有东西的。"方脸笑,"到时,那东西将在众人眼前出现,学生们将集体激愤,再没人能说什么话。"

"将事情闹到明面上,"马志天笑,"让他们自动关门。"

马志天打开车门,四周被学生堵着,勉强开了一道缝,他挤出来,随方脸指的方向,朝安宁百货走去。方脸使了个眼色,有个学生跟着走向安宁百货,手里提了一包东西。

不远处,柳焰和洪军对视一眼,柳焰极快地从人群中穿过,跑进安宁百货。

"伯母,外面太闹,您进屋休息。"柳焰一进安宁百货就将徐凤子往里屋扶,他向徐世宁使眼色,徐世宁帮着将徐凤子劝进里屋。

外面的事我来处理。关屋门前,柳焰对徐凤子说:"您别操心,洪老师也来了。"

安排好徐凤子,柳焰匆匆向徐世宁交代:"记得,放开跟马志天吵,但只要吵。"说完,柳焰扣上一顶帽子,半掩住脸,凑到货架前,装成检查货品的样子。

徐世宁立在货架前,摆着货品,双手微颤。

徐世宁眼睛的余光看见一个穿米白西装的身影,他慢慢转过脸,看清那顶帽子下那张精明的脸,五官挂着寒凉的笑意。徐世宁转过身,直直面对那个人。那个人走到徐世宁面前,站定,脱着白手套,问:"你是店主?"

徐世宁看着他,不出声。

"我是马志天。"

"我是徐世宁。"徐世宁的语调和眼睛里都喷着火。

马志天和徐世宁对视,长久地沉默。

柳焰从货架另一角转出,避开马志天的目光,他挪到桌子边,手伸到花瓶后,将那卷长形状的东西拉出,解开外面的包装纸,用极慢的动作。

徐世宁眼角的余光看见了。

方脸从店门一角进来,半躲在一个货架后,将柳焰的动作细细收在眼里。他将手里提着的包隐在一个货架下面,退到另一排货架之后。

"徐世宁?"马志天奇怪地重复。

徐世宁只是看他。

"把东西搬了吧,会补偿足够的钱。"马志天轻轻拍打着手套,我不想浪费口舌。

"这是我的店,请出去。"徐世宁五官不动。

马志天往前走了一步,半歪着脸盯徐世宁。

"你觉得这样有用吗?"马志天笑笑,"之前是我不计较,现在工程准备开始了,没时间跟你磨。"

徐世宁一只手抓着货架边沿,低喝:"我的店永远不搬,滚出去。"

马志天嘴角跳了一下,将帽子抓在手里:"我有很多方法让你搬,而且不会是你很喜欢的方法。"

"伪君子确实需要很多办法装。"徐世宁冷笑,"流氓也有很多方法。"

马志天的嘴角开始剧烈地颤抖,他转着头寻找什么。

徐世宁看着马志天,冷笑。

方脸在一个货架后,往外望了一下,他带的那三个鸭舌帽都在店门边,他用下巴示意了一下,几个人对视一眼,稍稍点点头。

柳焰悄悄进了里屋,安抚徐凤子:"伯母,你千万别出门,我会处理好的。"从里屋出来后,他一直立在桌子边。

马志天极低地呼了口气,顺着货架迈起步,手指轻点货品:"你想把这些卖出去?很长时间没客人了吧,这些要成废品了。"

"卑鄙。"徐世宁咬出两个字,他手里握着一盒香粉,手用了力,包装盒破了,他看着满手的粉,胸口剧烈地一起一伏。

马志天转过身,看看徐世宁,微笑:"我的名声很好的,我干的是大事,你知道,干大事不能拘小节。"

徐世宁稍偏了脸,看了看桌面上那卷长形状的东西,柳焰也在看那东西,没注意到徐世宁的目光。

"对了,不只是过去的这些日子,以后这家店都不会有生意了。"马志天声音轻淡,"你说我有很多办法,确实。"

"程记茶叶店的货是你派人在半道上搜的?"徐世宁突然问。

"程记茶叶店?"马志天有些疑惑,立即又恍然,大概是这十几家店铺中一个吧,"我不理这些鸡零狗碎,底下人去办就是,反正都给我搬走了。"

"鸡零狗碎?!"徐世宁的语气像是疑惑像是感叹又像是自语。

马志天拨拉着货架上的货品。

"别动,手脏。"徐世宁喝道。

门外有人在闹,一直跟着方脸的几个鸭舌帽嚷着进了店,带了一群学生,说要搜查,店里有不该卖的东西。

徐世宁盯着马志天,双眼通红。马志天看着他,没有任何表情。

"搜仔细点。"方脸从货架后出现,高声喊。

学生们散到各个货架之间,开始乱翻。

徐世宁举起双手,拼命舞动着,嘴巴一张一张的,最终,他垂下双手,没发出任何声音。

柳焰往桌子边蹭过去。

徐世宁掉头看桌面上那卷长形状的东西,又看看马志天,表情突然变得平静。

"东西藏在这呢。"方脸突然举起一包东西,往学生们扔过去,所有学生拥过去,围住那包东西。那几个鸭舌帽疑惑地对视一眼,极轻地晃着头,他们转头找方脸,他不知隐到哪个货架后了。

"这店确实开不成了。"马志天指着那群学生,对徐世宁说,"接下来封店就不是我马志天的意思了,而是顺应大潮。"

徐世宁又望了一下桌子,他看见剑柄露出来了。他慢慢往桌子那边退,向马志天唾了一口,然后微笑着看他。

马志天闪开了,脸变赤,一只手从货架上扫下些货品。

柳焰已经立在桌边,他看了下剑柄,然后看马志天,所有的精力和目光都在马志天身上。柳焰学过好几年剑术,这些天,他在家里用假人不停苦练。现在,他看准了马志天的身体,剑从哪个部位进去最省事,他又该立在哪个角度。

徐世宁越来越接近桌子,他一只手背到身后,暗暗演示着怎样抽出剑,从哪个方向刺向马志天。他紧紧盯住马志天,没看到柳焰,周围的一切都空了。

方脸看着柳焰,看着徐世宁,看着马志天,没人看他,他蹲到桌子边,手伸在背后,从腰里抽出什么东西。

看着浑身僵硬、眉眼颤抖的徐世宁,马志天突然笑了一下,带着欣赏。

柳焰抽出了剑,从马志天身后缓缓靠近。

方脸的身影在桌子边晃了一下。

徐世宁转了下身,立在马志天一侧,背对桌子,手在身后往桌面伸去,他猛地抓住一样东西,猛地举起来,愣了。

那东西沉、冷、黑,是一把枪。

徐世宁瞪着眼,张着嘴,举着的枪对着马志天。

马志天瞪着眼,张着嘴。

安宁百货外间闹极,学生围着那包东西嚷什么,里间静极。

马志天举起手去抓帽子,徐世宁扣下了扳机。

枪响,安宁百货似乎炸裂了。

枪掉在地上,徐世宁往后退了几步,撞在桌子上。

马志天瞪圆双眼,手捂住肚子,血染红了米色西装,他跌倒在地。

柳焰握着剑发呆。

方脸绕过货架,从拥过来的学生中挤出,匆匆离开安宁百货。

徐凤子冲出屋子。

学生们被柳焰赶到店外。

徐凤子先去扶徐世宁,她看见马志天时尖叫了一声,细看,又尖叫一声,她放开徐世宁,向马志天挪过去,嘴巴越张越大,肩膀抖得越来越剧烈。

徐凤子弯腰凝视马志天,慢慢地,蹲下去,扶住了马志天。

"妈?"徐世宁喊。

"是你?"马志天呻吟着,断断续续地问,"你——你在这?"

"为什么是你?"徐凤子号啕起来。

"我——我找过——找你很久——"马志天猛抓了下徐凤子的手。

好些学生拥进店里,洪军夹在学生群中,急切地朝柳焰示意什么,然后急速退出。

柳焰走进那群学生中,很快,那群学生拥过去,将徐凤子和徐世宁裹挟着,裹出安宁百货,飞快地裹出大街,飞奔一段路之后,裹入一个小巷,将两人塞上一辆车。

被裹出安宁百货店店门那一刻,徐凤子冲徐世宁声嘶力竭喊了一句:"他是你的父亲,亲生父亲,死了。"

徐世宁双手被抓扯着,他的身子僵了一下,然后猛地一挺,又一软,任学生们架着飞奔。

事情过去很长一段时间,徐凤子才有力气从床上坐起身,给徐世宁叙述那段往事。

家乡灾荒加兵乱,徐凤子的父亲出门做小生意,乱中丢了性命,徐凤子的母亲将一点东西打成包裹,带着徐凤子跟村里人一起逃难,当年,徐凤子刚十八岁。

她们逃进城,母亲在一个大户人家当保姆,那户人家的老太太可怜这对逃难母女,允许徐凤子和母亲一起住在家里。白天,徐凤子出门卖花,晚上回到主人家,帮忙做些针线活,算换一份吃住。

十九岁那年,徐凤子碰见了马志天。那天,徐凤子挎着花篮刚走出主人家大门,一辆汽车停在大门边,马志天走下来,看见了她。他朝她走过去:"你住这里?"

"我妈在这里帮工。"徐凤子目光有些怯,母亲再三交代过,走侧门,主人家客人多,别碍了人家,但徐凤子不听母亲的,说她喜欢走正门,侧门外是偏僻的巷子,阴阴的,正门外是热闹的大街。

"你卖花?"马志天问。

徐凤子点点头。

马志天买了八朵花,徐凤子用绸带扎成一束。徐凤子收了钱,点点头要走,马志天将那束花递给她:"送给你。"

徐凤子木着。

"送给你的。"马志天微笑。

离开之前,马志天问徐凤子在哪卖花,徐凤子说了个高档酒店的名字,在那家酒店门口附近,进出那酒店的客人愿意花钱买花。

"巧,我每天去那里会客人。"马志天说。

从此,马志天每天在酒店门口买徐凤子一束花,然后送给她,不管她愿不愿意,塞给她就走。从此,徐凤子每天回家都遮遮掩掩,先将那束花带进自己窄小的房间放好,再去见母亲。

某一天,马志天将花递给徐凤子时,她长长呼口气,问了一句:"请问先生大名?"她的名字,马志天是早就知道的。

马志天微微一笑,说:"我们相遇挺特别的,我给个特别的回答吧——嗯,我喜欢龙,就叫我龙大哥吧。"

从此,马志天成了徐凤子的龙大哥,他是那么一个人,让她变得魂不守舍的人。

某一天,马志天将徐凤子带进了酒店。

徐凤子二十岁的时候,母亲病逝了,马志天将徐凤子从主人家接走,为她在外面租了一所小房子。马志天让徐凤子待在房子里,但徐凤子依然出去卖花。马志天隔几天会到小房子找徐凤子。

发现自己怀孕时,徐凤子没有直接告诉马志天,她拐弯抹角地试探他,发现他根本无心要孩子。徐凤子决定自己生下孩子,除了那所房子,她不再接受马志天任何东西。

孩子出生后,马志天表示,他正有一份强大的、足以助他腾飞的联姻,不会承认孩子,但会养着徐凤子母子。他为徐凤子买下一家两个门面的店,开了一家挺高端的脂粉店。徐凤子抱着孩子,接受了这家脂粉店。

脂粉店生意很好。在马志天一次外出去其他城市时,徐凤子卖掉了脂粉店,在城市另一角的街道重新买下两间店面,开了安宁百货。

马志天出门回来去脂粉店时,脂粉店的新主人交给马志天一封信。信里,徐凤子用歪歪扭扭的字告诉他,她们母子回乡下了,卖脂粉店的钱在乡下可以买像样的房子,过像样的日子,她再做点手工,就可以活得很安稳了,不用找她。

徐凤子离开时,马志天在她眼里仍然是龙大哥,她也不知他是做什么的,不知他住在哪。

徐凤子与马志天彻底失去了联系。马志天派人到徐凤子提过的老家找过,徐凤子母亲的娘家村子也找了,没有半丝消息。

马志天倒地那一刻,柳焰扔了剑,将学生们赶开,飞奔出店,洪军正匆匆赶来,身后跟了一群学生。那群学生将徐凤子和徐世宁架着裹着带出安宁百货。

跟随方脸的三个鸭舌帽围在洪军身边,没人知道方脸在哪,洪军让三个鸭舌帽去找,他已不见踪影。

"撤,通知所有人撤!"洪军拍了下脑门,大喝。

只有柳焰陪徐凤子和徐世宁上车。之前洪军就交代柳焰,他是徐凤子和徐世宁唯一的接头人,他跟柳焰说了一个地方,柳焰上车后再告诉司机。又指示到了那个地方找哪个屋里,房子是空的,钥匙给了柳焰,柳焰会在那房子的柜子后找到秘道,走过秘道会到一个安全的地方。

汽车上,徐世宁抱着昏迷中的母亲,目光发直,脸面发僵,没有一句话。柳焰说:"世宁,我会把你和伯母带到安全的地方。"他没有反应,对去哪里根本没感觉的样子。

下车到那个空房子时,在柳焰的呼唤下,徐凤子睁开了眼睛。她一脸空洞,像停留在某个虚无的梦里,软绵着身子,任柳焰和徐世宁将她扶进房子。徐凤子和徐世宁任柳焰安排着,钻进那个秘密通道的入口。三个人在阴暗曲折的秘道里前进,脚步声沉闷、缓慢、黏腻。当撞到一块木板时,柳焰愣了一下,不太相信真走到了秘道的尽头。

出了秘道,是另一个空房子。

柳焰和徐世宁照顾徐凤子躺下,徐凤子很快又沉睡过去。

徐世宁和柳焰各坐一把椅子，望着紧闭的窗户。

柳焰敛着呼吸。

"我杀人了。"徐世宁突然开口。

柳焰转过头，徐世宁仍望着那扇窗，姿势没动，表情没动。

"你是被逼的。"柳焰说，声音很虚。

"我杀人了。"徐世宁重复，声音像胶住了，含糊沉闷。

柳焰张张嘴，没发出声音。徐世宁起身，走到床沿，坐下，为徐凤子披了披被子，再不开口。直到下午，柳焰在房子里找到一些食物，徐世宁喊醒徐凤子，让她吃了一些。吃完后，徐凤子仍是睡，徐世宁坐在床沿，表情安静，柳焰一次次找话题跟他说话，他或含糊应一句，或嗯嗯地对付。直到天色黑下去，徐世宁仍是那个状态。

"世宁，你能不能说说话？"柳焰忍不住了。

徐世宁朝他笑笑。

就那么沉默着，直到夜深，有人来将他们接到另一个小院。

安宁百货门外警戒了，抓人者进店时，店里已经空了，马志天的尸体已被他的司机带走。他们将安宁百货彻底搜了一遍，什么也没得到。方脸跟着搜查的人从阁楼下来，眉眼染着浓重的沮丧，他走到一个着制服的人跟前，拍拍手说："跑了，都跑了。洪军和他那些核心学生的窝点也空了，要揪出洪军后面那些人难了。"

着制服者低头默了一会,从桌边立起身,说:"前段时间我们可能太小心,总想等洪军露出背后的人——别太贪心了,至少这件事是完美的。"他指指地上马志天那摊血,嘴角扯出一丝笑意。

方脸蹲下去,仔细看着那摊血,说:"没想到徐世宁这小子有点狠劲,没开过枪的人,就这样一枪毙命。"

"马志天只能有这样的结果。"着制服者说,"他知道得太多。"

"他死了,碧辉大酒店还建吗?"方脸问。

"当然,会建得更让人满意。"着制服者耸耸肩,"另一个商业巨头早等着这工程了。"

"可惜了马志天那些雄厚的资金。"方脸说。

"人死了,资金不会死。"着制服者笑笑,"还会变得更灵活。"

"谁会接这个盘子?"

"陈永俊。"

"马志天的老对手?"方脸有些惊讶,"马志天地下有知,会怎么想?"

"他哪有资格想什么?"着制服者说。慢慢走出安宁百货,方脸跟出去,随来的人跟出去,最后两个人将安宁百货的大门封了。

汽车开动了,方脸揭开车帘子,望了一眼被封的安宁百货,说:"就这么结束了,没想到马志天还有这样的故事。"

"马志天这样的人,这种故事太平常了。"着制服者冷笑。

"这是多少年前的陈账了,你们还挖得出来。"方脸叹,"手够长够毒。"

"要拔掉一个人,还不得连根摸透。"

"洪军也是留不得的。"方脸若有所思,"那三个一直跟着我的学生已经不见了,洪军太狡猾,他肯定意识到我的问题了。"

"他是个隐患。"着制服者说,更重要的是他背后的力量,原本想靠他扯出来的。

"洪军可以调动大规模游行。"方脸闷闷地说,"我算跟他走得比较近的,可他若不想让我察觉,我便蒙在鼓里,所以这次……"

"暂时先别管这个。"着制服者挥挥手,"将消息散出去,洪军代表的那个所谓组织,领着学生闹事,杀了爱国商人、慈善家马志天,持枪的是马志天的亲生儿子。"

"设计儿子杀害亲生父亲。"方脸长呼口气,这帽子够他们受的。

"消息散得越快越大越好——开快点。"着制服者说着拍拍汽车椅背,人往后靠,慢慢闭上眼睛。汽车速度骤然加快。

柳焰立在窗边,将洪军拉进屋子,两人稍立了一会,目光适应了屋里的暗色,才慢慢走上阁楼。柳焰打开阁楼的窗户,月光流泻进来。柳焰说:"两天前,世宁还在这里住着。"

"就算住也住不安稳的。"洪军说。

"洪老师,我先去楼下徐伯母屋里,把她说的那个箱子找到。"

洪军点点头,转身对着窗外凝望。

按洪军的安排,柳焰、徐世宁和徐凤子先在那个小院住几天,一个老人负责给他们送食物,风声松一些再出城。住下的那个晚上,洪军也来到这个小院。徐凤子终于清醒了些,哭了一场,之后就开始念叨一个小箱子,说那个箱子是她这辈子最重要的东西,一定得带上。徐世宁要回去拿,洪军和柳焰拦住,决定由他们替徐凤子取回那个箱子。徐世宁不肯,洪军安慰:"我有点经验,警醒一些,会知道有没有尾巴,懂得怎么走最好,柳焰有功夫,这事我们能做到。"

洪军和柳焰出门时,徐世宁和徐凤子满脸内疚,让他们又去冒险。事实上,柳焰知道,洪军肯定还有事,就算没有徐凤子那个箱子,他也会出来。果然,一出院子,洪军就说还有个重要交接。柳焰没问在哪,这是规矩。

柳焰取来箱子,朝洪军示意了一下,意思是可以走了,洪军在桌边坐下了,挥挥手让柳焰也坐下。

柳焰疑疑惑惑地坐着,话含在嘴里,一突一突的,他用力抿紧嘴。

"等。"洪军低声说。

"在这?"柳焰忍不住了。

洪军没再出声,望着窗户外面。

一个小时后,洪军猛地立起身,从桌子底下摸出绳子——柳焰呆望着那根绳子——绑住桌子一条腿,将绳子甩下去,示意柳焰一起拉。洪军和柳焰趴在窗边,将绳子一点一点往上扯,拉上一个气喘吁吁的人。那个人跳进窗户后,洪军关上窗,屋里黑暗一片,柳焰看不清那个人的脸。洪军让柳焰下楼守着,柳焰退出徐世宁的房间,摸黑下了楼。他立在安宁百货大堂,闭了会眼睛,再睁开,望着一排排黑乎乎的货架,自言自语:"世宁,这里早被盯上了,早不是你家了。"

不知多久,柳焰听见阁楼的门响了,他慢慢摸索上去,窗户打开了,那个人不见了。

"老师,怎么还能约在这里?"柳焰急急地问,往窗户外看,巷子灰蒙蒙地安静着。

"现在,这里是最安全的。"洪军说。

柳焰问:"以后这是联络点?"

"暂停一切活动。"洪军的一只手指在桌面上敲着,"柳焰,我让你准备的是刀剑,那把枪怎么回事?"

"是那个方脸放的。"柳焰双手搓在一起,"当时,我只顾着看马志天,看他影子一闪,还没多想,枪就在世宁手里了。"

"徐世宁开过枪?"洪军问。

"从来没有,这我是了解的。"柳焰急切地说,"那把枪的保险是开着的,世宁就那么下意识地一抠。"

洪军闭上眼睛,手指在桌面上缓缓敲着。

洪军手指的动作停了,猛睁开眼,一只手用力握另一只手,喉咙里咕咕响了两声,说:"被利用了,我们,他并不属于我们,也不属于马志天,是当局那边的人,我们的计划是被他牵着完成的。"

"他?那个方脸?"柳焰猜测着,问得很小心。

洪军侧脸望着窗外,不动。

"老师,你早认识那个方脸?"柳焰继续猜,语调微微发颤,"他是你的人——你之前认为的?"

洪军仍望着窗外,仍不动。

"最初,方脸带着那几个学生进店里破坏是你安排的?"柳焰声音发干,"为了将让世宁和马志天矛盾更加激化?"

"马志天必须除掉。"洪军转过脸,看着柳焰,"这是最好的办法,徐世宁和马志天本来就有矛盾,没法调和的,安宁百货本来就走不下去。"

"但不该是这样的结局。"柳焰起身,在桌前急绕两圈,盯着洪军,"我们错了,老师,做错了。"

洪军缓缓立起,沉默。

"柳焰,这种事没有对与错。"良久,洪军开口,"为了更大的事业,需要付出代价,最初选择这个事业的时候,我们都明白的,我知道这些话现在有些空,可是……"

"我明白。"柳焰胸口起伏,语调起伏,咬咬牙,说,"可有些东西放弃掉了,我们的事业就不干净了。"

洪军跌坐在椅子上,双手揉着太阳穴。

"我们会照顾好徐凤子和徐世宁母子,各个方面,生活上的,思想上帮徐世宁……"

"马志天是徐世宁的父亲,你知道吗?"柳焰猛截断洪军的话,两只手撑在桌面上,好像没有足够的力气立直身体。

"完全不知道。"洪军抬起头,直视柳焰。

柳焰在桌子另一边坐下,身体蜷着,显得软绵绵的。

"马志天也是棋子。"洪军说。

"我成了一把刀。"柳焰喃喃说,"真脏。"

直到出城,徐凤子一直在昏睡,除了偶尔醒来吃点东西,睡着的时候,她总是抱着那个箱子。她对徐世宁含含糊糊喃喃提过,里面有龙大哥的东西。徐世宁不知道龙大哥是谁,也不问。

徐世宁一直很"正常",照顾母亲,吃饭,然后发着呆,柳焰引他说话,他就礼貌地敷衍一两句。

这天深夜,柳焰去敲徐世宁的房门,徐世宁没睡,在窗边坐着,窗未开。

柳焰打开窗,让月光进屋,问:"世宁,这些天你就这样坐着过夜?"

徐世宁看着窗外,没出声。

"我是杀马志天的那把刀。"柳焰突然扳住徐世宁的肩,"而且以爱国之名,以为天下苍生之名,多么卑鄙。"

"我杀了人。"徐世宁说,嘴角浮现一抹笑,又锋利又凄凉。

柳焰摇晃着徐世宁:"你不知道,不知道他是你父亲,不知道有枪,不知道会开枪,不知道背后的事情……"

"我杀了人。"徐世宁重复。

柳焰揽住徐世宁,用尽全身力气。

第二天一大早,徐世宁出门了——他们已经藏到乡下——柳焰跟上去。徐世宁走了很远,直到河边,站下。柳焰看见他摸出一把小刀,扑过去。

徐世宁将刀抵在脖子上,刀尖在脖子的皮肤上划出一点血迹。

"世宁,别。"柳焰双手发颤,声音发颤。

徐世宁站了很久,刀一直抵在脖子上,柳焰不敢靠近。

后来,徐世宁突然将刀拿开,手一挥,刀子远远飞入河中。他冲飞开的刀喊:"我要活着,这是惩罚。"

"刀应该给我。"柳焰凝视着河面,说。

"我不该把刀丢掉的。"徐世宁说,"不过,这刀还不够。"说完他转身大步离开,柳焰喊他,喊得声嘶力竭,要跟他好好谈谈,他没回头。

徐世宁消失了,留下一封信,将母亲托给柳焰安置,他知道母亲的箱子里有一些积蓄。

柳焰不再参加任何活动,不再赴任何秘密会议,他将徐世宁的母亲带回家,和自己的母亲一起住着。他过起极老实的日子,用心地念书,帮父亲打理生意,帮母亲处理家里的杂务,只是变得喜欢一个人待着,久久地出神发愣。洪军找过他,问他怎么打算。

柳焰摇头:"我不知道,现在只想把两个母亲的日子顾好。"

"你忘记你的追求了?"洪军盯住他。

"我很乱。"柳焰晃着头,好像想把凌乱的脑袋晃清醒,"我不知道我追求的是什么,不,没有资格叫追求……"

"柳焰,你不是这么软弱的。"

"不是软弱。"柳焰猛地抬起头,"我理解以前的世宁了——对了,请实话告诉我,世宁是不是跟了你?"

"不是跟了我,是加入组织,他觉悟了——这是他的选择,他交代了,不能让他母亲知道。"

"世宁在哪?"

"这是组织秘密。"

此时,夜已深,徐世宁匆匆行走在某个城市的街头,身上揣着一把刀,比扔进河里的那把刀锋利得多。

后　记

当我写下什么都没发生这几个字时,我知道,什么都发生了。创作中篇小说《什么都没发生》时,我的心绪一直随着主人主何斌——那个平凡而不甘平庸的小镇青年——起伏。他被命运也被时代牵扯着,绕了一大圈之后,回到原点,最终走上那条他拼命想逃离而逃不掉的路。一切似乎回归平静,似乎什么也没有发生,但有那么一些东西不一样了。

发生过,改变过,但并没有真正的发生和改变,汹涌然而安静。

不知什么时候起,我着迷于这种安静下的汹涌,开始有意回避所谓的大起大落,回避歇斯底里,包括故事、人物、表达方式,我渐渐倾向于日常。这种日常是生活的常态,属于大多数凡常人的生活状态与命运轨迹。

然而日常的叙写很艰难,也不是目的,真正打动我的是日常丰饶的内里,如同平静单调的海面下那片绚丽的珊瑚。这种绚丽和丰饶将我淹没,然而我的叙写是如此无力,这种创作尝试如同生活本身,如同那个进城的小镇青年,奋力奔走之后,前路茫茫。但一切该发生的已经发生了,化作一个金色的小球,在他的身后弹跳,虽然他毫不自知。这是人的悲剧,在命运巨手之下是如此卑微无望,这也是人的高贵,如此无望又永远充满希望,在什么都不会发生的泥土里播撒期翼的种子。

这种卑微与高贵一直撕扯着我,我努力述写卑微,试图在卑微里打捞高贵,如同我小说里的人物:《什么都没发生》中梦想破灭的小镇青年;《重置》里试图重新扳正生活轨道的陈果;《飞翔的飞》里怀揣自由梦的于飞;《秘乡》里寻找精神依撑的安和伯特;《月光光》里痴迷美的月影和痴迷真相的欧阳羿;《被囚禁的老兵》中自我审视自我赎罪的老兵;《翠绿的火焰》中被命运戏弄而试图把握命运的徐世宁……都是这种高贵的打捞者,或说是凡常人世的淘金者,而我试图将这种心灵打捞出来。

无数的"发生"消失在岁月中,消失在记忆里,但最终化成了人世的质感,在安静下涌动奔腾,在暗处发光,我想做的是,倾听并捕捉这无声的汹涌,梦想听见心灵的华章,寻找那暗处的光点,感受那点光的亮度和暖意。这种倾听与寻找或许像无数的"发生"一样,没有意义,但我相信,所有的无意义终将构成最大的意义。